W0207853

mainbook

ISBN 978-3-948987-89-3

Lektorat: Gerd Fischer
Covergestaltung: Lukas Hüttner

Auf der Verlagshomepage finden Sie weitere spannende Bücher:
www.mainbook.de

Astrid Schwikardi

Genius

Ein Köln-Krimi

Die Autorin

Astrid Schwikardi, geboren 1974, lebt mit ihrer Familie in Schwelm. Sowohl unter ihrem realen Namen als auch unter ihrem Pseudonym V.J. Courtier sind bereits einige ihrer Kurzgeschichten in Anthologien veröffentlicht worden.
Ihr Debütroman „Uterus" erschien 2019 im Frankfurter Verlag Mainbook und war gleichzeitig der Auftakt zu einer spannenden Kriminalreihe um den Ermittler Mark Birkholz. In den darauffolgenden Jahren folgten die Fortsetzungsromane „Animus" und „Exodus".
Mehr über die Autorin und ihre aktuellen Buchprojekte erfahren Sie unter www.astridschwikardi.de

Das Buch

Kriminalhauptkommissar Birkholz hat endlich seinen Seelenfrieden gefunden. Privat könnte es nicht besser laufen, nachdem Mark und Staatsanwältin Maja Reinhold in eine gemeinsame Wohnung in der Kölner Innenstadt gezogen sind. Doch mit der unbeschwerten Zeit ist es erst mal vorbei, als in einem schwer zugänglichen Waldgebiet am Fort Deckstein die Leiche der angehenden Unternehmerin Jessica Haupt entdeckt wird.

Schnell steht fest: die Tote wurde erwürgt. In ihrem Rachen steckt eine Münze.

Der grausame Fund versetzt Kriminalhauptkommissar Mark Birkholz und sein Team in höchste Alarmbereitschaft. Zu recht, denn vieles deutet daraufhin, dass der Mord kein Einzelfall bleibt, sondern der Anfang einer grausamen Mordserie sein könnte.

Wenige Tage darauf werden ihre Befürchtungen zur schrecklichen Realität, als eine weitere junge Frau mit einer Münze im Hals ermordet aufgefunden wird.

Was für eine geheimnisvolle Botschaft verbirgt sich hinter den Morden? Und welche Rolle spielt der olympische Diskuswerfer, der auf der Münze eingeprägt ist?

Der Fall wird immer mysteriöser, als Mark auf Beweise stößt, die seinen neuen Vorgesetzten Jochen Weidler schwer belasten …

„Genius“ ist der vierte Teil der Krimireihe um den Kölner Ermittler Mark Birkholz. Die ersten drei Bände „Uterus“, „Animus“ und „Exodus“ sind ebenfalls im Frankfurter Verlag mainbook erschienen.

Prolog

Donnerstag, 15. Juni

Eine rötliche Abenddämmerung legte sich über die Wohnsiedlung, als Jessica Haupt ihren Wagen auf der Zufahrt der Villa parkte und ausstieg. Sie eilte den mit Unkraut übersäten Kiesweg entlang, hetzte die Steinstufen hinauf und klingelte. Es dauerte einen Augenblick, bis die Haustür geöffnet wurde und eine alte Dame auf einem Gehstock gestützt ihr entgegentrat. Sie lächelte und bat Jessica hinein.

Das Gesicht der Seniorin war mit tiefen Falten durchzogen. Ihr weißes, dünnes Haar hatte sie zu einem Dutt zusammengesteckt.

„Watson hat schon sehnsüchtig auf dich gewartet. Er muss so dringend, dass er fast schon in den Flur gepinkelt hätte", wurde Jessica von Rose Chevalier mit einem Augenzwinkern empfangen.

Energisch kämpfte sich der sieben Monate alte Schmetterlingshund an seiner Besitzerin vorbei und sprang an Jessicas Beinen hoch. Er bellte und drehte sich mehrmals um die eigene Achse.

Im Flur offenbarte eine Bildergalerie, was für eine Schönheit Rose Chevalier in jungen Jahren gewesen sein musste. Und obwohl der Höhepunkt ihrer Schauspielkarriere einige Jahrzehnte zurücklag, umgab sie immer noch die strahlende Aura von einst. Von der Schauspielerin ging eine Herzlichkeit aus, die Mensch und Tier gleichermaßen in den Bann zog.

„Tut mir leid, dass du so lange auf mich warten musstest. Dafür drehen wir gleich eine extra Runde", entschuldigte sich Jessica bei dem Welpen und streichelte über seinen Kopf. Danach wandte sie sich der Schauspielerin zu.

„Mein Chef hatte vergessen, dass er für morgen eine Präsentation vorbereiten muss. Und wer durfte mal wieder die undankbare Aufgabe übernehmen, weil alle anderen bereits Feierabend gemacht haben?"

Rose verzog das Gesicht und zuckte mit den Schultern.

„Ich habe dir schon mal gesagt, dass du zu viel arbeitest, Liebes. Danken wird es dir niemand. Vielleicht solltest du in Zukunft einfach früher Schluss machen. Die anderen machen das doch auch."

Sie wandte sich ihrem Hund zu und hob ermahnend den Zeigefinger.

„Und du vergiss nicht, was Jessica dir beim letzten Mal gesagt hat. Es kann nicht immer nur nach deiner Nase gehen, Watson. Auch Hunde müssen lernen, zu warten."

Der Vierbeiner antwortete mit einem Bellen. Rose nahm die Hundeleine vom Sideboard und drückte sie Jessica in die Hand. Eilig befestigte sie die Leine am Halsband und nickte dem Hund auffordernd zu.

„Komm Watson, auf geht's!"

Das kleine Energiebündel bellte und zog aufgeregt zur Straße.

„Nimm den Schlüssel mit, Liebes. Falls ich die Klingel nicht höre."

„Sie meinen, für den Fall, dass der Film wieder so spannend ist? Was kommt denn?"

Rose strahlte übers ganze Gesicht, als sie Jessica den Schlüssel in die Hand drückte.

„Irgendein skandinavischer Krimi", antwortete Rose, schaute auf die Uhr und blickte sie erstaunt an. „Schon zehn nach neun? Ich muss mich beeilen. Den Anfang darf ich auf keinen Fall verpassen. Da passiert doch immer der Mord."

„Und wenn man den verpasst, ist der Film nur halb so spannend. Ich weiß", erwiderte sie schmunzelnd.

„So ist es, mein Kind."

„Dann ermitteln Sie mal fleißig. Wir sind in spätestens einer Stunde zurück."

Sie war sich nicht sicher, ob Rose überhaupt verstanden hatte, was sie gesagt hatte, denn noch während sie den Satz zu Ende sprach, fiel die Haustür bereits ins Schloss.

Der Welpe hatte es unfassbar eilig. Aufgeregt zog er sie den Kiesweg entlang und verrichtete bereits auf dem Bürgersteig sein Geschäft.

Sie machten sich auf den Weg und erreichten nach zwanzig Minuten den Decksteiner Weiher. Der See zählte zu den beliebtesten Ausflugszielen in Köln und Umgebung und war eine künstlich angelegte Parkanlage mit zum größten Teil gradlinig verlaufenden Ufern. Trotz vorangeschrittener Uhrzeit war der Park gut besucht. Einige Pärchen hatten es sich mit einer Wolldecke auf der Wiese gemütlich gemacht. Ein Rentnerehepaar saß auf einer Bank und fütterte die Enten.

Es kam eher selten vor, dass Jessica mit Watson am Decksteiner Weiher spazieren ging, dafür war der Weg einfach zu weit, doch da sie dem Vierbeiner eine große Runde versprochen hatte, entschied sie sich, ausnahmsweise am Felsengarten vorbeizugehen.

Watson zog unaufhaltsam an der Leine und schnüffelte an jedem Strauch, an dem sie vorbeikamen. Kurz darauf steuerte er zielstrebig auf einen Trampelpfad zu. Er führte direkt in den Wald, unmittelbar am Fort Deckstein vorbei. Gedankenversunken betrachtete Jessica den Abendhimmel. Der Horizont war rötlich gefärbt. Die Dämmerung hatte längst eingesetzt, nicht mehr lange und es wäre stockdunkel.

Jessica zog Watson vom Gebüsch weg und lenkte ihn auf den angrenzenden Spazierweg. Mit schnellen Schritten setzten sie den Spaziergang fort, ließen das Fort hinter sich und durchquerten ein zugewuchertes Waldstück. Unaufhörlich zog Watson an der Leine und eilte voraus. Erst jetzt fiel ihr auf, dass ihnen schon länger kein Spaziergänger mehr entgegengekommen war.

Watson inspizierte sämtliche Sträucher, wechselte von einer Seite zur anderen, hob immer wieder sein Bein und steuerte auf den Felsengarten zu. Nur noch wenige Meter trennten sie vom Plateau, als der Hund plötzlich zusammenzuckte, die Ohren aufrichtete und abrupt stehenblieb. Jessica wollte weitergehen, doch der Vierbeiner sträubte sich und verweigerte jeden weiteren Meter.

„Jetzt komm schon! So weit ist es doch nicht mehr."

Sie versuchte, Watson hinter sich herzuziehen, doch er rührte sich nicht vom Fleck. Stattdessen fing er an, lautstark zu knurren.

„Was hast du denn?"

Watson wirkte wie elektrisiert. Anstatt auf ihre Frage zu reagieren und weiterzugehen, starrte er gebannt zum Wald. Schon kurz darauf bellte er und stemmte die Vorderpfoten in den Boden, während Jessica versuchte, ihn wegzuziehen.

„Was ist denn los? So kenn ich dich gar nicht."

Er bellte in einer Tour, nur um kurz danach wieder zu knurren. Jessica kniete sich zu ihm, streichelte seinen Kopf und blickte zu der Stelle, die er unentwegt fixierte. Aber da war nichts.

Mit einem Mal erstarb sein Knurren und schlug in ein jämmerliches Jaulen um. Sekunden darauf breitete sich eine beängstigende Stille aus. Jessica konnte sich nicht daran erinnern, jemals zuvor an diesem Ort so eine Energie wahrgenommen zu haben. Von einem Moment auf den nächsten war es windstill. Sämtliches Vogelgezwitscher war verstummt.

Irritiert sah sie sich um und hielt Ausschau nach Passanten. Dabei fiel ihr Blick auf den Hund. Watson war in eine Schockstarre gefallen. Er wirkte wie erstarrt und gab keinen Laut mehr von sich.

Jessica hatte keine Ahnung, wie viel Zeit vergangen war, bis sie endlich wieder Vogelstimmen vernahm. Eine leichte Brise zog durch die Baumkronen, und mit dem Rascheln der Blätter verflüchtigte sich die angsteinflößende Stille. Sie war sich mit einem Mal nicht mehr sicher, ob sie sich doch alles nur eingebildet hatte. Ihr Blick fiel auf die Hundeleine. Nach wie vor hielt sie sie in der Hand, doch Watson war verschwunden.

Ruckartig sprang sie auf, schaute sich suchend um und rief seinen Namen. Mittlerweile war die Abenddämmerung so weit fortgeschritten, dass die Sicht stark eingeschränkt war. Weiterhin befand sie sich auf dem Trampelpfad. Stellenweise war der Durchgang fast zugewuchert. Meterhohe Sträucher und Bäume ragten empor und versperrten die Sicht.

„Watson!"

Sie lauschte, doch weder ein Bellen noch ein Jaulen war zu hören. Von dem Hund fehlte jede Spur, als wäre er nie dort gewesen. Sie betrachtete den Karabinerhaken und runzelte verwundert die Stirn. Der Verschluss war einwandfrei. Wie um alles in der Welt war das möglich? Wie hatte es der Hund fertiggebracht, sich loszureißen?

Sie schob den kleinen Riegel hoch und bemerkte, dass kaum ein Widerstand vorhanden war. Erneut schweifte ihr Blick zu der Stelle, die Watson anvisiert hatte, bevor er erschrocken zurückgewichen war.

Aus weiter Ferne vernahm sie plötzlich Gebell. Eilig setzte sie sich in Bewegung und zwängte sich durch das Gestrüpp.

„Watson!"

Sie gelangte tiefer in den Wald. Immer wieder peitschten ihr Zweige ins Gesicht, sodass sie nur mühsam vorankam. Doch je weiter sie vordrang, desto lauter wurde das Gebell. Sie stolperte über eine Baumwurzel und verlor das Gleichgewicht. Im letzten Augenblick schaffte sie es, sich an einem Ast festzuhalten. Ein Abhang lag unmittelbar vor ihr. Watson musste ganz in der Nähe sein. Er bellte in einer Tour. Kurz darauf vernahm sie ein Jaulen. Danach Stille.

„Watson!"

Ihre Blicke schnellten umher. Stück für Stück kämpfte sie sich die Böschung hinunter. Unten angekommen glaubte sie plötzlich, einige Meter entfernt den Umriss einer Gestalt zu erkennen.

„Ist da jemand?"

Im schwachen Licht der Abenddämmerung sah sie jetzt klar und deutlich einen Schatten. Blankes Entsetzen packte sie, als ihr klar wurde, dass sich jemand auf sie zubewegte. Ohne zu überlegen, fuhr sie herum und rannte los. Sie kletterte den Abhang hinauf, während sich hinter ihr jemand mit rasender Geschwindigkeit näherte. Sie rang nach Luft, atmete schwer und hatte Mühe, nicht den Halt zu verlieren. Sie schrie panisch um Hilfe, obwohl sie bereits ahnte, dass es zwecklos war und sie niemand hören würde.

Ihre eigenen Schreie waren das Letzte, was Jessica hörte, bevor sie gepackt wurde und sich abgrundtiefe Schwärze über ihr Bewusstsein legte.

Kapitel 1
Donnerstag, 15. Juni

Es war Viertel nach zehn, als Rose Chevalier auf die Uhr sah und den Fernseher ausschaltete. Kurz zuvor war der spannende Krimi zu Ende gegangen. Sie überlegte, ob sie vielleicht die Klingel überhört hatte. Andererseits hatte sie für einen solchen Fall Jessica den Haustürschlüssel mitgegeben. Schwerfällig erhob sie sich aus dem Sessel, nahm den Gehstock und ging zur Haustür. Suchend blickte sie zur Straße, doch von Jessica und ihrem Hund war weit und breit nichts zu sehen. Zwar hatte Jessica angedeutet, dass sie vorhatte, mit Watson eine große Runde zu drehen, doch es war fast dunkel, und sie konnte sich beim besten Willen nicht daran erinnern, dass Jessica jemals so lange mit ihrem Hund unterwegs gewesen war.

Rose atmete erleichtert auf, als sie einige Meter entfernt das Licht einer Taschenlampe entdeckte. Doch die Erleichterung verflog augenblicklich, als sie feststellte, dass es nur ein Nachbar war, der mit seinem Schäferhund Gassi ging. Er grüßte freundlich und blieb an der Zufahrt stehen.

„Guten Abend, Rose. Ist alles in Ordnung?"

Sie hob die Hand und nickte.

„Alles gut, Patrick. Ich warte nur auf Jessica und Watson. Die zwei wollten schon längst hier sein."

„Machen Sie sich keine Sorgen. Die kommen bestimmt gleich." Ihr Nachbar schaute hinauf zum wolkenverhangenen Himmel. „Spätestens, wenn das Gewitter loslegt", setzte er lachend hinterher.

„Wird aber auch Zeit, dass es mal regnet. Die Blumen lassen schon die Köpfe hängen."

„Da haben Sie recht, Rose. Ich weiß schon gar nicht mehr, wie sich Regen anfühlt."

Er winkte zum Abschied, wünschte ihr eine angenehme Nacht und war kurz darauf verschwunden.

Nachdenklich drückte die Schauspielerin die Haustür ins Schloss und schaute mit sorgenvoller Miene auf die Uhr. Mittlerweile war es fast halb elf. So lange war Jessica noch nie mit

Watson unterwegs gewesen, jedenfalls nicht, wenn es draußen schon dunkel war. Sie versuchte, Jessica über ihr Handy zu erreichen. Nachdem es mehrmals geklingelt hatte, sprang die Mailbox an, und die Stimme der jungen Frau war zu hören.

Rose Chevalier legte auf, ohne eine Nachricht zu hinterlassen. In den darauffolgenden Minuten versuchte sie es immer wieder. Doch ihre Anrufe liefen ins Leere. Es war fast dreiundzwanzig Uhr, als sie die Notrufnummer der Polizei anrief und Jessica Haupt als vermisst meldete.

Kapitel 2
Samstag, 01. Juli

Schwer atmend liefen Jacob und Gereon durch den Wald und hielten Ausschau nach einem geeigneten Versteck. Ihre Verfolger waren ihnen dicht auf den Fersen. Nicht mehr lange und sie hätten sie eingeholt. Der elfjährige Jacob machte einen Schlenker, sprang über eine Baumwurzel und hetzte eine Böschung hinunter. Gereon folgte nur wenige Meter dahinter. Nachdem die Jungs am Fuße des Abhangs angelangt waren, verschnauften sie einen Augenblick und liefen dann weiter zu einem Gebüsch. Dort verschanzten sie sich und richteten die Aufmerksamkeit auf den nahegelegenen Berghang. Doch von den anderen war nichts zu sehen. Verwundert sahen sie sich an. Sie waren außer Atem und dankbar für die kurze Verschnaufpause.

Gereon wusste nicht, wie lange sie schon in ihrem Versteck ausharrten, als Jacob plötzlich den Finger auf den Mund legte und ihm zu verstehen gab, dass er leise sein sollte. Sie lauschten in die Stille.

„Wir müssen hier weg, sonst haben die uns gleich“, flüsterte Jacob, ohne dabei die Böschung eine Sekunde aus den Augen zu lassen. Gereon wollte gerade etwas erwidern, als Jacob innehielt und sich irritiert umsah.

„Hörst du das?“

Gereon horchte, doch im ersten Moment fiel ihm nichts Ungewöhnliches auf.

„Was meinst du?"
„Hörst du das nicht?"
Gereon schüttelte den Kopf.
„Nein."
„Dieses Summen."
„Ich hör nichts."
„Wenn ich's dir doch sag. Wie von einem Bienenschwarm."
Vorsichtig krabbelten die Jungs aus dem Versteck und näherten sich einem Gebüsch. Meter um Meter drangen sie tiefer in den Wald, bis ihnen dichtes Gestrüpp endgültig den Weg versperrte. Die Sträucher waren meterhoch, ein Durchkommen war kaum möglich. Doch immerhin hörte Gereon das Brummen jetzt auch.
„Vielleicht ist in der Nähe ein Wespennest."
Stimmengemurmel drang zu ihnen durch und erinnerte sie daran, dass sie sich beeilen mussten.
„Komm, da lang! Da finden die uns nie."
Jacob schob seinen Freund einige Meter weiter. Zu einer Stelle, an der die Sträucher lichter wirkten.
„Da durch? Du hast wenigstens eine lange Hose an."
„Stell dich nicht so an. In ein paar Minuten haben wir eh gewonnen."
Jacob schlug Gereon aufmunternd auf die Schulter und machte sich bereits an den Ästen zu schaffen. Die Zweige leisteten kaum Widerstand, und innerhalb kürzester Zeit hatten sie sich durchgekämpft.
Nur wenige Meter entfernt erkannten sie einen Felsvorsprung. Darunter befand sich ein Loch. Hintereinander durchquerten sie die Schlucht und näherten sich einer Steinwand. Zeitgleich drangen die Stimmen ihrer Verfolger durch den Wald. Gebannt schauten sie den Abhang hinauf.
„Was glaubst du, was das für ein Loch ist?"
„Willst du da etwa rein?"
„Warum nicht? Groß genug müsste es sein."
„Das ist viel zu gefährlich!"
„Was bist du denn für ein Hosenscheißer? Umkehren können wir immer noch."

„Aber die anderen suchen uns doch.“

„Die können ruhig etwas warten,“ erwiderte Jacob, kletterte kurzerhand die Böschung hinauf und war kurz darauf verschwunden. Mit einem mulmigen Gefühl im Magen folgte Gereon seinem Freund. Er fand ihn auf der entgegengesetzten Seite. Ein schmaler Trampelpfad führte hinüber zum Plateau.

„Stimmt was nicht?“

„Spürst du das?“

„Was?“

„Diese Kälte?“

„Wovon redest du?“

„Seitdem wir durch das Gebüsch gegangen sind, ist es hier kühler.“

Fragend sah Jacob seinen Freund an. In seinem Blick lag etwas Sonderbares. Gereon konnte es nicht genau in Worte fassen, doch wenn jemand ihn in diesem Augenblick gefragt hätte, hätte er vermutlich Jacobs Gesichtsausdruck, mit dem eines Wahnsinnigen verglichen.

„Du machst mir Angst, Jacob. Komm, lass uns gehen! Mir ist das nicht geheuer.“

„Unser kleiner Hosenscheißer hat Angst.“

„Hab ich nicht!“

„Hast du wohl!“

„Nein!“ Gereon schrie und schubste Jacob so kräftig, dass er über die eigenen Füße stolperte und hinfiel.

„Spinnst du!“

In Windeseile sprang Jacob auf und setzte zum Gegenangriff an, doch Gereon reagierte nicht. Stattdessen schaute er durch Jacob hindurch. Wie hypnotisiert starrte er zu einer Stelle und begriff nicht, was nur wenige Meter entfernt am Boden lag. Zu entsetzlich war die grausame Realität, die gerade seine schlimmsten Albträume wahr werden ließ. Mit weit aufgerissenen Augen verharrte er regungslos und fing an zu zittern. Blitzschnell drehte sich Jacob um. Tiefes Entsetzen legte sich über seine kindlichen Gesichtszüge, als er die verweste Frauenleiche entdeckte.

Kapitel 3
Samstag, 01. Juli

„Etwas nach links", sagte Maja Reinhold, während sie nachdenklich das Bild betrachtete, das Kriminalhauptkommissar Mark Birkholz gerade im Wohnzimmer aufhängen wollte.

Maja war Staatsanwältin bei der Kölner Staatsanwaltschaft und vor einigen Jahren von Frankfurt nach Köln gezogen, nachdem sie in Frankfurt das zweite Staatsexamen erfolgreich absolviert und die Befähigung zum Richteramt erworben hatte. Mark und Maja hatten sich vor einigen Jahren kennengelernt. Zu der Zeit hatte ein vermeintlicher Serienkiller bei den Kölner Bürgern für Angst und Schrecken gesorgt. Ihr erster gemeinsamer Serienmörderfall hatte Mark und Maja nicht nur beruflich, sondern auch privat nähergebracht. Doch bis sie schließlich zueinandergefunden hatten, waren einige Jahre vergangen. Aufregende Jahre, mit Höhen und Tiefen, in denen Maja zwischen zwei Stühlen saß und weder ein noch aus gewusst hatte. Aber schlussendlich waren Mark und Maja doch zusammengekommen, obwohl es zwischenzeitlich nicht danach ausgesehen hatte.

Vor fast fünfzehn Jahren waren Majas Eltern bei einem Flugzeugabsturz vor der Küste Norderneys auf tragische Weise ums Leben gekommen. Majas Vater war ein erfolgreicher Rechtsanwalt gewesen, der internationale Unternehmen mit Jahresumsätzen in Milliardenhöhe juristisch beraten hatte. An einem sonnigen Herbsttag sollte ihn eine Cessna zu einem Kunden auf die ostfriesische Insel fliegen. Wie schon so oft in der Vergangenheit hatte ihre Mutter ihn begleitet. Doch nur wenige Kilometer vor der Insel war das Flugzeug in eine Gewitterfront geraten. Der letzte Funkspruch des Piloten ließ darauf schließen, dass es Probleme mit der Steuerung gegeben und die Elektronik versagt hatte. Keine Stunde später hatte ein Suchtrupp vor der Küste die ersten Wrackteile geortet.

Mark erinnerte sie sehr an ihren Vater. Er war genauso launisch gewesen. Ein Eigenbrötler wie er im Buche stand, und doch zweifelte sie nie an Marks Aufrichtigkeit. Seit dem Tod ihrer Eltern hatte sich Maja zum ersten Mal wieder geliebt gefühlt. Mark akzeptierte sie so, wie sie war, mit all ihren Fehlern und Schwächen. Sein letztes Hemd würde er für sie geben. Sie verteidigen, auch wenn er mit seiner Meinung allein auf weiter Flur stünde. Mark war alles andere als ein Romantiker, doch das war ihr egal. Wichtig war, was sie fühlte. Das war das Einzige, was zählte.

Harte Zeiten lagen hinter ihnen, nachdem Mark endlich herausgefunden hatte, wer seine Schwester Patricia ermordet hatte. Die grausame Erkenntnis hatte ihm den Boden unter den Füßen weggezogen und ihn erneut in eine schwere Krise gestürzt. Zu dem Zeitpunkt hatte Maja schon länger mit sich gehadert und eine längst fällige Entscheidung getroffen. Nach vielen leidvollen Jahren hatte sie endgültig einen Schlussstrich unter die Vergangenheit gezogen und sich von ihrem langjährigen Expartner getrennt. Nur wenige Tage nachdem sich Mark in eine stationäre, psychiatrische Behandlung begeben hatte. Bis zum heutigen Tag hatte sie diese Entscheidung keine Sekunde bereut.

„Noch ein Stückchen nach links."

Mark verdrehte die Augen und verrückte das Landschaftsbild einige Zentimeter.

„Stopp. Das war zu weit. Wieder nach rechts."

Sichtlich genervt verschob er das Bild zur anderen Seite.

„Schatz, ich kann das Bild noch stundenlang hin- und herschieben, aber aus Mist kann niemals Gold werden."

Sie strafte ihn mit einem bösen Blick.

„Willst du damit sagen, das Bild ist hässlich?"

Mark grinste.

„Meiner Meinung nach hätte der Antiquitätenhändler dir was zahlen müssen. Und zwar Schmerzensgeld."

„Du Schuft!"

Sie schnappte sich ein Kissen und warf es ihm an den Kopf.

Mark lachte, lehnte den alten Schinken an die Wand und nahm sie in den Arm.

„Ich wüsste den optimalen Platz für das Bild. Im Keller. Dort stört es niemanden", sagte er und küsste sie.

Mit offenem Mund sah sie ihn an.

„Du bist …“ Sie stockte mitten im Satz, als das Klingeln eines Handys zu hören war. In Anbetracht der Tatsache, dass Marks freier Tag war, war beiden sofort klar, dass der Anrufer vermutlich nichts Gutes zu verkünden hatte. Kurzerhand eilte Mark in die Küche und nahm das Gespräch entgegen.

„Birkholz“, meldete er sich mit fester Stimme.

„Herr Birkholz, ich störe Sie nur ungern. Und dann noch an Ihrem freien Tag, aber Mallow bat mich, Sie unmittelbar zu informieren.“

„Um was geht's?“

Er hörte den Kollegen von der Schutzpolizei hüsteln. „Wir haben eine Leiche gefunden, Herr Birkholz. Im Felsengarten. In der Nähe des Plateaus.“

Kapitel 4
Samstag, 01. Juli

Der Felsengarten lag in der Nähe des Forts Deckstein und bestand größtenteils aus den Betontrümmern einer gesprengten Festung. Im neunzehnten Jahrhundert war die Stadt Köln mit einem Festungsring umsäumt worden, zu dem mehrere Forts errichtet werden mussten. Das Fort Deckstein war eines davon gewesen, bis es in den frühen 1920er Jahren abgerissen wurde. Schmale Wanderpfade durchzogen die künstlich angelegte Schlucht und führten die Besucher an teilweise zwanzig Meter hohen Steinwänden vorbei. Meterhohe Bäume ragten aus dem Erdboden und verliehen dem Wald etwas Mystisches. Am Rande des Waldgebietes bot eine Hochebene einen wunderbaren Blick auf den Decksteiner Weiher.

Es war später Nachmittag, als Kriminalhauptkommissar Mark Birkholz seinen schwarzen BMW auf dem nahegelegenen Parkplatz abstellte und sich auf den Weg zum Plateau machte. Schon von weitem erkannte er das Absperrband und das Zelt, das die Kollegen von der Spurensicherung aufgebaut hatten, um den Schaulustigen die Sicht auf die Leiche zu versperren. Es war Wochenende, noch dazu ein sonniger Tag mit sommerlichen Temperaturen. Optimale Voraussetzungen, um mit der Familie einen Ausflug ins Grüne zu unternehmen. Speziell für die Polizei eher miserable Bedingungen, um ungestört mit den Ermittlungsarbeiten zu beginnen. In einem Umkreis von mehreren hundert Metern wimmelte es von Fußabdrücken. Sogar von der Absperrung ließen sich Passanten nicht abschrecken. Mark beschleunigte seine Schritte und steuerte einen hageren Jogger mit kurzer Hose und Muskelshirt an. Kurz zuvor hatte sich der Mann unter dem Absperrband hindurch gekämpft und versucht, einen Blick ins Innere des Zeltes zu erhaschen.

„Was machen Sie da?“

Der Mann reagierte nicht. Erst als Mark bis auf wenige Meter herangekommen war, verstaute er das Handy in der Hosentasche und nahm Reißaus. Kopfschüttelnd schaute Mark ihm hinterher. Zuerst überlegte er, ob er hinterherlaufen und sich den Kerl vorknöpfen sollte, doch es war äußerst unwahrscheinlich, dass der Mann von der Leiche Fotos gemacht hatte. Nicht umsonst errichteten sie in freier Natur ein Schutzzelt. So schützten sie zumindest die Würde der Toten vor den Blicken neugieriger Schaulustiger.

Noch immer überkam Mark ein flaues Gefühl, wenn er zu Fundorten gerufen wurde, die in einem Waldgebiet lagen. Die düstere Atmosphäre, die manchmal in Wäldern herrschte, dazu die wuchtigen Bäume und der Geruch nach feuchter Erde versetzten ihn jedes Mal um Jahre zurück. Zu dem Tag, an dem Kollegen seine Schwester Patricia am Rande eines Waldstücks ermordet aufgefunden hatten. Viele Jahre waren seitdem vergangen. Schreckliche Jahre, in denen Mark manchmal so verzweifelt war, dass er sich sogar einmal ertappt hatte, seinem Leben ein Ende zu setzen. Seine Rettung war die therapeutische Unterstützung eines Psychiaters gewesen, auf die er sich lange Zeit nicht einlassen wollte, weil er davon überzeugt war, es allein schaffen zu können. Er hatte sich lange etwas vorgemacht und seine geschundene Seele zum Schweigen gebracht. Ein menschenunwürdiges Verhalten, das ihm beinahe zum Verhängnis geworden wäre.

Besonders tragisch war, dass der grausame Mord an seiner Schwester seine Familie fast zerstört hätte. Zum Glück war es nicht so weit gekommen. Gut zwei Jahre hatte er gebraucht, bis er überhaupt wieder in der Lage war, mit seinen Eltern in Kontakt zu treten und sich seiner Trauer zu stellen. Phasenweise hatte er abgrundtiefe Dunkelheit durchschritten, letztendlich aber doch Patricias Mörder zur Strecke gebracht. Zwar machte das seine Schwester nicht wieder lebendig, aber es kam dem Gefühl von Gerechtigkeit zumindest ansatzweise nahe.

Mark tauchte unter dem Absperrband hindurch und trat zum Zelt. Zwei Kollegen standen in unmittelbarer Nähe des Eingangs und sprachen gerade miteinander. Obwohl ihm einer der Kollegen den Rücken zudrehte, erkannte er seinen Bürogenossen Peter Eiser sofort. Peter hatte seinen Vollbart in den zurückliegenden Tagen ordentlich gestutzt, doch nur was die Länge betraf. Die Breite seines Barts nahm mittlerweile voluminöse Ausmaße an.

Peter Eiser war gerade vertieft in ein Gespräch mit dem Nachfolger von Thomas Dahlmann. Jochen Weidler war vor einigen Monaten zu ihnen gestoßen, nachdem Marks alter Chef Thomas Dahlmann Ende letzten Jahres seinen wohlverdienten Ruhestand angetreten hatte.

Jochen Weidler war ein eiskalter Fisch, der sich von nichts und niemandem etwas sagen ließ und von seiner Makellosigkeit überzeugt war. Ein Mensch, den Mark vom ersten Moment ihrer Begegnung an gehasst hatte.

Für einen Augenblick verharrte Mark und ertappte sich bei dem Gedanken, kehrtzumachen und das Zelt aus einer anderen Richtung anzusteuern, doch dafür war es eindeutig zu spät. Schon längst hatte Jochen ihn bemerkt. Mit einem durchdringenden Blick fixierte ihn sein neuer Vorgesetzter, während er zeitgleich auf Peter Eiser einredete. Schon kurz darauf wandte sich Jochen ab und ließ Peter irritiert zurück. Mit schnellen Schritten bewegte sich Jochen Weidler auf Mark zu und baute sich vor ihm auf.

„Was machst du hier? Du hast doch frei."

„Die schöne Aussicht genießen. Was sonst?"

Sein Chef zog den Mundwinkel hoch. Er gab sich keinerlei Mühe, die Antipathie, die er Mark gegenüber empfand, zu verbergen.

„Dämliche Sprüche kannst du in deinen vier Wänden klopfen. Aber wenn du schon hier bist, kannst du Peter zur Hand gehen. Die letzten Monate ohne Chef waren für den einen oder anderen für den Erhalt des Intellekts nicht gerade förderlich."

„Für den Erhalt … Ich glaub, dir haben sie …"

Noch bevor Mark den Satz zu Ende sprechen konnte, fiel Peter ihm ins Wort.

„Mark! Gut, dass du hier bist. Das musst du dir anschauen. Entschuldige Jochen, wenn ich euer Gespräch unterbreche, aber es ist wichtig."

Der Gesichtsausdruck seines Vorgesetzten blieb starr. Kaum merkbar nickte er Peter zu. Peter wiederum zögerte keinen Augenblick und zog Mark zum Zelt.

„Bist du von allen guten Geistern verlassen? Der macht Kleinholz aus dir, wenn du ihm weiterhin querkommst", raunte Peter ihm zu.

„Soll er machen. Ich bin gespannt, was er draufhat."

Peter schüttelte den Kopf, zog den Sichtschutz des Zelts zur Seite und gewährte Mark den Vortritt.

Im Inneren verrichtete gerade Rechtsmediziner Dr. Karsten Mallow mit einem Kollegen von der Spurensicherung seine Arbeit. Es kam eher selten vor, dass ein Gerichtsmediziner bereits an einem Leichenfundort auftauchte. Zumindest war es einige Zeit her, dass er Mallow an einem Fundort angetroffen hatte. Mallow schaute auf und grinste, als er Mark und Peter erblickte.

„Schön euch zu sehen. Und Glückwunsch zum Klassenerhalt."

Irritiert runzelte Mark die Stirn.

„Hört sich so an, als wenn wir kurz vorm Abstieg gestanden hätten."

„Habt ihr das nicht?"

Mark winkte ab. „Du hast wirklich keine Ahnung von Fußball."

Mallow lachte.

„Immerhin seid ihr so in den Genuss gekommen, die Meisterschale aus nächster Nähe zu sehen“, erwiderte der Rechtsmediziner und spielte auf das verlorene Fußballspiel der Kölner gegen den FC Bayern München an. In der neunundachtzigsten Minute hatte Mittelfeldspieler Jamal Musiala durch einen platzierten Distanzschuss ins rechte untere Eck den Sieg gesichert und so den Bayern zum Gewinn der Deutschen Meisterschaft verholfen. Mallow wandte den Blick ab und schenkte seine Aufmerksamkeit wieder der Toten.

Die Luft im Zelt war stickig, dazu verströmte die Leiche den penetranten Gestank der Verwesung. Mark betrachtete die sterblichen Überreste der jungen Frau. Die Zersetzung war bereits weit vorangeschritten. Die Haut der Toten war dunkel verfärbt. In ihrem Gesicht sowie an Armen und Beinen waren Blasen zu erkennen. Sie musste schon vor einiger Zeit gestorben sein. Die Jeans und die langärmlige Bluse waren gut erhalten. An den Füssen trug sie Sneakers.

„Kannst du schon sagen, wann sie ungefähr gestorben ist?“

„Schätzungsweise vor knapp zwei Wochen. Genau kann ich es noch nicht sagen. Dafür müsste ich sie mir genauer anschauen.“

„Und wie hoch ist die Wahrscheinlichkeit, dass sie ermordet wurde?“

„Extrem hoch. An ihrem Hals befinden sich Würgemale. An einem Arm sind mir Hämatome aufgefallen, die vermutlich von einem Kampf oder Sturz stammen könnten.“

Mark betrachtete die Leiche der toten Frau.

„Warum hat man sie erst jetzt entdeckt? Findest du das nicht komisch?“

„Ganz und gar nicht. Das Gelände ist an dieser Stelle schwer zugänglich. Der nächstgelegene Weg verläuft da hinten, viele Meter entfernt. Außerdem ist alles zugewuchert.“

„Aber vom Plateau aus hätte man sie doch sehen müssen.“

Der Rechtsmediziner strich sich über seine Glatze und massierte nachdenklich sein Kinn.

„Daran habe ich gar nicht gedacht. Aber jetzt, wo du es sagst.“

„Aber du bist dir sicher, dass sie hier gestorben ist?“

Mallow nickte.

„Wieso hat sie dann niemand entdeckt?“, murmelte Mark nachdenklich zu sich selbst und verließ ohne ein weiteres Wort das Zelt. Sein Blick schweifte über den Felsengarten. Nachdenklich verharrte er einen Moment vor dem Zelteingang und setzte sich dann in Bewegung.

Mit schnellen Schritten steuerte er den nächstgelegenen Pfad an und schaute zum Leichenfundort. Von dieser Stelle aus wäre es tatsächlich unmöglich gewesen, zu erkennen, was sich hinter den Gebüschen befand. Er schaute sich um und blieb am Plateau hängen. Von dort aus hätte man die Leiche doch sehen müssen. Entschlossen eilte er den Weg hinauf. Oben angelangt ließ er die Umgebung auf sich wirken und ließ den Blick durch den Wald wandern. Von der Plattform hatte man eine gute Sicht auf das Fort Deckstein. Aus Zeitungsberichten wusste er, dass in den Räumlichkeiten der Kölner Bezirksligist *SC Blau-Weiß 06* untergebracht war.

Nachdenklich beugte er sich über das Geländer, checkte jede Stelle, bis er sich eingestehen musste, dass die Tote vom Plateau aus tatsächlich nicht zu sehen gewesen war. Er verließ den Aussichtspunkt und kehrte zurück zum Fundort. Gerade als er das Zelt betrat, fing Mallow an, seine Sachen zusammenzupacken. Die Leiche der jungen Frau hatten sie bereits in einen Transportsack verstaut.

Fragend blickte Mark den Rechtsmediziner an.

„Hatte sie eigentlich Papiere dabei?“

Mallow schüttelte den Kopf.

„Nur eine Gürteltasche mit einem einzelnen Schlüssel und einem Schlüsselbund. Und eine Art Ausweis. Allerdings steht nichts drauf.“

„Zeig mal.“

Für einen Moment glaubte Mark, einen Anflug von Widerwillen in Mallows Gesicht zu erkennen. Mit verkniffenem Mund winkte der Rechtsmediziner den Kollegen von der Spurensicherung heran.

„Geben Sie Herrn Birkholz bitte die Tüte mit dem Beweismaterial.“

Der Mann im weißen Overall nickte, verschwand aus dem Zelt und kam kurz darauf mit den Fundstücken zurück.

„Wollen Sie die Sachen mitnehmen?“, wollte er wissen, während er Mark die Beweise in die Hand drückte.

„Wenn niemand etwas dagegen hat“, erwiderte er und schielte hinüber zu Mallow. Der wiederum schnappte sich nur kopfschüttelnd den Alukoffer und verließ wortlos das Zelt. Mark folgte ihm nur wenige Meter dahinter.

„Irgendwann kriegst du mal mächtig Ärger. Pass bloß auf! Bei Weidler hast du keinen Stein im Brett wie bei Dahlmann.“

Mark ignorierte die Warnung des Rechtsmediziners und inspizierte aufmerksam den Inhalt des Asservatenbeutels. Der Schlüssel sah aus wie ein gewöhnlicher Haustürschlüssel. An dem Schlüsselbund befanden sich fünf Schlüssel, unter anderem ein Autoschlüssel eines renommierten Autoherstellers. Er wies kaum Gebrauchsspuren auf, was auf ein neueres Modell schließen ließ. Gut möglich, dass er über den Autoschlüssel an die Identität der Toten rankäme.

Nur wenige Minuten darauf verabschiedeten sich Mallow und Mark und schlugen den Rückweg zum Parkplatz ein. Mark nutzte die Gelegenheit und erkundigte sich nach dem Befinden des Rechtsmediziners. Eine Zeitlang hatte er sich ernsthaft Sorgen gemacht, nachdem Mallow ihm anvertraut hatte, wie schlecht es um seine Ehe bestellt war. Kurz vorher hatte er herausgefunden, dass seine Frau ihn mit einem anderen Mann betrog. Er war seiner Frau nur wenige Monate vor Ausbruch der Coronapandemie auf die Schliche gekommen. Seitdem war viel passiert. Mittlerweile hatte sich Mallow von seiner Frau getrennt und sich eine Wohnung in der Kölner Innenstadt gesucht. Doch er sah alles andere als glücklich aus, auch kam es Mark vor, als habe er in den letzten Wochen weiter abgenommen. Seit Jahren trug der Rechtsmediziner eine Glatze. Mit einer Körpergröße von zwei Metern und seinem schlaksigen Körperbau wäre Mallow der geborene Basketballspieler, sofern er ein Faible für diese Sportart gehabt hätte.

Schweigend gingen die Männer nebeneinanderher, bis Mark das Wort ergriff.

„Und, wie geht's dir?"
Mallow zuckte gleichgültig mit den Schultern und hielt den Blick auf den Gehweg gerichtet.
„Wie soll's mir gehen? Beschissen. Nächste Woche ist die Scheidung."
Er sah den Gerichtsmediziner mitfühlend an.
„Das wird bestimmt noch mal heftig."
Mallow nickte nur und wechselte das Thema.
„Hast du dir schon überlegt, wie ihr vorgeht?"
Mark hatte schon damit gerechnet, dass Mallow nicht nach Reden zumute war, daher ließ er das Thema auf sich beruhen, beschloss aber, ihn in den nächsten Tagen erneut darauf anzusprechen.
„Zwei Kollegen haben bereits die Vermisstenanzeigen gecheckt. So wie es aussieht, kommen momentan mehrere Frauen in Betracht. Ich gehe davon aus, dass wir spätestens morgen wissen, wer die Tote ist. Auf dem Schlüssel sind bestimmt Daten gespeichert."
Der Wald wurde lichter, in der Ferne waren schon die Ausläufer des Weihers zu erkennen.
„Wann planst du, sie zu obduzieren?"
Mallow warf einen Blick auf die Uhr.
„Der Tag ist noch jung. Außerdem wartet niemand auf mich. Ich denke, ich lege eine Nachtschicht ein."
Der Entschluss kam Mark sehr gelegen. Je früher Mallow die Leiche der jungen Frau sezierte, desto schneller brachte er Details ans Tageslicht, die bisher im Verborgenen geblieben waren.
„Dann rufe ich gleich beim Notdienst des Autoherstellers an."
„Da wirst du kein Glück haben. Ich glaube nicht, dass ein Notdienst Daten vom Schlüssel auslesen kann. Da musst du schon bis Montag warten."
„Ein Versuch ist es zumindest wert."
Mallow ließ die letzten Worte unkommentiert und stellte die Unterhaltung von diesem Augenblick an ein. Erst als sie wenige Minuten darauf zum Parkplatz gelangten, versprach der Rechtsmediziner, sich zu melden, sobald es neue Erkenntnisse gebe.

Noch während sie am Tatort waren, hatte Jochen Weidler bereits angekündigt, bei der Obduktion der jungen Frau anwesend zu sein. Zu Marks Freude, so musste er zumindest nicht dabei sein, zumal Leichensektionen noch nie zu seinen Vorlieben gezählt hatten. Und das würde sich unter Garantie auch zukünftig nicht ändern.

Nachdenklich stieg Mark in den BMW und schaute Mallows Wagen hinterher, bis er hinter einer Kurve verschwand. Er ließ ihr Gespräch noch kurz sacken und rief dann den Notdienst des Autoherstellers an. Allerdings wurde sein Optimismus augenblicklich ausgebremst, als der Mitarbeiter abblockte und Mark auf den nächsten Werktag vertröstete.

Kapitel 5
Samstag, 01. Juli

Es war früher Abend, als Mark die Haustür aufschloss und im Treppenhaus fast von Maja über den Haufen gerannt wurde.

Verdutzt sah er sie an.

„Wohin des Weges, schöne Frau?"

Maja lächelte zuckersüß und küsste ihn auf den Mund.

„Jochen hat eben angerufen. Ich soll bei der Obduktion dabei sein."

„Jochen? Seit wann duzt du den Arsch?"

Sie schüttelte lachend den Kopf.

„Sei nicht albern. Ich beeil mich auch", beruhigte sie ihn, warf ihm einen Luftkuss zu und war kurz darauf verschwunden. Mit einem Knall fiel die Haustür ins Schloss.

Schlecht gelaunt ging Mark hinauf in die gemeinsame Wohnung. Nach langen Diskussionen und reiflicher Überlegung hatte er sich vor einem halben Jahr endlich überreden lassen und war mit Maja zusammengezogen. Den Großteil seiner Habseligkeiten hatte er über Kleinanzeigen verscherbelt. Lediglich seine Anziehsachen, seine CD-Sammlung und seine Sportutensilien hatte er beim Umzug mitgenommen. Immerhin zehn Umzugskartons, von denen vier unangerührt im Schlafzimmer standen.

Zuallererst suchte er den Kühlschrank auf, nahm sich einen Pfefferbeißer und ein Kölsch heraus und machte es sich auf der Couch bequem. Zeitgleich schaltete er den Fernseher an und ließ den Laptop hochfahren. Er hoffte, dass die Obduktion Neuigkeiten ans Licht brachte. Gleichzeitig nervte es ihn, dass ausgerechnet sein Chef Maja bei der Obduktion Gesellschaft leistete. Noch immer war ihm schleierhaft, wie es ausgerechnet dieser schwäbische Fatzke geschaffte hatte, Nachfolger von Thomas Dahlmann zu werden. Mark hatte vor einigen Monaten selbst mit dem Gedanken gespielt, sich auf die Stelle zu bewerben, es allerdings wieder verworfen, da er davon ausging, dass er mit der Vorgeschichte sowieso keinerlei Chancen gehabt hätte. Obwohl sein damaliger Chef das anders gesehen und ihn darin bestärkt hatte, sich zu bewerben.

Mittlerweile bereute Mark seine Entscheidung, und er fragte sich nicht zum ersten Mal, was gewesen wäre, wenn er damals auf Dahlmann gehört hätte. Vielleicht wäre er tatsächlich befördert worden. Doch so war ihm zumindest viel erspart geblieben.

Er biss ein Stück des Mettwürstchens ab und wollte gerade einen Schluck vom Kölsch trinken, als das Handy klingelte. Ein flüchtiger Blick aufs Display verriet ihm, dass es sein Kollege und gleichzeitig ältester Freund Stefan Rauhaus war. Sofern man ihren Müttern Glauben schenken durfte, war Marks und Stefans Freundschaft bereits zur Sandkastenzeit aufgeflammt. Wobei sie sich zur damaligen Zeit am liebsten die Köpfe mit Sandschaufeln eingeschlagen hatten. Ihre eigentliche Freundschaft hatte noch Jahre auf sich warten lassen und war auf dem Gymnasium besiegelt worden, nachdem Mark im Chemieunterricht den halben Unterrichtsraum abgefackelt hatte. Dank Stefans Besonnenheit war Schlimmeres verhindert worden. Seit dem Tag waren sie unzertrennlich, weshalb sie im Morddezernat auch Winnetou und Old Shatterhand der Neuzeit genannt wurden. Zwar waren sie von Grund auf verschieden, doch das machte das Geheimnis ihrer erfolgreichen Zusammenarbeit aus.

„Alter, wo bleibst du?“, vernahm er Stefans vorwurfsvolle Stimme am anderen Ende der Leitung.

Augenblicklich fiel Mark das Stufennachtreffen ein. Fast auf den Tag genau vor zwanzig Jahren hatte er endlich sein Abitur in der Tasche. Knapp zwei Monate drauf hatte er bereits die Polizeischule besucht. Was das Nachtreffen anging, hatte er es schlicht und ergreifend verdrängt, vielmehr hatte er es von vornherein für sich ausgeschlossen, auch wenn er seinen Entschluss für sich behalten hatte. Er zögerte und wollte gerade nachfragen, wer alles dort wäre, als Stefan ihm zuvorkam.

„Larissa ist nicht da. Es gibt also keinen Grund, nicht zu kommen."

Mark schaute auf die Uhr und überlegte. Die Obduktion würde mindestens zwei Stunden dauern, wenn nicht sogar länger.

Seine Ex-Freundin Larissa, mit der er nicht gerade im Guten auseinandergegangen war, hatte anscheinend etwas Besseres vor. Demnach gab es nichts mehr, was gegen das Nachtreffen sprach.

„Gib mir eine halbe Stunde. Ich zieh mir noch was anderes an und mach mich dann auf den Weg. Wo ist das genau?"

Stefan nannte ihm die Adresse und drohte mit Konsequenzen, für den Fall, dass er es sich doch anders überlegen sollte.

Es war bereits einundzwanzig Uhr, als Mark das Restaurant *Zum Treppchen* betrat. Das nostalgische Gasthaus lag im Stadtteil Rodenkirchen, nur wenige Meter vom Rheinufer entfernt. Eine ausgelassene Stimmung schlug ihm entgegen. Den Großteil seiner ehemaligen Mitabiturienten erkannte er sofort. Nur bei zwei Personen musste er länger überlegen. Es war Ewigkeiten her, dass er zuletzt in dem Restaurant war.

Nach einer guten halben Stunde hatte er alle Anwesenden begrüßt und setzte sich zu Stefan an den Tisch. Stefan unterhielt sich gerade mit drei Frauen und schien sich prächtig zu amüsieren. Er war in seinem Element und kostete die Rolle des Alleinunterhalters in vollen Zügen aus. Belustigt beobachtete Mark das Schauspiel und genoss sein Kölsch. Entspannt ließ er den Blick durchs Lokal schweifen, als er plötzlich eine Frauenstimme hinter sich vernahm. Von einer Sekunde auf die nächste war es mit der Entspannung vorbei. In Zeitlupe drehte er sich um und schaute Larissa direkt in die Augen.

„Hallo Mark."

Seine Hand zitterte, als er sein Glas abstellte und sich vom Stuhl erhob.

Larissa stand unmittelbar vor ihm. Für einen Augenblick überlegte er, ob er sie umarmen sollte.

Ihre Haare waren angestuft und schulterlang. Ihre Wangen leicht gerötet, ihr Mund halb geöffnet. Auch an seiner Ex-Freundin war das Rad der Zeit nicht spurlos vorbeigegangen. Um ihre Augen bildeten sich erste Fältchen. Ihr einst zierliches Kinn hatte runde Konturen angenommen und wirkte längst nicht mehr so spitz wie früher. Einige Pfunde mehr hatte sie mittlerweile auch auf den Rippen. Doch der Zauber, der in früheren Zeiten schon von ihr ausging, war nach wie vor vorhanden. Sogar mehr als das. Ein inneres Strahlen umgab Larissa, das ihm in dieser Art und Weise früher nie aufgefallen war, zumindest war es ihm nie so bewusst gewesen wie in diesem Augenblick. Mark hatte keine Ahnung, wie lange sie sich schon schweigend gegenüberstanden.

„Schön, dich zu sehen", hörte er sich schließlich sagen.

Nur wenige Monate nach dem Tod seiner Schwester Patricia war seine Beziehung zu Larissa zerbrochen. In all den zurückliegenden Jahren hatte er sich stets als Opfer gefühlt. Larissa hatte ihn mit einem seiner besten Freunde betrogen. Sie hatte ihn verlassen und war letzten Endes mit Marks damaligem Freund zusammengezogen. Blanke Fakten, an denen es nichts zu rütteln gab und die verdeutlichten, wer schuld am Scheitern der Beziehung war. So hatte Mark all die Jahre gedacht, bis zu dem Tag, an dem ihm die offenkundige Sichtweise seiner Tante Hedwig den Kopf zurechtgerückt hatte. Der Perspektivenwechsel hatte ihn endlich aus der Opferrolle gedrängt und ihn dazu gebracht, Selbstreflexion zu betreiben. Er hatte die zerbrochene Beziehung zu Larissa aufgearbeitet und versucht, die Vergangenheit hinter sich zu lassen. Was ihm in den zurückliegenden Jahren gut gelungen war.

Doch ohne Vorankündigung katapultierte die unvorhergesehene Begegnung mit Larissa die unter Verschluss gehaltenen Verletzungen wieder an die Oberfläche. Mark war überrascht von seiner Reaktion und fühlte sich im ersten Augenblick ein wenig überfordert. Sein vorwurfsvoller Blick wanderte zu Stefan, doch der zuckte nur mit den Schultern.

„Wie geht's dir?“, wollte Larissa wissen.

„Gut. Und dir.“

Sie lächelte.

„Ich habe gehört, du bist wieder liiert?“

Er bejahte mit einem Kopfnicken.

„Und? Bist du glücklich?“, hakte sie nach.

Larissas Direktheit überraschte ihn, und im ersten Augenblick wusste er nicht, was er erwidern sollte. Natürlich war er glücklich, doch sollte er ihr das tatsächlich unter die Nase reiben? Streng genommen ging Larissa sein Leben nichts mehr an.

„Ja, schon“, antwortete er, ohne den Blick von ihr abzuwenden. Er glaubte, ein Zucken um ihren Mund wahrgenommen zu haben, doch vielleicht täuschte er sich.

„Das freut mich. Ich hoffe, dass sie dich wenigstens glücklich macht, wenn ich es schon nicht konnte.“

Ihre Worte irritierten ihn. Verlegen fuhr er sich durch die Haare und kratzte sich am Hals.

„Was hältst du davon, wenn wir rausgehen? Hier drin ist es so stickig.“

Noch während er nickte, ergriff Larissa bereits seine Hand und zog ihn hinter sich her.

Leichte Böen zogen über den Rhein. Die frische Luft war eine Wohltat und half ihm, wieder einen klaren Kopf zu bekommen. Das Licht der untergehenden Sonne legte sich über Larissas Gesicht und verlieh ihr etwas Surreales.

Mit einem Mal wirkte sie verletzlich, wie damals, als sie kurz vor der Trennung standen. Er spürte, dass Larissa etwas belastete, und er fragte sich, ob es mit der augenblicklichen Situation zusammenhing.

Nebeneinander überquerten sie die Uferstraße und setzten sich ans Rheinufer. Zuerst schweigend, doch dann löste sich die Anspannung und schon Minuten darauf plauderten sie über Gott und die Welt. Sie erzählten sich, wie es ihnen in den zurückliegenden Jahren ergangen war, doch mit keinem Wort erwähnten sie ihre gescheiterte Beziehung.

Es war gegen dreiundzwanzig Uhr, als Mark zurück ins Gasthaus ging und die Männertoilette aufsuchte. Als er kurz darauf zurückkam, war Larissa verschwunden. Er suchte den Biergarten und die Gaststube nach ihr ab. Einen kurzen Moment dachte er darüber nach, ob sie die Zeit genutzt hatte, um ebenfalls zur Toilette zu gehen. Doch niemand hatte sie gesehen, seit sie das Restaurant zusammen verlassen hatten.

Kapitel 6
Sonntag, 02. Juli

Mit einem Knacken röhrte der Kaffeevollautomat die letzten Reste einer braunen Brühe in die Tasse und gab danach keinen Mucks mehr von sich. Mark betätigte mehrmals den An- und Ausschaltknopf und schlug fluchend gegen das Gehäuse, doch die Kaffeemaschine reagierte nicht. Nachdenklich rückte er die Maschine von der Wand ab und kramte die Bedienungsanleitung aus der Schublade. In diesem Moment trat Maja hinter ihn, schlang die Arme um seinen Oberkörper und küsste ihn auf den Nacken.

„Guten Morgen, Herr Kriminalhauptkommissar. Wie nett von dir, dass du mir extra einen Kaffee gemacht hast."

Mit einem Lächeln zog Maja den halbvollen Becher vom Abtropfgitter, trank einen Schluck und verzog das Gesicht.

„Was ist das denn für eine Plörre?"

In Windeseile schüttete sie den Kaffee ins Spülbecken und sah ihn fragend an.

„Ich glaub, die Maschine hat gerade den Geist aufgegeben."

„Aber die ist doch noch nicht so alt. Drei Jahre, wenn überhaupt."

Mark zuckte mit den Schultern und richtete die Aufmerksamkeit wieder auf den Vollautomaten.

„Du warst aber spät zu Hause."

„Geht so."

„Eigentlich wolltest du doch gar nicht zum Nachtreffen. Wie war es denn?“

„Ging so.“

„Wer war denn alles da?“

„Fast alle. Einige habe ich zuerst gar nicht erkannt“, sagte er grinsend, doch er merkte, wie sich Majas Blick veränderte und sich ihre Augen zu Schlitzen verformten. Ihm war sofort klar, welche Frage als Nächstes kommen würde.

„War sie auch da?“

„Wer?“

„Larissa!“

Mark nickte und hielt den Blick starr auf die Maschine gerichtet.

„Und?“

„Und was?“

„Habt ihr euch unterhalten? Wie sieht sie aus? Hat sie sich stark verändert?“

„Eigentlich sieht sie so aus wie früher.“

„Warte mal kurz“, sagte Maja, stellte die Tasse auf die Arbeitsfläche und verschwand im Badezimmer. Wasserrauschen war zu hören, danach minutenlange Stille. Als sie nach über fünf Minuten nicht zurück war, schaute er nach, wo sie so lange blieb. Er klopfte an die Tür.

„Alles okay?“

Sie murmelte etwas, doch verstand er nicht, was sie sagte. Der Schlüssel wurde rumgedreht, und Maja tauchte im Türrahmen auf. Sie putzte sich gerade die Zähne und schaute ihn verwundert an.

„Stalkst du mich?“

Mark winkte lachend ab und ging zurück in die Küche.

„Interessiert dich denn nicht, was gestern die Obduktion ergeben hat?“, rief Maja ihm hinterher.

„Tausendmal mehr als das leidige Thema Larissa.“

Er hörte erneut Wasserrauschen, kurz darauf tauchte Maja im Türrahmen auf.

„Die Tote war zwischen zwanzig und dreißig Jahre alt. Kinder hat sie keine zur Welt gebracht. Außerdem war sie wohlhabend. Oder zumindest ihre Eltern."

„Woran macht ihr das fest?"

„Sie hat teuren Schmuck getragen. Die Kette und die Ringe waren aus Weißgold."

„Damit wissen wir schon mal, dass es kein Raubmord war", merkte er an.

„Das stimmt allerdings. Stell dir vor, ein Ring war sogar mit einem Diamanten besetzt. Eher untypisch für eine junge Frau. Die meisten in ihrem Alter bevorzugen doch eher Modeschmuck."

Mark hörte interessiert zu und holte sich die Bilder vom Tatort ins Gedächtnis. An eine Kette konnte er sich nicht erinnern, geschweige denn an Ringe. Entweder hatte die Tote äußerst dezenten Schmuck getragen oder Mallow hatte ihn ihr schon abgenommen, bevor er ins Zelt gekommen war.

„Vielleicht hat sich Mallow geirrt und sie war doch älter."

„Das glaub ich nicht, oder hast du jemals erlebt, dass sich Mallow geirrt hat?"

„Irgendwann ist immer das erste Mal", erwiderte Mark mit einem verschmitzten Lächeln.

„Sie ist auf jeden Fall erwürgt worden. Mallow geht davon aus, dass der Täter ein Mann war. Und jetzt halt dich fest!"

Maja legte bewusst eine Pause ein. Sie liebte es, ihn auf die Folter zu spannen. Und er liebte es, wie spannend sie Tatsachen an den Mann bringen konnte.

„Der Mörder hat uns etwas dagelassen."

„Inwiefern?"

„Eine Silbermünze. Tief platziert in ihrem Rachen."

Erstaunt schaute er Maja an.

„Eine Münze?"

Sie verschränkte die Arme und lehnte sich gegen den Türrahmen.

„Aber nicht so ein altes Teil, wie du vielleicht denkst."

„Sondern?"

„Die Münze kam erst letztes Jahr auf den Markt."

„Interessant."

Maja war anzusehen, wie sehr es ihr gefiel, ihn zappeln zu lassen.

„Warte mal, ich hol kurz mein Handy."

Sie eilte ins Wohnzimmer. Umkehren brauchte sie nicht, denn schon auf halber Strecke kam ihr Mark entgegen. Grinsend schlang er die Arme um ihre Hüfte und zog sie auf die Couch. Sie schmiegte sich an ihn, aktivierte ihr Handy und tippte einen Begriff in die Suchmaschine ein. Es dauerte nicht lange, bis sie fand, wonach sie suchte. Erwartungsvoll hielt sie ihm das Smartphone unter die Nase.

Er erkannte eine sechseckige Silbermünze. Sie zeigte einen nackten Diskuswerfer. Rechts am Rand befand sich eine Prägung. Abgebildet waren die Olympischen Ringe sowie der Schriftzug *Paris 2024*. Der Verweis auf die im nächsten Jahr in der französischen Hauptstadt stattfindenden Olympischen und Paralympischen Spiele. Er überflog die kurze Beschreibung zu der Münze. Darunter war in roter Schrift der aktuelle Preis der Münze hinterlegt. Die Hexagon Münze war reduziert und momentan für sage und schreibe sechzehn Euro erhältlich.

„Die gibt es auch in Gold, falls du Interesse hast", ließ Maja ihn wissen.

„Und was soll der Spaß kosten? Fünfhundert Euro?"

„Nicht ganz. Vierhundert, meine ich."

Mark pfiff anerkennend durch den Mund.

„Beide Ausgaben sind limitiert. Von der goldenen Münze gibt es ungefähr fünfzehntausend, von der silbernen hunderttausend Stück."

Mark war die Enttäuschung ins Gesicht geschrieben.

„So einfach, wie du dir das vorgestellt hast, wird es leider nicht. Außerdem müssen wir die Zwischenkäufe berücksichtigen. Selbst wenn wir von den Anbietern eine Liste über die Käufer bekommen, heißt das nicht, dass unser Mörder dabei ist."

Mark gab ein undefinierbares Brummen von sich.

„Ein Versuch wäre es zumindest wert. Bei einer Ausgabe von hunderttausend Stück wird das allerdings eine gewaltige Hausnummer."

Er betrachtete die Hexagon Münze und setzte hinterher: „Wir müssen auf alles gefasst und vor allem schnell sein, bevor unser Mörder ein weiteres Mal zuschlägt."

Kapitel 7
Montag, 03. Juli

Die Sommerferien in Nordrhein-Westfalen gingen bereits in die zweite Woche. In diesem Jahr meinte es das Wetter allerdings mit denjenigen, die zu Hause bleiben mussten, außerordentlich gut. Obwohl es erst Viertel nach neun an diesem Montagmorgen war, war es im Inneren des Wagens bereits so unerträglich warm, dass Mark die Klimaanlage anschalten musste. Er wischte sich über die Stirn und ließ den Blick über die wartenden Autos vor der roten Ampel schweifen. Zwar hatte er mit dem Autohaus keinen festen Termin vereinbart, doch allzu spät wollte er dort nicht aufschlagen, nachdem Jochen Weidler gestern Abend spontan ein Meeting für den heutigen Tag angesetzt hatte. Um elf Uhr sollte die Besprechung spätestens beginnen. Auf keinen Fall wollte Mark dort auftauchen, ohne erste Erfolge vorweisen zu können. Nachdem sie die Leiche der ermordeten Frau gefunden hatten, waren sie sämtliche Vermisstenanzeigen durchgegangen. In den letzten Wochen wurden einige Frauen als vermisst gemeldet, doch nur vier von ihnen kamen aufgrund ihrer Körperstatur und ihres Alters in Betracht. Mark war sich sicher, dass der Besuch im Autohaus die letzten Unklarheiten beseitigen würde und er danach mit hoher Wahrscheinlichkeit die Identität der Toten kannte.

Knapp zwanzig Minuten später fuhr er auf das weitläufige Firmengelände des Fahrzeughändlers und parkte den Dienstwagen in unmittelbarer Nähe des Eingangs. Kurz darauf durchquerte er den Eingangsbereich und steuerte den Empfangstresen an. Zwei Kunden waren vor ihm an der Reihe. Ein älterer Herr mit vollem Haar und einer Nickelbrille, hinter ihm stand eine Frau mittleren Alters. Sie trug einen knielangen Rock und hatte die Haare mit einem Pferdeschwanz gebändigt. Die Frau schien es eilig zu haben. Nervös trat sie von einem Bein aufs andere und blickte immer wieder auf die Uhr. Eine Viertelstunde später war Mark endlich an der Reihe. Die Mitarbeiterin lächelte freundlich und bat ihn um etwas Geduld, als das Telefon klingelte. Noch während sie das Telefonat entgegennahm, erhaschte er einen Blick auf ihr Namensschild. In Druckschrift prangte der Name *Angelika Gilbert*. Er schätzte sie auf Anfang dreißig. Ihre glatten Haare trug sie bis auf Brusthöhe. Sommersprossen zierten Wangen und Nase. Sowohl ihr Dekolleté als auch ihr Gesicht waren feuerrot.

Ungeduldig schaute er auf seine Armbanduhr und stellte erstaunt fest, dass es schon nach zehn war. Viel Zeit blieb ihm nicht mehr. Er lächelte die Mitarbeiterin an und deutete dezent auf die Uhr. Zwar verstand die Angestellte sofort, auch versuchte sie, das Telefonat abzukürzen, doch der Kunde am anderen Ende der Leitung ließ sich nicht abwimmeln. Weitere Minuten darauf würgte sie auf uncharmante Art ihren Gesprächspartner dann doch noch ab.

„Entschuldigen Sie, dass Sie so lange warten mussten. Wie kann ich Ihnen helfen?"

Mark zückte den Dienstausweis aus seiner Tasche und hielt ihn ihr unter die Nase.

„Kripo Köln. Mark Birkholz mein Name. Ich muss wissen, zu welchem Fahrzeug dieser Schlüssel gehört und auf welchen Namen das Fahrzeug zugelassen ist."

Die Frau wirkte im ersten Moment überrascht. Ihr war anzusehen, wie es in ihrem Kopf ratterte.

„Sie brauchen sich keine Sorge darüber zu machen, dass Sie vertrauliche Informationen weitergeben. Ich garantiere Ihnen, dass das keine datenschutzrechtlichen Konsequenzen mit sich bringen wird."

„Nicht?"

Mark schüttelte den Kopf.

„Sämtliche Informationen, die Sie an mich weitergeben, werden vertraulich behandelt. Außerdem werden sich die Angehörigen in der nächsten Zeit über ganz andere Dinge Gedanken machen, bestimmt nicht darüber, ob Sie eine Datenschutzverletzung begannen haben. Ich denke, Sie verstehen, was ich meine."

Die Mitarbeiterin wurde blass und hatte sichtlich Mühe, die Fassung zu bewahren. Wortlos nahm sie den Schlüssel entgegen und checkte die Daten, die darauf gespeichert waren. Es dauerte nicht lange, bis sie vom Bildschirm aufschaute und mit belegter Stimme sagte: „Der Wagen ist auf einen Ulrich Haupt zugelassen."

Nachdem sie Mark die Adresse des Fahrzeughalters genannt hatte, gab sie ihm wortlos den Schlüssel zurück. Sie stellte keine Fragen, doch genau das war es, was Mark irritierte. Normalerweise waren Bürger neugierig und löcherten sie, um möglichst viel über die Umstände zu erfahren, wie jemand zu Tode gekommen war. Eine Sensationslust, die in den letzten Jahren ausuferte und mittlerweile erschreckende Ausmaße angenommen hatte. Deshalb konnte er das Verhalten der Angestellten schwer einschätzen. War es ihrer Professionalität geschuldet, dass sie nicht nachfragte? Oder kannte sie womöglich sogar das Opfer und stand unter Schock? Fragend sah er sie an.

„Ist alles in Ordnung?"

Sie nickte und wandte kurz den Blick ab, bevor sie ihn wieder ansah.

„Alles okay. Es kommt nicht oft vor, dass die Polizei hier auftaucht. Man muss nicht überdurchschnittlich intelligent sein, um zu wissen, was das bedeutet."

Mark schaute sie mitfühlend an.

„Was ist passiert?", wollte sie dann doch von ihm wissen.

„Das darf ich Ihnen nicht sagen."

„Ist jemand gestorben?"

Mark überlegte, ob er ihr wenigstens die Frage beantworten durfte. Er nickte schließlich und verabschiedete sich kurz darauf von der Mitarbeiterin.

Die gesamte Rückfahrt bis zum Präsidium schwang das seltsame Gespräch mit der Angestellten nach. Selten hatte ihn ein

Aufeinandertreffen so irritiert, obwohl er nicht sagen konnte, was ihn so verwirrt hatte. Vermutlich war es ihre Betroffenheit gewesen. Ihr aufrichtiges Mitgefühl dem Opfer gegenüber, das sie zum Ausdruck gebracht hatte.

Es war Viertel nach elf, als Mark den BMW auf dem Parkplatz des Polizeipräsidiums abstellte und ausstieg. Der Blick aufs Handy verriet ihm, dass sein Kollege Stefan Rauhaus bereits mehrmals versucht hatte, ihn zu erreichen. Das letzte Mal vor fünf Minuten. Ihm war klar, dass er wieder einmal als Letzter zum Meeting dazustoßen würde. Was ihn in Jochen Weidlers Gunst nicht gerade in die oberen Ränge katapultierte. Er stellte sich darauf ein, dass Jochen ihn vor versammelter Mannschaft maßregeln würde. Genauso wie es sein alter Chef Thomas Dahlmann getan hatte, wenn er unpünktlich zu einer Besprechung kam.

Kapitel 8
Montag, 03. Juli

Jochen Weidler war in seinem Element, als Mark den Besprechungsraum betrat und die Tür hinter sich schloss. Außer seinem Vorgesetzten sprach niemand. Alle schauten konzentriert nach vorn und lauschten gebannt den Worten des ersten Polizeihauptkommissars. Noch vor wenigen Monaten hätte Mark spätestens in diesem Augenblick das Interesse der Kollegen auf sich gezogen, schon allein aus dem Grund, weil Thomas Dahlmann nie eine Gelegenheit ausgelassen hatte, ihn zurechtzuweisen. Auf freundliche Art und Weise, verpackt mit einer Portion Ironie und kölschem Charme. Viele Jahre hatte es gedauert, bis das Eis zwischen ihm und seinem damaligen Chef Thomas Dahlmann gebrochen war, und was früher für Mark undenkbar gewesen wäre, zeichnete sich seit einiger Zeit immer mehr ab. Tatsächlich ertappte er sich in den letzten Wochen öfter dabei, wie er seinem ehemaligen Vorgesetzten hinterhertrauerte. Verständnislos schüttelte er den Kopf, als ihm seine Gefühlsduselei bewusst wurde.

Mark steuerte den leeren Stuhl neben Peter Eiser an. Eher beiläufig schaute Peter ihn an und richtete die Aufmerksamkeit wieder auf Jochen Weidler. Der Ermittlungsleiter stand breitbeinig neben einer Leinwand und schwenkte den Strahl eines Laserpointers zu einem Foto. Es war eine Aufnahme vom Tatort. Ein vergrößerter Bildausschnitt zeigte die Halsregion des Opfers. Trotz vorangeschrittener Verwesung und großflächiger Blasenbildung waren die Würgemale und Kratzspuren am Hals deutlich zu erkennen. Jochen strich sich seine glatten Haare aus dem Gesicht, ließ den Blick über die Reihen wandern und blieb an Mark hängen, doch, anstatt die Gelegenheit zu nutzen und ihn für sein unpünktliches Erscheinen vor den Kollegen vorzuführen, fuhr Jochen mit dem Vortrag unbeirrt fort.

Das nächste Bild war zu sehen und zeigte eine sechseckige Münze. Die silberne Hexagon-Münze, die Maja ihm bereits am Vortag präsentiert hatte.

„Der Rechtsmediziner Dr. Karsten Mallow hat am Samstagabend die Leiche der jungen Frau obduziert und den Todeszeitpunkt auf ungefähr zwei Wochen festgelegt. Wir haben Glück, dass die Hitzewelle sich erst vor wenigen Tagen so richtig entfaltet hat, sonst wäre die Leiche noch stärker verwest. Die Würgemale am Hals und die Tatsache, dass ihr Kehlkopf sowie ihr Zungenbein gebrochenen sind, deuten eindeutig darauf hin, dass sie erwürgt wurde. Das perfide an der Tat ist allerdings die Münze, die Dr. Mallow im Rachen des Opfers gefunden hat. Der Mörder hat sie vor dem Tod seines Opfers dort platziert."

Ein Raunen ging durch die Reihen.

„Mit anderen Worten: Sie ist erstickt", fasste ein Polizeibeamter prägnant zusammen.

„Dr. Mallow geht davon aus, dass der Mörder die Münze mit erheblichem Kraftaufwand in den Schlund des Opfers eingeführt hat. In Anbetracht ihrer Größe ist es eher unwahrscheinlich, dass das Opfer sie hinuntergeschluckt hat. Wir können nur mutmaßen, wie sich alles zugetragen hat. Anhand der Obduktionsergebnisse lässt sich eindeutig festmachen, dass der Mörder sein Opfer erst erwürgt hat, nachdem sich die Münze bereits im Hals befand", erklärte Jochen Weidler, ohne auf die Anmerkung des Polizisten einzugehen. Entschlossen wandte er sich wieder der Leinwand zu. Dort waren mittlerweile Teilausschnitte der Silbermünze abgebildet.

„Die Gedenkmünze kam letztes Jahr auf den Markt und ist limitiert auf hunderttausend Stück. Offengestanden wäre mir die Goldmünze lieber gewesen. Davon sind nur fünfzehntausend im Umlauf“, bemerkte er grinsend. Leises Gelächter war zu hören.

„Die Händler haben wir bereits kontaktiert und Übersichten zu den getätigten Verkäufen angefordert. Es sind überwiegend Online-Händler. Wie ihr euch denken könnt, sind die Dinger auf Verkaufsplattformen wie eBay und Amazon bereits zu Tausenden verhökert worden. Es wird Ewigkeiten dauern, bis wir die Listen durchgeackert haben. Daher schlage ich vor, dass wir uns zuerst auf Käufer aus Köln und Umgebung konzentrieren.“

Weidler schaute in die Runde und erntete zustimmendes Nicken.

„Wenn man die Umstände betrachtet, kann man doch eigentlich davon auszugehen, dass der Mörder mit hoher Wahrscheinlichkeit wieder zuschlägt, oder?“, gab Marks Kollege Walter Gries zu bedenken.

Er saß mit verschränkten Armen am Ende des Besprechungszimmers, wobei sein Bierbauch unübersehbar war. Walter zählte zu den alten Hasen im Polizeigeschäft und hatte sich schon vor mehr als drei Jahrzehnten mit Thomas Dahlmann um brisante Cold-Case-Fälle gekümmert. Er war längst über sechzig und stand kurz vor der Pension. Allerdings hielt sich Walters Euphorie auf den nahenden Ruhestand in Grenzen, denn im Gegensatz zu Thomas Dahlmann, der mit seiner zweiten Frau seinen Lebensabend genoss, wartete auf Walter niemand zu Hause. Walters Frau war nach jahrelanger schwerer Krankheit vor einigen Jahren gestorben. Ihr Tod hatte ihn aus der Bahn geworfen, gerade in der Anfangszeit hatte er heftig daran zu knabbern. Doch dank der Unterstützung seiner Kollegen hatte Walter sein Leben wieder in den Griff bekommen und den nötigen Halt gefunden. Das Leben erfüllte ihn wieder mit Sinn, und Mark hoffte, dass das auch weiterhin so bleiben würde.

Jochen Weidler war anzusehen, dass er mit dieser Frage gerechnet und sich auf die Antwort gut vorbereitet hatte. Er wirkte alles andere als überrascht, strotzte geradezu vor Selbstbewusstsein und baute sich vor seinen Untergebenen auf.

„Wir werden den Fokus vor allem auf die Personen legen, die eine Münze in mehrfacher Ausfertigung gekauft haben. Und um auf Walters Frage zurückzukommen: Die Wahrscheinlichkeit, dass unser Mörder wieder zuschlägt, stufe ich mit überaus hoch ein", erklärte der erste Polizeihauptkommissar und fügte hinzu: „Nach dem derzeitigen Stand könnte jeder der Mörder sein, der auch nur eine einzige Silbermünze gekauft hat. Doch allein schon die Tatsache, wie unser Täter den Mord verübt hat, reicht aus, um sagen zu können, dass er sich mit hoher Wahrscheinlichkeit weitere Opfer suchen wird. Wir müssen unbedingt herausfinden, was für eine Botschaft der Mörder uns mit der Münze mitteilen will, und ob sie Teil eines Rituals ist. Doch was auch dahintersteckt: Er wird wieder morden."

Kapitel 9
Montag, 03. Juli

Unmittelbar nach der Besprechung hatten sich Mark und sein Kollege Stefan Rauhaus auf den Weg zu der Adresse gemacht, die Mark von der Mitarbeiterin des Autohauses genannt bekommen hatte. Doch letztendlich hätte er diese Information nicht gebraucht. In der Vermisstenanzeige, die der Polizei seit der Nacht vom 15. auf den 16. Juni vorlag, waren Name und Adresse der Angehörigen längst hinterlegt. Aus der vorliegenden Akte konnte Mark entnehmen, dass seine Kollegen noch in der Nacht, in der Ulrich Haupt seine Tochter als vermisst gemeldet hatte, mit dem Vater nach Hause gefahren waren und das Zimmer der Toten auf verdächtige Hinweise hin untersucht hatten. Dort hatten sie neben Jessica Haupts Haarbürste auch einen Teil ihrer getragenen Kleidung sichergestellt. Den Wagen, den Jessica erst zum Geburtstag von ihrem Vater geschenkt bekommen hatte, und der bis dahin immer noch vor Rose Chevaliers Villa gestanden hatte, hatten die Kollegen erst am nächsten Tag überführt. In dem Handschuhfach hatten sie schließlich Jessicas Handy gefunden.

Das Einfamilienhaus der Haupts lag einige Kilometer außerhalb von Köln, in der Nähe eines Naturschutzgebiets. Es war bereits der dritte Anlauf, nachdem die Ermittler bisher niemanden angetroffen hatten. Am frühen Abend hatten Mark und Stefan schließlich Glück.

Ein Mann öffnete den Ermittlern die Tür und schaute sie fragend an. Ulrich Haupt trug einen Anzug, darunter ein blaues Hemd. Die oberen Knöpfe standen offen. Eine gefühlte Ewigkeit weilte der Blick des Hausherrn auf Marks Dienstausweis, bis er schließlich aufsah.

„Kommen Sie wegen meiner Tochter?"

Mark bestätigte mit einem Kopfnicken. „Dürfen wir reinkommen?"

Der Mann mit dem untersetzten Körperbau und dem blonden Lockenkopf nickte kaum wahrnehmbar. Sein Gesichtsausdruck sprach Bände. Schon längst schien ihm klar zu sein, weshalb die Kriminalbeamten bei ihm aufschlugen. Wortlos ließ er sie ins Haus und führte sie in die Küche. Sie war modern eingerichtet. Schlicht, mit verchromten Elementen und einer graumelierten Arbeitsfläche. Die Schränke waren weiß. Auf dem Küchentisch war Ulrich Haupts Abendbrot hergerichtet. Ein Teller mit Butterbroten sowie Salz- und Pfeffermühle standen auf dem Tisch.

„Bitte meine Herren, nehmen Sie Platz."

Der Hauseigentümer deutete auf die lederbezogenen Hocker, während er den Teller mit dem Abendessen zur Seite stellte.

„Ich habe mich immer vor diesem Tag gefürchtet", ließ er sie mit rauer Stimme wissen.

Noch während der Vater Platz nahm, überlegte Mark, mit welchen Worten er das Gespräch am besten beginnen sollte. Immerhin war die Wahrscheinlichkeit sehr hoch, dass es sich bei der Ermordeten um Ulrich Haupts Tochter handelte.

„Herr Haupt, wir haben vergangenen Samstag eine Frauenleiche gefunden. In einem Waldstück, in der Nähe des Forts Deckstein. Leider könnte es sich bei der Toten um Ihre Tochter handeln. Die Frau hatte mehrere Schlüssel bei sich. Einen Schlüsselbund mit einem Autoschlüssel, der zu Ihrem Auto gehört, und einen einzelnen."

Kaum hatte Mark den Plastikbeutel mit den Schlüsseln auf den Tisch gelegt, wich der letzte Funken Hoffnung aus dem Gesicht des Vaters. Tränen stiegen ihm in die Augen. Niedergeschlagen senkte er den Blick und fing bitterlich zu weinen an. Minutenlang sprach niemand ein Wort.

Schließlich schaute Ulrich Haupt auf und blickte sie mit geröteten Augen an.

„Ist sie … ist Jessi ermordet worden?"

Die Ermittler wechselten Blicke, bevor Mark ihm die Frage beantwortete.

„Leider deutet alles auf eine Gewalttat hin."

„Oh Gott! Wer macht sowas Schreckliches?"

Verzweifelt schüttelte der Vater den Kopf, kramte ein Taschentuch aus der Hosentasche und schnäuzte hinein.

„Wir werden alles in unserer Macht Stehende veranlassen, um den Mörder Ihrer Tochter zur Strecke zu bringen. Doch dafür brauchen wir Ihre Hilfe."

Fragend schaute Ulrich Haupt die Ermittler an.

„Wann haben Sie Ihre Tochter zuletzt gesehen?"

„Das war an dem Tag, als sie verschwand. Wir haben noch zusammen gefrühstückt, bevor sie sich gegen acht auf den Weg zur Arbeit gemacht hat."

„Wo hat sie gearbeitet?"

„Sie hat in einem kleinen Unternehmen als Vermögensberaterin gearbeitet. Sie wollte unbedingt Erfahrungen sammeln, bevor sie meine Firma übernimmt."

„Gab es dafür einen Grund?"

„Ich will es mal so sagen: Wenn es einen gab, hat Jessi ihn mir nicht verraten."

Ulrich Haupt mühte sich ein Lächeln ab, doch es wirkte fehl am Platz und passte nicht zu seinen Augen, in denen eine unsagbare Traurigkeit lag. Es dauerte einen Moment, bis er mit seinen Ausführungen fortfuhr.

„Wissen Sie, vor knapp zwei Jahren ist meine Frau an Krebs gestorben. Es war eine harte Zeit für Jessi und mich, wie Sie sich bestimmt vorstellen können. Jessi hat sehr an ihrer Mutter gehangen. Vielleicht war das der Grund, weshalb sie viel Zeit für sich brauchte und zuerst etwas Eigenes auf die Beine stellen wollte. Vermutlich war es ihre Art, den Tod ihrer Mutter zu verarbeiten."

Es waren exakt diese Augenblicke, die Mark an seinem Job am meisten fürchtete. Die Gespräche mit den Angehörigen. Ihre Erzählungen von gemeinsamen Erinnerungen und Lebensumständen, die sie durchgemacht hatten. In diesen Momenten erwachten die Toten zum Leben. Menschen wie du und ich, mit all ihren Träumen und Wünschen. Menschen, die schwere Schicksalsschläge erlitten hatten und erst lernen mussten, mit ihnen zu leben. Unerträgliches Leid, das die Seelen der Hinterbliebenen fortan quälen sollte. Seit dem Tod seiner Schwester wusste er, wie vernichtend sich dieser Seelenschmerz anfühlte. Von einem Moment auf den anderen war alles wieder da. Die Bilder vom Tatort. Patricias sterbliche Überreste. In diesem Augenblick wollte Mark nur eins: Das Gespräch so schnell wie möglich hinter sich bringen.

„Hatte Ihre Tochter einen Freund?"

„Jessi? Wo denken Sie hin. Für sowas hatte sie keine Zeit. Sie war viel zu beschäftigt mit ihrer Arbeit."

„Aber Freundinnen hatte sie doch bestimmt?"

„Natürlich, aber seit dem Tod meiner Frau hatte sich Jessi sehr zurückgezogen. Sie war gern allein, wenn Sie verstehen, was ich meine. Menschen waren ihr meist zu anstrengend."

Mark notierte sich einige Stichpunkte auf dem Notizblock und kam auf eine wichtige Entdeckung zu sprechen, die Stefan und er kurz vor ihrem Besuch bei dem Vater gemacht hatten.

„Als wir die Vermisstenanzeigen der letzten Wochen durchgegangen sind, fiel uns etwas auf, das sie uns einmal erklären müssten."

Fragend schaute der Vater ihn an.

„Kennen Sie zufällig eine Rose Chevalier?"

„Ja, wieso?"

„Weil meine Kollegen an dem Abend, als Ihre Tochter verschwand, einen Anruf von einer gewissen Rose Chevalier erhalten haben. Sie machte sich ebenfalls große Sorgen um Ihre Tochter. Schon einige Stunden früher, bevor Sie auf der Wache aufgetaucht sind und Ihre Tochter offiziell als vermisst gemeldet haben."

„Rose Chevalier ist eine ältere Dame. Vielleicht kennen Sie sie noch aus alten Filmen. In den 1980er und 1990er war sie ein gefeierter Filmstar. Sie hat sogar in Hollywoodverfilmungen mitgespielt. Allerdings leidet sie schon lange unter einer seltenen Immunerkrankung. Ich weiß allerdings nicht, wie die Krankheit heißt. An manchen Tagen ist es so schlimm, dass sie sich kaum bewegen kann. Doch das hat Rose nicht davon abgehalten, sich einen Hund anzuschaffen. Jessi ist ab und zu mit dem Hund Gassi gegangen. Immer an den Tagen, an denen es Rose schlecht ging und sie sich nicht imstande dazu fühlte."

„Woher kannte Ihre Tochter die Schauspielerin?"

„Fragen Sie lieber, wer Rose Chevalier nicht kennt. Sie hat jahrelang nebenan gewohnt. Sie müssen an dem Haus vorbeigekommen sein. Die Kinder haben oft auf dem Grundstück gespielt. Irgendwann ist Rose dann weggezogen. In die Nähe des Geißbockheims. Die Gegend kennen Sie bestimmt."

Mehr brauchte der Witwer nicht zu sagen. Natürlich kannte Mark das Vereinshaus des FC Köln. Wie seine eigene Westentasche. Unzählige Male war er schon dort gewesen. Das Domizil der Geißböcke lag nur wenige Gehminuten vom Fort Deckstein entfernt. Ebenso wie das Vereinsheim des Fußball-Bezirksligisten *SC Blau-Weiß 06*, in unmittelbarer Nähe des Leichenfun dorts. Mark ertappte sich bei dem Gedanken, was gewesen wäre, wenn Rose Chevalier nicht in die Nähe des Decksteiner Weihers gezogen wäre, sondern in einen anderen Stadtteil. Vermutlich würde Jessica noch leben.

„Rose Chevalier hat ausgesagt, dass Jessica am Tag ihres Verschwindens mit ihrem Hund Watson Gassi gegangen ist, und Rose Sie noch am selben Abend angerufen hat. Ist das richtig?"

Der Vater nickte.

„Rose war vollkommen aufgelöst. Zu dem Zeitpunkt waren Jessi und Watson schon mehr als zwei Stunden unterwegs."

„Um wie viel Uhr war das?"

„Gegen dreiundzwanzig Uhr", antwortete er mit tränenerstickter Stimme. „Mir war sofort klar, dass etwas Furchtbares passiert sein musste. Noch in der Nacht habe ich mich auf den Weg zur Polizeidienststelle gemacht und bei einem Ihrer Kollegen eine Vermisstenanzeige aufgegeben. Ihr Kollege versicherte mir, dass in Jessis Fall alle Voraussetzungen erfüllt seien und die Polizei zeitnah mit einer groß angelegten Suchaktion starten würde."

Mark ließ die Worte des Vaters sacken. Noch mit Einsetzen der Morgendämmerung hatten sie tatsächlich ein Polizeiaufgebot mobilisiert und nach der jungen Frau gesucht, doch nicht am Fort Deckstein. Ein folgenschwerer Fehler, wie mittlerweile feststand.

Noch während Mark mit Ulrich Haupt sprach, setzte sich sein Kollege Stefan Rauhaus mit der Dienststelle in Verbindung und informierte den Leiter des Ermittlungsteams Jochen Weidler, dass sich ihre Vermutung bewahrheitet hatte und es sich bei der Ermordeten tatsächlich um die Vermisste Jessica Haupt handelte.

„Rose und ich haben in der letzten Zeit oft telefoniert. Sie wollte auf dem Laufenden gehalten werden und unbedingt wissen, sobald es Neuigkeiten gebe", erklärte der Vater mit monotoner Stimme.

„Übrigens, der eine Schlüssel …", der Vater deutete auf die Plastiktüte. „Der sagt mir nichts. Keine Ahnung wofür Jessi den gebraucht hat. Was ist eigentlich mit Jessis Wagen? Wissen Sie schon, wann ich ihn abholen kann? Und ihr Handy haben Sie auch noch."

„Sobald wir die Sachen nicht mehr benötigen, geben wir Ihnen Bescheid. Aber gehen Sie erst mal davon aus, dass es sich noch einige Tage hinziehen kann", erwiderte Mark und erhob sich vom Stuhl.

Schon wenige Minuten darauf verabschiedeten sich die Ermittler von Ulrich Haupt und versprachen, den Mörder so schnell wie möglich ausfindig zu machen. Obwohl es bereits spät war, beschlossen sie, noch bei der Schauspielerin vorbeizufahren.

Kapitel 10
Montag, 03. Juli

Carina Thurmann wusste nicht, wie ihr geschah, als ihr Chef George Weyen aufstand und ihre sorgfältig vorbereitete Präsentation im wahrsten Sinne des Wortes auseinandernahm. Vor versammelter Mannschaft verbesserte er die Fehler, die sich eingeschlichen hatten, und erklärte ihr bis in alle Einzelheiten den Unterschied zwischen Rückstellungen und Verbindlichkeiten. Einflussreiche Geschäftspartner, von deren Entscheidungen ihr Chef abhängig war, waren anwesend und verfolgten peinlich berührt, wie der Unternehmensberater seiner Mitarbeiterin eine Lehrstunde erteilte. Es war George Weyen, der letztendlich die Unklarheiten aus der Welt schaffte, die für Unmut gesorgt hatten, und sämtliche Fragen beantwortete, die noch offengeblieben waren. Immer wieder fiel er Carina ins Wort, und zum krönenden Abschluss nahm er ihr sogar den Presenter aus der Hand und klickte auf die Slides zurück, auf denen die Zwischenstationen der Erfolgsstrategie abgebildet waren.

Mit hochrotem Kopf und Tränen in den Augen stand Carina neben ihrem Chef und wäre am liebsten im Erdboden versunken.

Knapp zwei Stunden darauf hatte die Unternehmensberatung Weyen Consult GmbH den Auftrag in der Tasche. Wie ein Häufchen Elend saß Carina am Tisch, als sich ihre Auftraggeber verabschiedeten und dem erfolgreichen Unternehmensberater für die exzellente Ausarbeitung ihrer Geschäftsidee dankten.

Carina hingegen wurde von den Geschäftspartnern übersehen oder besser gesagt: Sie wurde schlicht und ergreifend nicht beachtet.

Nachdem der letzte Geschäftsmann die Räumlichkeiten der Weyen Consult GmbH verlassen hatte, setzte sich George Weyen zu seiner Mitarbeiterin und schaute sie vorwurfsvoll an.

„Ist dir eigentlich klar, wie knapp das heute war? Um ein Haar hätten wir den Auftrag in den Sand gesetzt. Was in aller Welt war nur los mit dir?"

Carina schüttelte den Kopf. Tränen rannen ihr über die Wange. Es dauerte, bis sie antwortete.

„Ich weiß es nicht. Ich hatte einen Blackout."

„Blackout nennst du das? Ich hatte zeitweise den Eindruck, du weißt überhaupt nicht, wovon du sprichst."

Ungläubig sah sie ihn an.

„Statt einer aussagekräftigen Gewinn-und-Verlust-Rechnung präsentierst du eine Gegenüberstellung von Einnahmen und Ausgaben. Wie sich das Eigenkapital zusammensetzt, schien dir ebenfalls fremd zu sein und zu guter Letzt berechnest du mit veralteten Zahlen die Abschreibungen für den Fuhrpark. Ich erkenn dich nicht wieder, Carina!"

„Mir ist im Moment alles zu viel", versuchte sie, sich zu rechtfertigen.

„Was meinst du?"

„Jeden Tag dieser enorme Druck, dann das Studium. Letzte Woche war ich nie vor neun zu Hause."

„Warum sagst du denn nichts?"

„Ich habe gedacht, ich schaff das."

George Weyen sah sie mitleidig an.

„Weißt du was? Jetzt fährst du erst mal nach Hause und schläfst dich aus. Du wirst sehen, morgen sieht die Welt schon anders aus."

Deprimiert zog sie die Schultern hoch.

„Wenn du meinst."

Er tätschelte ihr den Rücken. In Zeitlupe zog sie die Handtasche vom Stuhl, klemmte sich die Arbeitsunterlagen und das Notebook unter den Arm und stand auf.

„Wir reden die Tage dann in Ruhe. Es gibt bestimmt Möglichkeiten, dich zu entlasten."

Sie lächelte verkrampft und näherte sich der Tür.

„Und morgen bleibst du schön zu Hause."

Sie nickte kaum wahrnehmbar, zog die Glastür auf und verschwand im Foyer.

Es war fast einundzwanzig Uhr, als Carina ihre Wohnung betrat und wütend die Arbeitssachen auf die Couch warf. Schon während der Heimfahrt hatte sich die Enttäuschung über die missglückte Präsentation in Luft aufgelöst und Platz für eine unfassbare Wut gemacht. Vorgeführt hatte George Weyen sie. Vor allen Geschäftspartnern. Ohne Rücksicht auf Verluste. In ihrem ganzen Leben war sie bisher noch nie so behandelt worden. Da konnte das anschließende Gespräch nichts mehr retten. Wie sollte sie George Weyen jemals wieder unter die Augen treten? An einem einzigen Tag war das Vertrauensverhältnis zwischen ihnen unwiederbringlich zerstört worden. Sie hatte den Job so sehr gewollt. Ihr Herz hing an der Firma. Und jetzt das.

Carina zog die Schuhe aus und schleuderte sie in die Ecke. Anschließend kämpfte sie sich aus dem Etuikleid und ließ es auf den Boden fallen. Sie zog sich ein Trägertop drüber und wollte gerade in eine Shorts schlüpfen, als sie ein Geräusch vernahm. Verwundert verharrte sie in der Bewegung und lauschte. Ihr Blick blieb an der Badezimmertür hängen. Sie war angelehnt, und für den Bruchteil einer Sekunde glaubte Carina, dahinter eine Bewegung wahrgenommen zu haben. Sie stutzte, trat zur Tür und stieß sie auf.

Kapitel 11
Montag, 03. Juli

Nach einer zwanzigminütigen Autofahrt fuhren Mark und Stefan von der Autobahn ab und erreichten kurz darauf das nahegelegene Wohnviertel am Decksteiner Weiher. Nachdem der einst gefeierte Hollywoodstar damals weggezogen war, lebte Rose Chevalier nun seit mehr als zehn Jahren in einer Villa und verbrachte dort ihren Lebensabend.

Die Ermittler mussten nicht lange warten, bis die Haustür geöffnet wurde und ihnen ein Mann um die Vierzig entgegentrat. Er war etwas größer als Mark, hatte kurze Haare und wirkte recht muskulös. Im Schläfenbereich blitzten einige lichte Stellen durch, die der Mann versucht hatte, mit dem Deckhaar zu kaschieren. Fragend sah er sie an.

„Ja bitte?"

„Kriminalpolizei Köln. Birkholz mein Name. Und das ist mein Kollege Kriminalhauptkommissar Stefan Rauhaus. Wir würden gerne mit Rose Chevalier sprechen."

Verwundert runzelte der Mann die Stirn.

„Hat das nicht bis morgen Zeit? Meine Mutter ist so späten Besuch nicht mehr gewohnt."

„Lass gut sein, Caspar. Wer ist es denn?", hörte Mark die freundliche Stimme einer älteren Dame.

„Die Polizei."

„Die Polizei?", vernahm Mark erneut die Frauenstimme.

Im selben Augenblick, als Rose Chevalier neben ihren Sohn trat, wusste Mark, aus welchem Film er die Schauspielerin kannte. Sie hatte die Hauptrolle in einem Holocaust-Drama gespielt. Das Drama hatte damals zu den weltweit erfolgreichsten Filmen aller Zeiten gezählt und war mit mehreren Oscars ausgezeichnet worden.

Die einstige Hollywood-Schauspielerin schaute die Kriminalhauptkommissare aus wachen Augen an. Sie hielt einen Gehstock in der Hand, den sie jedoch derzeit nicht benötigte.

„Entschuldigen Sie die späte Störung, Frau Chevalier. Mein Name ist Mark Birkholz von der Kölner Kriminalpolizei. Und das ist mein Kollege Stefan Rauhaus. Wir müssen dringend mit Ihnen sprechen."

Zwar nickte sie, doch sie schien nach etwas Ausschau zu halten.

„Darf ich bitte einmal Ihren Ausweis sehen, junger Mann!"

„Natürlich", erwiderte Mark. Er war so perplex von ihrer forschen Art, dass ihm schlicht und ergreifend nichts Besseres einfiel. Hastig kramte er den Dienstausweis hervor und streckte ihn ihr entgegen. Rose Chevalier setzte die Brille auf, warf einen Blick auf den Ausweis und lächelte zufrieden.

„Wie kann ich Ihnen helfen, meine Herren?"

„Dürfen wir reinkommen?", fragte Mark.

Sie gab ihrem Sohn zu verstehen, dass er den Weg freigeben sollte und deutete zum Flur. Erst jetzt stützte sie sich auf ihren Stock und führte sie in ein geräumiges Wohnzimmer. Die Möbel waren robust, dunkel gehalten und aus teurem Mahagoniholz. An einer Wand hingen unzählige Fotos. Highlights aus dem Leben der Schauspielerin, die ihren einstigen Ruhm sowohl in Farbe als auch in schwarz-weiß detailgetreu widerspiegelten.

„Bitte setzen Sie sich doch. Darf es etwas zu trinken sein?“

Die Kommissare lehnten das Angebot dankend ab und kamen auf den Grund ihres späten Besuchs zu sprechen.

„Sie ahnen bestimmt, weshalb wir hier sind“, fiel Mark mit der Tür ins Haus und augenblicklich verdunkelte sich der Gesichtsausdruck der betagten Dame.

„Wegen Jessica, nehme ich an.“

Mark nickte mitfühlend.

„Sie haben Jessica gefunden, richtig?“

„Ja, in einem Waldstück, in der Nähe des Weihers. Sie wurde ermordet.“

Rose Chevalier schluckte und kämpfte mit den Tränen. Eilig zog sie ein Stofftaschentuch unterm Ärmel hervor und tupfte sich über die Wange. Sie seufzte schwer und brauchte einen Augenblick, bis sie sich gefasst hatte. Doch erst als sie Mark zunickte, begann er mit der Befragung.

„Frau Chevalier, Sie haben noch an dem Abend bei der Polizei angerufen, weil Sie sich Sorgen um Jessica und Ihren Hund machten. Unmittelbar danach haben Sie einen weiteren Anruf getätigt und Ulrich Haupt darüber informiert, dass seine Tochter vom Spaziergang nicht zurückgekehrt ist. Ist das richtig?“

Die Schauspielerin nickte.

„Erzählen Sie uns, was an dem Abend genau passiert ist.“

„Das hatte ich Ihren Kollegen ja schon gesagt. Mir ging es schon die Tage vorher nicht gut. Ich hatte so starke Schmerzen, dass ich kaum die Treppe hochkam. Wissen Sie, ich kenne Jessica schon seitdem sie ein kleines Mädchen war. Sie und ihre Freundinnen. Früher haben die Mädchen oft in meinem Garten gespielt. Meist habe ich ihnen zur Stärkung Kekse und einen warmen Kakao gemacht. Ab und zu habe ich ihnen Geschichten erzählt. Das waren großartige Mädels. Und neugierig waren sie. Sie wollten alles über mich und meine Filme wissen. Zu Jessica hatte ich immer eine ganz besondere Beziehung. Das änderte sich auch nicht, als ich wegzog. All die Jahre bin ich mit den Mädchen in Kontakt geblieben. Als Jessicas Mutter vor zwei Jahren starb, ging mir das sehr nahe. Wissen Sie, ich wollte immer eine Tochter haben. Doch leider blieb mir das verwehrt."

„Verstehe. Und Jessica hat Sie regelmäßig besucht?"

„Sie ist oft nach der Arbeit vorbeigekommen. Wenn ich mal nicht gut zu Fuß war, ist sie meist mit Watson spazieren gegangen."

„So, wie an dem Tag ihres Verschwindens?"

Sie nickte betroffen. Ihr war anzusehen, wie nahe ihr Jessicas Tod ging.

„Noch heute mache ich mir Vorwürfe. Wenn ich sie nur nicht darum gebeten hätte, mit Watson Gassi zu gehen, wäre das alles nicht passiert." Sie stutzte einen Moment, bevor sie weitersprach. „Wo haben Sie Jessica gefunden?"

„Wir haben ihre Leiche in unmittelbarer Nähe des Felsengartens gefunden. Sie wurde erwürgt."

„Oh mein Gott. Wie furchtbar. Zuerst mein Watson und jetzt Jessica", schluchzte sie.

„Watson?", fragte Mark irritiert.

„Watson. Mein Hund. Ich war so froh, als er am nächsten Morgen vor der Tür saß."

„Moment. Jessica ist mit Watson spazieren gegangen?"

Sie nickte.

„Und Watson kam am nächsten Tag zurück?", fragte er ungläubig.

Erneut bejahte sie die Nachfrage mit einem Kopfnicken.

„In den darauffolgenden Stunden habe ich gebetet, dass Jessica sich nur verletzt hat und in ein Krankenhaus gebracht wurde. Aber je mehr Zeit verstrich, desto weniger glaubte ich daran. Nur kurz darauf ist mein armer Watson dann überfahren worden. Von einem Rowdy auf einem Motorrad", sagte sie mit tränenerstickter Stimme.

„Er wurde überfahren? Wann?"

„Drei Tage, nachdem Jessica verschwunden war."

„Gab es Zeugen?"

Sie schüttelte den Kopf.

„Leider nicht. Ich wollte gerade mit Watson eine Runde drehen. Doch er ist ausgebüxt und wie von der Tarantel gestochen auf die Straße gerannt. Er hat gebellt und war vollkommen außer sich. Kurz darauf hörte ich das Motorrad aufheulen. Es ging alles so schnell. Aber eins können Sie mir glauben. Watson ist absichtlich überfahren worden. Davon bin ich felsenfest überzeugt."

Mark warf einen Blick auf die Uhr und stellte zu seiner Verwunderung fest, wie spät es bereits war. Er kramte den Schlüssel hervor, den Jessica Haupt bei sich getragen hatte, und schob ihn der Seniorin entgegen.

„Kennen Sie zufällig diesen Schlüssel?"

Sie blickte auf und sah ihn verwundert an.

„Den hatte Jessica bei sich."

Die Schauspielerin suchte Blickkontakt zu ihrem Sohn.

„Ich habe Jessica an dem Abend einen Schlüssel mitgegeben, aber ob das der Schlüssel ist, kann ich Ihnen beim besten Willen nicht sagen. Nachdem mein Sohn davon erfahren hat, hat er nur wenige Tage darauf sofort die Schlösser auswechseln lassen."

Sie winkte ihren Sohn zu sich und drückte ihm den Schlüssel in die Hand.

„Was meinst du, Caspar? Ist er das?"

Nachdenklich zuckte der Sohn mit den Schultern.

„Könnte sein. Haben wir die alten Schlüssel nicht in die Schublade gelegt? Moment, ich schau mal kurz nach."

Mit eiligen Schritten verließ er das Wohnzimmer und kam mit einem Schlüsselbund wieder. Er hielt die Schlüssel aneinander, verglich sie und schaute die Ermittler mit einem verheißungsvollen Blick an.

„Das ist definitiv unser Haustürschlüssel."

„Sicher?"

„Kein Zweifel. Schauen Sie selbst!"

Caspar Chevalier drückte Mark die Schlüssel in die Hand. Und in der Tat hatte der Sohn der Schauspielerin recht.

Mark versprach der alten Dame, sie zu informieren, sobald es Neuigkeiten gebe. Es war bereits weit nach zweiundzwanzig Uhr, als sich die Kriminalhauptkommissare von den Chevaliers verabschiedeten.

Nachdem der Sohn sie zur Tür gebracht hatte, fuhren sie auf direktem Weg zum Polizeipräsidium. Kurz bevor sie ihr Ziel erreichten, sah Stefan ihn plötzlich fragend an.

„Was hat Larissa eigentlich auf dem Nachtreffen erzählt?"

Allein der Name Larissa versetzte Mark einen Stich in die Eingeweide. Irritiert sah er Stefan an.

„Was soll sie erzählt haben?"

„Komm schon! Ihr wart Ewigkeiten draußen. Über irgendwas müsst ihr euch doch unterhalten haben."

Mark bog auf den Walter-Pauli-Ring und hielt vor dem Präsidium.

„Seit wann bist du so neugierig?"

Zwar lachte Stefan, doch es war eher ein verhaltenes Lachen.

„Weiß Maja Bescheid?"

„Worüber?"

„Was wohl? Das mit dir und Larissa. Dass ihr euch getroffen habt."

„Wir haben uns nicht getroffen. Wir sind uns zufällig begegnet. Und wenn wir schon mal dabei sind: Wieso sagst du mir am Telefon, dass Larissa nicht käme, wenn sie kurz darauf quicklebendig vor mir steht? Du wusstest, dass ich nicht scharf darauf bin, ihr über den Weg zu laufen."

„Als wir telefoniert haben, war sie nicht da. Konnte doch keiner ahnen, dass Larissa noch auftaucht. Lass dich nur nicht wieder von ihr weichkochen! Wir sehen uns dann morgen in alter Frische."

Stefan schwang sich aus dem Wagen und warf die Beifahrertür ins Schloss. Eilig steuerte er seinen alten Citroën an und rauschte kurz darauf an ihm vorbei.

Kapitel 12
Montag, 03. Juli

Mit einem leisen Knarren schwang die Badezimmertür auf. Carina Thurmann wartete förmlich darauf, angegriffen zu werden. Dass jemand im Türrahmen auftauchte und sich auf sie stürzte, doch nichts Derartiges geschah. Entnervt schüttelte sie den Kopf, als sie einen Blick ins Badezimmer warf. Sie sah wirklich schon Gespenster, und schuld daran war der Stress in den letzten Wochen auf der Arbeit. Sie konnte sich nicht daran erinnern, wann sie das letzte Mal so hart gearbeitet und so viele Überstunden abgeleistet hatte. So konnte das unmöglich weitergehen, sonst würde sie geradewegs auf einen Zwangsaufenthalt in der Irrenanstalt zusteuern.

Sie ging ins Schlafzimmer. Es dämmerte bereits, doch es war immer noch hell genug, dass sie kein Licht anmachen brauchte. Die Bettdecke lag halb auf dem Boden. Das Laken war zerknittert und verzogen. Nachdem sie am Morgen verschlafen und sich in Windeseile zurechtgemacht hatte, hatte sie keine Zeit gehabt, das Bett zu machen. Jetzt lohnte es sich nicht mehr. Die Türen des Kleiderschranks standen sperrangelweit offen. Zwei Sommerkleider und ein Jumpsuit hatte sie achtlos über einen Stuhl geworfen. Durch das gekippte Fenster drang Straßenlärm an ihr Ohr. Sie öffnete es weit, klemmte ein Buch dazwischen und atmete die frische Luft tief ein. Sie entledigte sich ihres Tops, zog BH und Unterhose aus und stieg unter die Dusche. Die Abkühlung war eine Wohltat für ihre benebelten Sinne. Tatsächlich hatte sie zum allerersten Mal an diesem Tag das Gefühl, dass sich ihr derzeit schwaches Nervenkostüm ein wenig entspannte. Sie schloss die Augen und ließ das kalte Wasser über ihren verschwitzten Körper laufen.

Was zum Teufel war nur mit ihr los? Sie hatte sich wie eine Anfängerin verhalten und sich bis aufs Blut blamiert. Und ab diesem Tag ihren Ruf weg. Als unerfahrene und ebenso inkompetente Mitarbeiterin. Die größte Niete, die sich Weyen Consult jemals ins Haus geholt hatte. Dabei hatte sie sich so gut auf die Präsentation vorbereitet. Sie hatte sämtliche Slides auswendig gelernt, jede noch so kleine Anmerkung. Wenn da nicht das große Aber gewesen wäre. Letztendlich waren es die Feinheiten gewesen. Die Fragen zum kalkulierten Unternehmensgewinn, die ihr das Genick gebrochen hatten. Darauf war sie nicht vorbereitet gewesen. Wenn sie gewusst hätte, dass die Leute den Schwerpunkt darauf legen, hätte sie sich im Vorfeld doch intensiv mit den Begrifflichkeiten der Gewinn-und-Verlust-Rechnung befasst. Ihr Chef hatte recht. Den konkreten Unterschied zwischen Rückstellungen und Verbindlichkeiten hatte sie auf die Schnelle nicht auf dem Schirm gehabt, dafür hatte sie zu stark unter Strom gestanden. Das war der entscheidende Unterschied, der einen Profi auszeichnete. Ein wahrer Experte hätte gewusst, auf welche Fragen er sich vorbereiten muss. Sie spürte eine abgrundtiefe Enttäuschung, nachdem ihr das gesamte Ausmaß der Blamage bewusst wurde. Um ein Haar hätte sie den Großauftrag in den Sand gesetzt, wenn ihr Chef nicht gewesen wäre. Sie versuchte, die aufsteigenden Tränen zu unterdrücken, doch sie konnte sie nicht zurückhalten. Wie eine Welle brach alles über ihr zusammen.

Heulend rutschte sie an den Wandfliesen hinunter und kauerte sich auf den Boden, während das Wasser unaufhörlich auf ihren Körper prasselte. Doch plötzlich fühlten sich die Tropfen auf ihrer Haut unangenehm an. Wie winzige Nadelstiche, die immer tiefer die Epidermis durchdrangen. Erst kurz darauf bemerkte sie, dass das Wasser brühend heiß war. Sie musste versehentlich an den Temperaturregler gekommen sein. Schreiend sprang sie auf und stellte auf Normaltemperatur um.

Mit ihrem heutigen Auftritt hatte sie sich dermaßen lächerlich gemacht. Kein Wunder, wenn ihr Chef kein Vertrauen mehr zu ihr hatte. Zwar hatte er Verständnis gezeigt, ihr sogar vorgeschlagen, morgen zu Hause zu bleiben, doch was wäre danach? Wie sollte sie sich zukünftig verhalten nach so einer katastrophalen Vorstellung?

Eine Gänsehaut legte sich über ihre Haut. Sie fröstelte und hatte den Eindruck, als wenn es im Badezimmer plötzlich kälter geworden wäre. Sie schaute zur Tür. Sie war lediglich angelehnt. Woher kam nur plötzlich diese Kälte?

Sie richtete sich auf und stellte die Dusche ab. Eilig trocknete sie sich ab und band sich die Haare zu einem Zopf. Mit einem Mal hatte sie plötzlich das Gefühl, beobachtet zu werden.

Verwundert sah sie zum Flur, erkannte allerdings nichts Ungewöhnliches. Kurz darauf vernahm sie ein Geräusch. Ihr Herz setzte fast aus. Lautlos trat sie zur Tür und stieß sie auf.

Mittlerweile war es stockdunkel. Sie überlegte, wie lange sie geduscht hatte. Ihr Blick wanderte den Korridor entlang und blieb an der Wohnzimmertür hängen. Sie näherte sich der Tür, doch mit jedem Schritt verstärkte sich ihr ungutes Bauchgefühl. Sie atmete tief durch, riss sie auf, doch da war nichts.

Es dauerte ein paar Minuten, bis sie sich wieder beruhigt und sich die innere Unruhe verflüchtigt hatte. Nachdenklich ging sie in die Küche, nahm eine Weißweinflasche aus dem Kühlschrank, holte sich ein Glas und verschwand im Schlafzimmer. Ihre Glieder fühlten sich schwer an, hinter den Schläfen machte sich ein leichter Kopfdruck bemerkbar. Erschöpft ließ sie sich aufs Bett fallen und füllte Wein ins Glas. Sie trank ein paar Schlucke, ließ ihr Notebook hochfahren und surfte ein wenig durchs Internet. Sie war so vertieft in Gedanken, dass sie das Gewittergrollen zuerst gar nicht hörte. Erst als es stürmischer wurde, und Blitz und Donner innerhalb kürzester Zeit aufeinanderfolgten, legte sie das Notebook zur Seite und trat ans Fenster. Endlich nahte die ersehnte Abkühlung, nachdem es in den vergangenen Tagen unerträglich heiß gewesen war.

Sie atmete die kühlere Luft ein. Starker Wind blies ihr ins Gesicht, und erste Regentropfen trafen auf den Fenstersims. Sie lehnte sich aus dem Fenster und schaute hinunter auf die Straße. Wehmütig beobachtete sie die jungen Leute, die sich ins Kölner Nachtleben stürzten. Obwohl es unter der Woche war, hielt es sie nicht vom Feiern ab.

Sie verweilte noch einige Minuten am Fenster, danach legte sie sich aufs Bett und genoss den kühlen Windzug, der über ihren Körper strich. Gierig trank sie das Glas leer, schloss die Augen und atmete tief durch. Mit jedem Atemzug verringerte sich ihre innere Anspannung. Zwar geisterte die Präsentation noch durch ihren Kopf, doch bei weitem nicht mehr so stark wie noch Stunden zuvor.

Sie schenkte Wein nach, kramte einen Liebesroman aus dem Nachttisch und las an der Stelle weiter, bei der sie vor Wochen hängen geblieben war. Über Köln tobte mittlerweile ein kräftiger Sturm. Ein Platzregen ging auf die Millionenmetropole nieder, doch erst als es hineinregnete, schloss sie das Fenster. Augenblicklich erfasste sie wieder diese unerträgliche Hitze.

Die Bettdecke würde sie diese Nacht definitiv nicht brauchen. Sie versuchte, ein wenig zu lesen, aber sie konnte sich nicht auf die Geschichte konzentrieren. Dafür war sie viel zu müde, und außerdem bekam sie das Kopfkarussell nicht abgestellt.

Über der Kölner Innenstadt entlud sich ein schweres Gewitter. Blitz und Donner folgten unmittelbar hintereinander. Hagelkörner prallten gegen die Fensterscheibe. Mehrmals nickte sie ein. Als ihr schließlich das Buch aus der Hand fiel, knipste sie das Licht aus. Keine Minute darauf war Carina Thurmann eingeschlafen.

Kapitel 13
Montag, 03. Juli

Das Unwetter erreichte gerade seinen Höhepunkt, als Mark aus dem Dienstwagen stieg und über die Straße sprintete. Die wenigen Meter bis zum Haus reichten aus, dass er bis auf die Unterhose durchnässt war.

Als er zur Wohnungstür reinkam, hatte es sich Maja bereits auf der Couch gemütlich gemacht und schaute eine Talkshow. Zu Gast waren ranghohe Politiker, die sich kritisch mit dem Ukraine-Krieg auseinandersetzten und lautstark diskutierten. Frei nach dem Motto: Der Lauteste hat recht.

Maja war so vertieft in den Schlagabtausch, dass sie ihn zuerst nicht bemerkte. Erst als er sein nasses T-Shirt auszog und sie damit bewarf. Entsetzt schrie sie auf und schleuderte es ihm lachend entgegen. Er küsste sie, schaute eher beiläufig zum Fernseher und entledigte sich seiner Jeans.

„Kommst du mit?"
„Wohin?"
„Unter die Dusche", entgegnete er grinsend.
„Doch nicht jetzt, wo es interessant wird."
„Du ziehst die dickbäuchigen Herren also vor?"
Ohne ihre Antwort abzuwarten, verschwand er im Badezimmer. Nachdem er geduscht und sich etwas Trockenes angezogen hatte, setzte er sich zu Maja auf die Couch. Die Talkshow war gerade zu Ende gegangen, sodass bereits der Abspann lief.
„Und, seid ihr weitergekommen?"
„Wie man's nimmt. Stefan und ich waren beim Vater der Ermordeten. Er heißt Ulrich Haupt und ist Witwer. Vor knapp zwei Jahren ist seine Frau an Krebs gestorben."
Ungläubig schüttelte Maja den Kopf.
„Schrecklich, was manche Menschen für ein Leid ertragen müssen."
„Das habe ich auch gedacht. Zuerst die Frau und jetzt die Tochter."
Mark hielt für einen Moment inne, bevor er weitersprach.
„Der Vater hat seit dem Tod seiner Frau mit seiner Tochter allein gelebt. An dem Tag, als Jessica Haupt verschwand, hat sie den Hund einer ehemaligen Nachbarin ausgeführt. Der Hund gehört einer älteren Dame. Vielleicht kennst du sie sogar. Sie war früher eine gefeierte Schauspielerin. Rose Chevalier."
Majas Augen weiteten sich. „Etwa die Rose Chevalier?"
„Genau die."
„Das glaub ich nicht. Ich habe fast alle ihre Filme gesehen. Ich wusste nicht, dass sie in Deutschland lebt. Und dann in Köln. Die muss doch mittlerweile fast achtzig sein."
„Sechsundsiebzig, um genau zu sein."
„Und Rose Chevalier ist eine Nachbarin von den Haupts?"
„Sie war es, bevor sie wegzog. Die Kinder haben früher oft in ihrem Garten gespielt. Rose Chevalier kannte Jessica Haupt schon seitdem sie ein kleines Mädchen war. Die beiden müssen ein sehr enges Verhältnis gehabt haben."
Mark berichtete, was Stefan und er herausgefunden hatten. Als Maja allerdings erfuhr, unter welchen Umständen Rose Cheva-

liers Hund ums Leben gekommen war, schaute sie ihn erstaunt an.

„Ein vierbeiniger Zeuge, der unter mysteriösen Umständen um die Ecke gebracht wird?"

„Rose Chevalier ist felsenfest davon überzeugt, dass ihn jemand absichtlich überfahren hat."

Maja runzelte die Stirn.

„Wenn an ihrer Vermutung tatsächlich etwas dran ist, dann muss der Hund Jessicas Mörder gekannt haben und stellte vermutlich eine potenzielle Gefahr dar. Was wiederum bedeutet, dass wir den Mörder in Rose Chevaliers unmittelbarem Umfeld suchen müssen."

„Vorausgesetzt, sie irrt sich nicht", setzte Mark hinterher.

„Was schlägst du vor? Wie sollen wir vorgehen?"

„Zuerst checken wir die Nachbarschaft. Rose Chevalier soll uns eine Liste anfertigen, von allen Personen, die mit dem Hund näheren Kontakt hatten. Außerdem statten wir sämtlichen Motorradfahrern aus der Gegend einen Besuch ab. Rose Chevalier war sich sicher, dass ihr Hund von einem Motorrad überfahren wurde. Was wiederum den Kreis der Verdächtigen enorm eingrenzt."

„Und wenn nichts dabei herumkommt?"

„Das wäre schlecht. Denn dann stehen wir wieder am Anfang."

Kapitel 14
Montag, 03. Juli

Ein Blitz zuckte über den Nachthimmel und ließ für einen Augenblick die Umrisse einer menschlichen Gestalt erahnen. Lautlos trat der Mann ans Bett, in dem Carina Thurmann tief und fest schlief. Sein Blick weilte auf ihrem Gesicht, während er darüber nachdachte, weshalb sie sich so sträubte. Gegen das Geschenk Gottes, das das Leben einer Frau erst lebenswert machte. Weshalb glaubten Frauen, in die Fußstapfen von Männern treten zu müssen? Was versprachen sie sich davon?

Erneut durchflutete ein greller Blitz das Schlafzimmer. Genau in diesem Moment wachte Carina auf und fing augenblicklich an zu schreien. Damit hatte er nicht gerechnet. Reflexartig presste er die Hand auf ihren Mund und warf sich auf sie. Die junge Frau wand sich unter seinem Gewicht und versuchte, sich aus Leibeskräften zu befreien. Sie brachte ihn mit ihrem Rumgezappel so stark in Bedrängnis, dass er sich in der Not nicht anders zu helfen wusste, als das Kissen unter ihrem Kopf wegzuziehen und es ihr aufs Gesicht zu drücken. Sofort erstickten ihre Schreie und waren nur noch gedämpft zu hören. Panisch fuchtelte sie mit den Armen und versuchte, das Kissen von ihrem Gesicht zu reißen. Dabei verpasste sie ihm mehrere Kratzer. Er verlagerte sein Gewicht und übte einen höheren Druck aus, bis er merkte, wie ihre Kräfte schwanden und ihre Gegenwehr langsam nachließ. Eilig zog er eine Silbermünze aus der Tasche und wartete, bis ihre Arme wegsackten und aufs Bett fielen. Noch während er das Kissen wegnahm, hörte er, wie sie nach Luft rang. Sie röchelte und hustete stark. Blanke Angst stand ihr ins Gesicht geschrieben, als Sekunden darauf ein Blitz das Schlafzimmer erleuchtete. Mit weit aufgerissenen Augen starrte sie ihn an.

„Wieso?“, stammelte sie nur.

Ihm war sofort klar, dass sie ihn erkannt hatte. Er durfte jetzt nicht den Fehler machen und Erbarmen zeigen, sonst käme sie womöglich davon. Unter keinen Umständen durfte er das zulassen. Ansonsten würde seine Tarnung auffliegen und alles wäre umsonst gewesen. Er wusste, dass sie keinen Moment zögern und ihn verraten würde. Dann wäre es nur noch eine Frage der Zeit, bis sie ihn schnappen und er in den Bau wandern würde. Und sobald er einmal im Knast saß, würde er nie wieder rauskommen. Nie wieder würde er die Luft der Freiheit schnuppern.

Carina Thurmann wusste nicht, wie ihr geschah, als er ihren Mund aufriss, eine Münze in ihren Schlund platzierte und ihr Mund und Nase zudrückte. Panisch wälzte sie den Kopf hin und her, rang nach Luft und schlug verzweifelt um sich. Schon kurz darauf merkte er, dass sie spürbar schwächer wurde. Längst verfehlten ihre Schläge das Ziel und kamen ihm nur noch wie zaghafte Berührungen vor, die auf seiner Haut ein angenehmes Prickeln hinterließen. Er hatte sie gebrochen. Nicht mehr lange und sie würde hinüber ins Totenreich gleiten. Brutal umklammerte er ihren Hals und drückte fest zu.

Mit letzter Kraft versuchte Carina Thurmann, sich gegen ihr unausweichliches Schicksal zu wehren, obwohl sie im tiefsten Inneren wusste, dass sie keine Chance hatte und ihr nur noch wenige Sekunden blieben, bis sie endgültig das Bewusstsein verlieren würde. Das Leben würde aus ihrem Körper weichen, bis all ihre Energie an das Universum zurückgegeben worden war.

Mit weit aufgerissenen Augen starrte sie zum Fenster. In weiter Ferne glaubte sie, die Umrisse von mehreren Gestalten wahrnehmen zu können. Männer, Frauen, sogar Kinder. Fast zeitgleich setzte die Schnappatmung ein. Ein Schleier legte sich über ihr Sichtfeld. Ihr Blick glitt ins Leere. All ihre Sorgen und Ängste verwandelten sich von einem Moment auf den nächsten in vollkommene Gleichgültigkeit. Was blieb, waren die Erinnerungen aus ihrem noch so jungen Leben. Doch auch sie verblassten. All ihre Träume gerieten immer mehr in Vergessenheit, lösten sich auf und verschmolzen mit der Unendlichkeit. Ihr Tod war vorherbestimmt. Gottes Würfel waren längst gefallen. Von dem Moment an, als sie sich für die Karriere entschied.

Kapitel 15
Dienstag, 04. Juli

Seit den frühen Morgenstunden befragte eine Handvoll Polizeibeamter die Nachbarn von Rose Chevalier. Doch niemandem war etwas Ungewöhnliches aufgefallen, geschweige denn hatte jemand an den besagten Tagen etwas beobachtet. Das Ermittlungsteam hatte die geplanten Befragungen auf das gesamte Wohngebiet ausgeweitet, nachdem Rose Chevalier den Abend zuvor ausgesagt hatte, dass sie mit ihrem Hund meist nur um die Häuserblocks gegangen war. Nachdem die Schauspielerin eine Liste angefertigt hatte, auf denen alle Personen vermerkt waren, die mit ihr und ihrem Hund näher in Kontakt gestanden hatten, rechneten die Ermittler mit langen Arbeitstagen. Dafür war die Anzahl der Motorradfahrer, die in unmittelbarer Nähe wohnten, recht überschaubar. Trotzdem würden einige Tage ins Land ziehen, bis sie die Listen abgearbeitet und mit allen Anwohnern gesprochen hatten. Nach wie vor bezweifelte Mark, dass der Hund der Schauspielerin absichtlich überfahren worden war. Der Vierbeiner war von sich aus auf die Straße gelaufen. Und so ein kleines Tier wurde schnell übersehen. Das war nichts Ungewöhnliches. Trotzdem waren die Vernehmungen und die Inspizierung der in Frage kommenden Motorräder einen Versuch wert.

Es war fast Mittag, als Marks bärtiger Kollege Peter Eiser auf ihn zustürzte und ihn verheißungsvoll ansah.

„Wir sind fast durch. Kommst du?“

Erstaunt blickte Mark ihn an.

„Wie viele habt ihr noch vor euch?“

„Nicht mehr viele. Knapp zehn.“

Ein siegessicheres Lächeln legte sich über sein Gesicht.

„Dann können wir heute früh Feierabend machen.“

Mark schloss sich Peter und vier weiteren Kollegen an. In Zweierteams durchforsteten sie die übrige Nachbarschaft, auf der Suche nach dem ominösen Biker. Was sie allerdings nicht bedacht hatten, war, dass in Nordrhein-Westfalen die Sommerferien bereits begonnen hatten. Wie zu erwarten, befanden sich unter den Motorradfahrern auch Familienväter, die längst mit ihren Familien auf dem Weg in den sonnigen Süden waren. Die anfängliche Zuversicht der Ermittler flachte daher zügig ab. Trotzdem konnten sich ihre bisher erzielten Ergebnisse sehen lassen. Bei lediglich drei Adressen hatten sie bisher niemanden angetroffen. Sie würden dranbleiben, so lange, bis sie mit der letzten Person gesprochen hatten.

Aufmerksam beobachtete Mark, wie mehrere Kollegen von der Kriminaltechnischen Untersuchung mittlerweile das fünfte Motorrad nach verdächtigen Spuren absuchten. An einem Vorderreifen entdeckten sie auffällige Verkrustungen, die auf den ersten Blick wie getrocknetes Blut aussahen. Allerdings wollten sie keine voreiligen Schlüsse ziehen und unbedingt die Laborergebnisse abwarten, zumal sie keinerlei Fell oder sonstige Tierhaare sicherstellen konnten.

„Und wenn wir falsch liegen? Vielleicht war Jessica Haupt nur zur falschen Zeit am falschen Ort", merkte Peter Eiser an, während er mit dem Zipfel seines Barts spielte.

Mark ließ Peters Worte kurz sacken, bevor er antwortete.

„Das ändert nichts an der Tatsache, dass es Zeugen geben muss. Früher oder später wird sich jemand melden. Irgendjemand muss sie an dem Abend gesehen haben. Rose Chevalier hat ausgesagt, dass Jessica Haupt mit dem Hund gegen einundzwanzig Uhr losgegangen ist. Bei der Uhrzeit war sie sich hundertprozentig sicher, da sie sich einen Krimi ansehen wollte. Um diese Zeit ist am Decksteiner Weiher immer noch was los."

Peter zupfte seinen Bart zurecht. Sein Kollege wirkte angespannt und nachdenklicher als sonst.

„Irgendwie gefällst du mir nicht. Erzähl, was ist los?"

Peter Eiser seufzte, schwieg aber.

„Hat es mit dem Fall zu tun?"

„Ich mach mir nur so meine Gedanken."

„Worüber?"

„Sie war nur ein paar Jahre jünger als Kathleen."

Kathleen war Peter Eisers große Liebe. Während der Schulzeit waren sie in derselben Stufe gewesen, hatten sich aber nach der zwölften Klasse aus den Augen verloren. Vor einigen Jahren hatte der Zufall sie wieder zusammengeführt. Seitdem waren sie ein Paar. Allerdings wohnte Peter immer noch bei seiner Mutter, was wiederum zwischen Kathleen und Peter zu Diskussionen führte, da Kathleen schon länger den Wunsch hegte, mit Peter zusammenzuziehen. Doch aus unerklärlichen Gründen wollte sich Peter nicht festnageln lassen und dachte sich immer wieder eine neue Ausrede aus, die gegen eine gemeinsame Wohnung sprach. Was Mark anging, konnte er sich hervorragend in Peters Lage versetzen, zumal er sich vor nicht allzu langer Zeit in einer ähnlichen Situation befunden hatte. Manche Argumente, die nach Peters Meinung gegen ein Zusammenziehen sprachen, hätten daher glatt von ihm sein können. Er hatte damals ähnlich argumentiert.

„Wir müssen schnell sein, bevor er wieder zuschlägt und es weitere Opfer gibt“, gab Mark zu bedenken.

„Du glaubst also auch, dass er weitermacht?“

Mark nickte.

„So jemand lebt von der Aufmerksamkeit der Öffentlichkeit.“

Nachdem das letzte Motorrad auf mögliche Beweisspuren untersucht worden war, rückten die Kollegen von der KTU ab. Grund genug für Mark und Peter, zurück zum Präsidium zu fahren. Dort wartete eine Menge Arbeit auf die Ermittler. Unter anderem mussten sie sich mit der Frage auseinandersetzen, welche Gründe den Täter dazu veranlasst haben könnten, eine Silbermünze im Schlund seines Opfers zu hinterlassen. Hatte er ihnen eine versteckte Botschaft hinterlassen? War sie Teil eines Rituals?

Sie mussten sich dringend mit den Prägungen auf der Münze befassen. Der nackte Diskuswerfer konnte eine tiefere Bedeutung haben. Nur welche? Und welche Rolle spielten die im nächsten Jahr stattfindenden Olympischen und Paralympischen Spiele in Paris?

Ein langer Arbeitstag stand den Ermittlern bevor. Zumindest das war gewiss.

Kapitel 16
Dienstag, 04. Juli

Mehrere Stunden vergingen, ohne dass sie bei den Ermittlungen vorankamen. Aus müden Augen starrte Mark auf den Bildschirm und las einen Artikel, den Peter Eiser am späten Nachmittag aus dem Internet gezogen hatte. Der Fachbericht war mittlerweile der sechste, der sich ausführlich mit der griechischen Mythologie auseinandersetzte. Der nackte Diskuswerfer gehörte zu den bekanntesten griechischen Statuen und wurde auch Diskobolos genannt. Seit Jahrtausenden verkörperte er die männliche Stärke und war der Inbegriff eines siegreichen Athleten. Die Statue war ursprünglich in der Zeit um 450 v. Chr. von dem griechischen Erzgießer Myron erschaffen worden und gehörte seitdem zu den berühmtesten Statuen weltweit. Doch in welchem Zusammenhang stand das Abbild des Diskobolos mit dem Mord an einer jungen Frau? Ging es dem Mörder überhaupt um den Diskuswerfer oder vielmehr um die französische Hauptstadt und die Olympischen Spiele, die im nächsten Jahr dort stattfinden sollten? Vielleicht war die Botschaft, die ihnen der Mörder mit der Münze zukommen lassen wollte, eher abstrakt zu deuten und er wollte etwas anderes vermitteln.

Mark rauchte der Kopf, hinzu kam, dass er sich immer schlechter konzentrieren konnte. Er gähnte und fuhr sich durch seine zerzausten Haare. Noch immer tappten sie im Dunkeln. Weiterhin konnten die Ermittlungen sie in alle Richtungen führen. Alles blieb offen, solange sie die versteckte Botschaft nicht entschlüsseln konnten.

Genervt verließ Mark das Büro und machte sich einen Kaffee.

„Kommt ihr voran?“, vernahm er kurz darauf Walter Gries’ Stimme hinter sich. Er zog die Tasse mit dem Geißbock von der Abtropfvorrichtung und wandte sich dem Kollegen zu. Walter war anzusehen, dass er die letzten Nächte wenig geschlafen hatte.

Mark rieb sich die Augen und schaute Walter demotiviert an.

„Ich komm mir vor wie im Geschichtsunterricht. Der war genauso langweilig.“

Walter lachte und klopfte ihm auf die Schulter.

„Griechische Mythologie hat noch niemandem geschadet, mein Junge. Wusstest du, dass Zeus …“

„Verschon mich mit diesem Göttergeschwafel!“

„Der wusste jedenfalls, wie man Frauen rumkriegt.“

Irritiert runzelte Mark die Stirn.

„Was willst du mir damit sagen?“

„Du musst dich mehr um deine Maja kümmern, mein Junge! Und nicht immer im Stadion abhängen.“

„Erstens hänge ich nicht dauernd im Stadion ab, und zweitens ist Sommerpause.“

Walter nickte allwissend.

„Pass nur auf, dass dir Maja nicht irgendwann wegläuft.“

„Wieso …?“

„Ich mein ja nur. Vom Fußball schauen bekommt man keine Kinder.“ Walter zwängte sich an ihm vorbei, stellte die Tasse in die Spüle, ließ Wasser hineinlaufen und schüttete es wieder aus.

„Wieso werde ich das Gefühl nicht los, dass du mir was verheimlichst. Du hast nicht zufällig mit Maja gesprochen?“

Walter schüttelte nur den Kopf.

„Und wenn, würdest du mir das sagen, oder?“

„Natürlich, mein Junge. Ich würde dir auf jeden Fall einen Wink geben.“

„Und das sollte eben einer sein?“

Walter ruckte wortlos mit den Schultern.

„Ich will nur nicht, dass du unglücklich wirst“, erwiderte sein Kollege, warf einen Blick auf die Uhr und setzte hinterher: „Ich muss los. Stell dir vor: Ich habe eine Verabredung.“

„Im Ernst? Wer ist denn die Glückliche?“

Anstatt zu antworten, winkte Walter ab und eilte davon. Stirnrunzelnd ging Mark zurück ins Büro und dachte über Walters Worte nach. Erstaunt blieb er allerdings im Türrahmen stehen, als er Peter und Stefan vor dem Schreibtisch erblickte. Doch während sich über Stefans Gesicht ein Grinsen legte, sah Peter aus, als wäre ihm jemand ins Auto gefahren.

„Habe ich was verpasst?“

„Peter hat gerade gesehen, dass ihr im ersten Spiel gegen die Zecken ranmüsst. Seitdem hat er schlechte Laune“, sagte Stefan voller Schadenfreude.

Zu seiner Schande musste Mark sich eingestehen, dass die Bekanntgabe des Spielplans zur Bundesligasaison 2023/24 vor lauter Arbeit an ihm vorbeigegangen war. Er konnte sich nicht daran erinnern, dass ihm das jemals passiert war. In Windeseile rief er den Spielplan auf und schaute sich die weiteren Spieltage an. Der zweite Spieltag versprach mit den Wolfsburgern schon einen angenehmeren Gegner. Obwohl die Wölfe die letzte Saison mit einem achten Tabellenplatz noch vor den Kölnern abgeschlossen hatten.

Eilig wechselte Mark das Thema, bevor Stefan noch auf die Idee käme, über die abgelaufene Saison zu sprechen.

„Seid ihr weitergekommen?“

„Wir haben uns eben noch mal die Produktbeschreibung zu der Silbermünze angeschaut. Dabei fiel uns auf, dass zwar auf die Olympischen Spiele in Paris eingegangen wird, aber im Mittelpunkt steht definitiv dieser Diskuswerfer, also der Genius. In der Beschreibung heißt es, dass der Genius eine bedeutende Rolle in der französischen Münzgeschichte spiele. Er verfüge über eine hohe schöpferische Begabung und stehe stellvertretend für die Athleten in Paris."

„Interessant. Nehmen wir einmal an, dem Mörder geht es tatsächlich um den Diskuswerfer. Was für eine Botschaft will er uns zukommen lassen?"

Peter schützte die Lippen und knetete seine Barthaare, während Stefan die Hände in den Hosentaschen vergrub und ans Fenster trat.

Eine gefühlte Ewigkeit herrschte betretenes Schweigen, bis sich Stefan plötzlich umdrehte und sagte: „Vielleicht steht der Genius für Perfektion. Für die höchstmögliche Stufe an schöpferischer Begabung."

Mark ließ Stefans Überlegung sacken. Abwegig war sie nicht, doch in welchem Kontext würde dann die ermordete Frau stehen?

Er bekam kaum noch einen klaren Gedanken zustande. Gähnend sah er auf die Uhr. Seit mehr als vierzehn Stunden war er auf den Beinen. Er merkte, wie sich eine lähmende Müdigkeit in ihm ausbreitete und sich in seinen Gliedern festsetzte. Seine Konzentrationsfähigkeit glich der eines an ADHS Erkrankten. Ihm fiel es schwer, dem Gespräch zu folgen. Übermüdet sah er seine Kollegen an.

„Ich schlage vor, wir machen morgen weiter. Ich bekomm nichts mehr auf die Kette."

„Geht mir auch so", erwiderte Stefan und kramte bereits den Autoschlüssel aus der Tasche.

Keine zehn Minuten darauf verließen die Ermittler das Polizeipräsidium und vereinbarten einen Treffpunkt für den nächsten Tag. Danach trennten sich ihre Wege.

Kapitel 17
Dienstag, 04. Juli

Nicola Grewing tropfte der Schweiß von der Stirn. Die unerträgliche Hitze in den Räumen des Fitnesscenters gab ihr den Rest. Noch dazu zeigte ihr Yogalehrer Armand kein Mitleid. Unermüdlich vollführte er in einstudierter Perfektion eine Yogaübung nach der anderen. Zwar waren die Übungen, die so genannten *Asanas*, nicht sonderlich schwer, doch in Verbindung mit der stickigen Luft brachten sie Nicola an ihre Grenzen.

Erleichtert atmete sie auf, als Armand mit einem Lächeln auf den Lippen endlich die Übung zur Schlussentspannung einläutete. Die Yogaübung *Shavasana* war Nicolas Lieblingsübung, und so wie sie die Gesichter ihrer Leidensgenossinnen interpretierte, war sie mit dieser Vorliebe nicht allein.

Mit ausgestreckten Beinen legte sie sich auf den Rücken, richtete ihren Pferdeschwanz und lauschte mit geschlossenen Augen Armands Worten. Er sprach ruhig, fast schon lethargisch. Es dauerte nicht lange, bis eine angenehme Ruhe in ihren Körper strömte. Die innere Unruhe, die sie noch zu Beginn des Kurses geplagt hatte, hatte sich gänzlich in Luft aufgelöst. Ebenso waren ihre Sorgen mit einem Mal wie weggeblasen. Nur wenige Minuten darauf war die schweißtreibende Yogastunde Geschichte. Mit Luftküssen verabschiedete sich Armand von den Kursteilnehmerinnen.

„Ihr wart wieder großartig, ihr Süßen. Wir sehen uns dann nächste Woche. Derselbe Raum, dieselbe Uhrzeit."

Der drahtige Schönling schnappte sich sein Handtuch, tupfte sich die wenigen Schweißperlen von der Stirn und verließ den Raum.

Als Nicola kurz darauf zur Bar trat, saß Armand auf einem Barhocker und genehmigte sich gerade einen Eistee. Er nickte ihr zu und deutete auf den Sitz zu seiner Rechten.

„Du siehst wieder umwerfend aus. Gehst du gleich noch auf die Rolle?"

Sie klemmte sich eine verschwitzte Haarsträhne hinters Ohr und lächelte.

„Komm, setz dich! Was willst du trinken, Nico?"

„Eine Cola Zero."

Für den Bruchteil einer Sekunde meinte sie, in Armands Gesicht einen Anflug von Ungläubigkeit erkannt zu haben, doch vielleicht täuschte sie sich auch. Kommentarlos bestellte er ihr das Getränk und schaute sie von oben bis unten an.

„Jetzt bist du schon so lange hier, und wir sind noch nie in den Genuss gekommen, an der Bar etwas zusammen zu trinken."

„Anscheinend waren andere Frauen bisher immer schneller als ich."

Er lachte. Tiefe Falten zeichneten sich um seine Augen ab.

„So schätzt du mich ein?"

„Keine Ahnung. Ich kenn dich ja kaum."

„Was nicht ist, kann ja noch werden", erwiderte er augenzwinkernd und ergriff sein Glas, als sich eine Angestellte näherte und ihr das Getränk servierte.

Die kalte Cola war eine Wohltat. Ihr war es fast schon peinlich, als sie das Glas bis auf wenige Schlucke leerte.

Lächelnd sah Armand sie an.

„Erzähl was von dir! Was machst du so, wenn du nicht gerade im Fitnessstudio bist."

„Da gibt es nicht viel zu erzählen. Mein Leben besteht momentan eigentlich nur aus Arbeiten, Schlafen und ab und zu etwas essen."

Ungläubig sah er sie an.

„Das hört sich nicht gerade gesund an."

„Wem sagst du das!"

„Und wieso änderst du dann nichts?"

„Gute Frage. Andererseits wartet niemand auf mich. Aus welchem Grund sollte ich etwas ändern?"

„Willst du denn keine Kinder?"

„Gott bewahre. Als Mutter bin ich gänzlich ungeeignet. Das überlasse ich lieber anderen."

Armand wirkte äußerst interessiert. Sie unterhielten sich noch eine Zeitlang, bis ihr plötzlich auffiel, dass sein Blick öfter abschweifte. Mit einem Mal wirkte er nachdenklich, fast schon irritiert.

„Stimmt was nicht?“

„Alles bestens. Ich habe nur gesehen, wie spät es schon ist. Ich muss leider los. War schön, mit dir zu reden.“

Er zog einen Geldschein aus der Tasche, legte ihn auf den Tresen und verabschiedete sich kurz darauf.

Mit einem sonderbaren Gefühl blieb Nicola Grewing sitzen und schaute Armand hinterher, bis er in der Herrenumkleidekabine verschwand.

Kapitel 18
Mittwoch, 05. Juli

Es war bereits Viertel nach neun an diesem Mittwochmorgen, als der Unternehmensberater George Weyen aus dem Büro trat und verwundert zum leeren Schreibtisch blickte, an dem normalerweise seine Mitarbeiterin Carina Thurmann saß. Irritiert wandte er sich Götz Seewald zu.

„Ist Carina immer noch nicht aufgetaucht?“

In aller Seelenruhe tippte sein Mitarbeiter den Satz zu Ende und schaute ihn an. Götz Seewald war der Inbegriff eines Sonnyboys und galt bei den Kollegen als klassischer Weltenbummler. Nachdem er sage und schreibe acht Jahre benötigt hatte, um den Bachelor in Betriebswirtschaftslehre erfolgreich abzuschließen, hatte es ihn unmittelbar danach ins Ausland verschlagen. Länder wie Australien, Malaysia, Vietnam, Amerika und Indien hatte er bereist und sich dort mit Minijobs über Wasser gehalten. Nur wenige Monate, nachdem die Coronapandemie für beendet erklärt worden war, war er nach Deutschland zurückgekehrt und sesshaft geworden. Der ausgeschriebene Job der Unternehmensberatung Weyen Consult GmbH hatte exakt in sein Raster gepasst. Sein Chef George Weyen gewährte ihm sämtliche Freiheiten. Mobiles Arbeiten war jederzeit möglich. Sogar unbezahlten Urlaub hatte sein Chef ihm zugesichert, sofern es Götz mal wieder in die Ferne ziehen würde.

„Ich habe sie noch nicht gesehen", erwiderte Götz und richtete die Aufmerksamkeit wieder auf den Bildschirm.

„Komisch. Normalerweise fängt sie spätestens um acht an", sagte Weyen, allerdings mehr zu sich selbst.

Nachdenklich ging er in sein Büro und kontrollierte sein Handy. Vielleicht hatte Carina ihn längst angerufen und er den Anruf nur überhört. Er prüfte die Liste der entgangenen Anrufe, checkte die Anrufe, die in der Zwischenzeit auf dem Festnetzanschluss eingegangen waren, doch er konnte nicht feststellen, ob Carina versucht hatte, ihn zu erreichen.

Der Geschäftsführer der Weyen Consult GmbH beschloss, noch bis zum Mittag abzuwarten.

Den ganzen Vormittag konnte sich George Weyen kaum auf die Belange der Geschäftspartner konzentrieren. Immer wieder ging ihm Carinas missglückte Präsentation durch den Kopf und er überlegte, ob die Vorkommnisse zwei Tage zuvor der Grund für Carinas Fernbleiben von der Arbeit waren. Er dachte über sein Verhalten nach und wie er auf Carinas Blackout reagiert hatte. Vielleicht war seine Reaktion doch ein wenig überzogen gewesen. Aber er hatte eingreifen müssen. Wenn er das nicht getan hätte, hätte Carina den Vortrag definitiv gegen die Wand gefahren. Unter Garantie wäre ihm einer seiner wichtigsten Geschäftspartner abgesprungen. Vielleicht nicht direkt an dem Abend, doch vermutlich hätte er die Geschäftsbeziehung nach und nach einschlafen und sich irgendwann von der Sekretärin verleugnen lassen. Er hatte das Richtige getan, auch wenn er Carina vorgeführt hatte. Schlussendlich hatte er keine andere Möglichkeit gehabt, dafür war die Geschäftsverbindung viel zu wichtig.

Es war fast Mittag, als George Weyen zum Telefonhörer griff und versuchte, Carina über ihr Mobiltelefon zu erreichen. Sein Kontaktversuch schlug fehl, lediglich die Mailbox der jungen Frau bekam er zu hören. Er hinterließ ihr eine Nachricht und schickte danach eine Mitteilung über WhatsApp, verbunden mit der dringenden Bitte, sich zeitnah bei ihm zu melden.

Nachdem weitere zwei Stunden verstrichen waren, und George Weyen immer noch nichts von seiner Mitarbeiterin gehört hatte, ließ er sich von seiner Sekretärin die Telefonnummer von Carinas Eltern raussuchen. Es war bereits Nachmittag, als er Carinas Mutter erreichte und sie darüber informierte, dass ihre Tochter nicht bei der Arbeit erschienen war.

Kapitel 19
Mittwoch, 05. Juli

Gegen siebzehn Uhr erreichte Mark das Mehrfamilienhaus, in dem vor gut einer Stunde die Leiche von Carina Thurmann entdeckt worden war. Die Informationen, die er bisher von den Kollegen bekommen hatte, waren äußerst spärlich. Er wusste nur, dass die junge Frau nicht zur Arbeit erschienen war. Am frühen Nachmittag hatte der Chef der Frau, ein gewisser George Weyen, Kontakt zu den Eltern aufgenommen und sie darüber in Kenntnis gesetzt, dass ihre Tochter nicht in der Firma aufgetaucht war. Nachdem die Mutter ihre Tochter telefonisch nicht erreichen konnte, war sie zu ihrer Wohnung gefahren und hatte ihre Tochter tot im Bett vorgefunden. Die Mutter erlitt daraufhin einen schweren Schock, konnte aber immerhin noch ihren Ehemann verständigen, der wiederum die polizeiliche Notrufzentrale alarmierte. Seitdem die Polizeibeamten am Tatort eingetroffen waren, befand sich die Mutter in psychologisch-medizinischer Betreuung.

Für die junge Frau war allerdings jede Hilfe zu spät gekommen. Den ersten Erkenntnissen nach, war sie bereits mehr als sechsunddreißig Stunden tot.

Nachdenklich ging Mark die Treppenstufen hinauf. Nach wie vor verspürte er eine gewisse Anspannung, wenn er zu einem Tatort gerufen wurde. Es war ein hartes Stück Arbeit gewesen, bis Mark gelernt hatte, mit seinen inneren Dämonen zu leben. Letzten Endes waren sie ein Teil von ihm geworden. Das musste er akzeptieren, so schwer es ihm fiel. In der Anfangszeit hatte er noch versucht, sie zu bekämpfen. Doch mittlerweile hatte er begriffen, dass diese Art von Trauerbewältigung kontraproduktiv war und alles nur noch schlimmer machte. Vielmehr hatte er lernen müssen, mit den Schattenseiten seiner Persönlichkeit zu leben, damit das Licht in sein Leben zurückkehren konnte. Nachdem er das verinnerlicht hatte, war es stetig bergauf gegangen. Nachdem er seine dunklen Seiten akzeptiert hatte, war er langsam wieder zu dem Menschen geworden, der er früher einmal war. Bevor Patricias Mörder in sein Leben getreten war und seine Familie fast zerstört hatte.

Er erreichte die obere Etage. Die Tür war angelehnt. Zwei Kollegen standen am Treppenaufgang und passten auf, dass kein Unbefugter die Dachgeschosswohnung betrat. Sie nickten freundlich und lotsten ihn zu einer Kiste, in der Einmalhandschuhe, Overalls und Schuhüberzieher deponiert waren. Den Schutzanzug und die Überzieher ließ Mark unangerührt und schnappte sich lediglich ein Paar Einmalhandschuhe. Obwohl er die Irritation seiner Kollegen bemerkte, ignorierte er sie und betrat eilig den Flur.

In der Wohnung war es stickig und unerträglich heiß. Sämtliche Fenster waren geschlossen, noch dazu herrschten weiterhin hochsommerliche Temperaturen. Er wischte sich den Schweiß von der Stirn und bewegte sich auf Walter Gries zu. Sein Kollege schien mit der schwülstickigen Luft ebenfalls seine liebe Not zu haben. Schweißtropfen perlten von seinen Schläfen. Sein Deckhaar war nass geschwitzt. Mark begrüßte seinen Kollegen und schlug ihm freundschaftlich auf die Schulter.

„Du kannst froh sein, dass du erst jetzt kommst. Ich habe das Gefühl, ich schwimm in meinem eigenen Saft“, entgegnete Walter genervt.

„Wieso macht ihr die Fenster nicht auf?“

„Anweisung von oben“, antwortete Walter und deutete zu einer angelehnten Tür.

Marks Blick blieb an einer Frau mittleren Alters hängen. Sie saß zusammengekauert auf der Couch, starrte zu Boden und wurde gerade von einem Notarzt medizinisch versorgt. Neben der Frau erkannte er eine Polizeipsychologin, die mit sorgsam gewählten Worten versuchte, der Frau Halt zu geben. Unauffällig gab Walter ihm zu verstehen, dass es sich bei der Frau um die Mutter der Toten handelte. Mit bedachten Schritten bewegte sich Mark auf die Frau zu. Er nahm auf einem Sessel Platz, nickte dem Notarzt und der Psychologin zu und richtete die Aufmerksamkeit auf die Mutter. Aus verweinten Augen sah sie ihn an.

„Frau Thurmann?"

Sie nickte wortlos.

„Mark Birkholz von der Kripo Köln. Es tut mir sehr leid, was mit Ihrer Tochter passiert ist. Mein aufrichtiges Beileid."

Sie nickte erneut, schwieg aber.

„Fühlen Sie sich in der Lage, mir ein paar Fragen zu beantworten?"

Sie bejahte die Frage. Mark suchte Blickkontakt zur Polizeipsychologin und ließ sich ihr stilles Einverständnis geben.

„Frau Thurmann, wann haben Sie Ihre Tochter das letzte Mal lebend gesehen?"

„Am Sonntag", erwiderte sie mit schwacher, monotoner Stimme.

„Hat sie an dem Tag irgendwas erzählt? Fühlte Sie sich von jemandem bedroht?"

Sie schüttelte nur den Kopf.

„Erzählen Sie mir von Ihrer Tochter. Hatte sie einen Freund?"

Die Mutter schüttelte erneut den Kopf, schnäuzte ins Taschentuch und brauchte einen Augenblick, bis sie sich wieder einigermaßen gefasst hatte. Mark schaute verstohlen zur Psychologin, die mittlerweile die Nase krauszog und kaum wahrnehmbar eine Abwehrhaltung einnahm. Er verstand sofort und wollte gerade die Befragung abbrechen, als er eine aufgebrachte Männerstimme vernahm, die unmittelbar aus dem Flur kam.

„Lassen Sie mich durch! Ich will zu meiner Frau."

Mark signalisierte den Kollegen, dass sie den Vater reinlassen sollten. Aufgelöst und mit Tränen in den Augen stürmte der Mann ins Wohnzimmer und zog seine Frau in die Arme. Carina Thurmanns Eltern weinten bitterlich. Unbemerkt stahl sich Mark davon und ließ sie mit ihrer Trauer allein. Er nutzte die Zeit und steuerte das Schlafzimmer an, wo die Mutter ihre Tochter tot aufgefunden hatte.

Am Kleiderschrank machten sich gerade zwei Kollegen von der Spurensicherung zu schaffen und suchten nach brauchbaren Fingerabdrücken. Vor dem geschlossenen Fenster erkannte Mark seinen Vorgesetzten Jochen Weidler. Breitbeinig und mit verschränkten Armen postierte er in der Nähe des Rechtsmediziners und beobachtete mit Argusaugen, wie Dr. Karsten Mallow seine Arbeit verrichtete.

Der Gerichtsmediziner untersuchte gerade den Hals der Toten. Die junge Frau lag auf dem Rücken, die leeren Augen zur Decke gerichtet. Das Bett war zerwühlt. Arme und Beine waren mit Hämatomen übersät. Die Male am Hals deuteten darauf hin, dass sie erwürgt worden war. Mark ließ den Blick über den leblosen Körper schweifen und wandte sich Mallow zu. Ihm war anzusehen, wie sehr ihm die Scheidung von seiner Frau zusetzte, mehr als er zugeben wollte. Sonderlich viel hatte er von seinem Privatleben noch nie preisgegeben. Mallow zählte nicht zu den Menschen, die ihre privaten Probleme an die große Glocke hängten und mit anderen ausdiskutierten. Meist machte er die Dinge mit sich selbst aus. Man musste ihn gut kennen, um zu wissen, wie es in seinem Inneren aussah. Auf Außenstehende wirkte er in diesen Momenten vermutlich nur hochkonzentriert, doch Mark merkte sofort, dass mit ihm etwas nicht stimmte. Viel zu lang starrte er auf den Hals der Toten, ohne sich auch nur einen Millimeter zu bewegen. Mallow war mit den Gedanken ganz woanders, das war mehr als offensichtlich.

Jochen Weidlers Anwesenheit machte die Situation nicht gerade entspannter. Mark wusste, dass Mallow über Dahlmanns Nachfolger ähnlich dachte wie er. Nur dass Mallow anders mit der Situation umging. Während Mark die Konfrontation und den offenen Schlagabtausch suchte, wählte Mallow lieber den Rückzug. Aber das, was Mark in diesem Augenblick am Tatort beobachtete, war kein Rückzug. Das war Ratlosigkeit, vor allem aber Resignation.

Mark räusperte sich, um so auf sich aufmerksam zu machen, doch weder Jochen noch Mallow zeigten eine Reaktion. Mark trat zum Bett und blieb neben seinem Chef stehen. Im ersten Augenblick meinte Mark, in Jochens Gesicht einen Anflug von

Unsicherheit erkannt zu haben. Vielleicht täuschte er sich aber auch. Ihn beschlich ein sonderbares Gefühl in Anbetracht der Tatsache, wie ähnlich doch die Spuren des Todes bei den Opfern waren.

„Derselbe Mörder?“, fragte er und sprach aus, was jeder gedacht hatte, nachdem er die Tote zu Gesicht bekommen hatte. Zum ersten Mal seitdem Mark das Schlafzimmer betreten hatte, schaute Jochen ihn an. Sein Blick war durchdringend, fast bedrohlich. Gefühlt verging eine Ewigkeit, ehe er auf das einging, was Mark gesagt hatte.

„Sieht ganz danach aus. Das Tötungsmuster ist eins zu eins identisch. Auch hat er uns wieder etwas dagelassen.“

Jochens Blick schweifte zum Rechtsmediziner, doch anstatt Jochens Worte zu kommentieren und etwas zu erwidern, verrichtete Mallow ungestört seine Arbeit. Mark kam es so vor, als wären sie Luft für ihn. Als würde Mallow sie gar nicht wahrnehmen.

Mark betrachtete die Tote und versuchte, einen Blick in ihren Hals zu erhaschen. Erst jetzt schaute Mallow auf.

„Weißt du schon, um was für einen Gegenstand es sich handelt?“

Mallow verzog das Gesicht.

„Wahrscheinlich wieder eine Münze.“

„Ist sie ebenfalls erwürgt worden?“

„Sieht ganz danach aus. Diesmal hat unser Mörder allerdings versucht, sie mit einem Kissen zu ersticken. Auf ihrem Gesicht habe ich Faserspuren entdeckt.“

Mark überlegte, weshalb der Mörder sein Opfer nicht sofort erwürgt hatte. Aus welchem Grund brauchte er ein Kissen? Hatte sie ihn zwischenzeitlich vielleicht in Bedrängnis gebracht?

„Wann hast du vor, sie zu obduzieren?“

„Heute Abend. Ich denke, so gegen acht.“

„Dann bin ich dabei.“

Im letzten Augenblick sah er noch, wie sein Chef eine Augenbraue hochzog und ein abwertendes Grinsen über sein Gesicht huschte. Doch er hielt es für angebracht, so zu tun, als habe er es nicht bemerkt.

Mark schlug vor, sich gegen zwanzig Uhr vor dem Gerichtsmedizinischen Institut zu treffen. Erst danach erfuhr er, dass Jochen ebenfalls bei der Obduktion anwesend wäre. Marks erster Impuls war, einen Rückzieher zu machen, doch damit würde er sich angreifbar machen und seinem Chef weiteres Futter liefern. Zwar war es nur noch eine Frage der Zeit, bis er mit Jochen aneinandergeraten würde, doch unter keinen Umständen wollte er derjenige sein, der das Feuer zuerst eröffnete.

Kapitel 20
Mittwoch, 05. Juli

Obwohl es bereits neunzehn Uhr war, herrschte immer noch eine drückende Schwüle in den Straßen der Kölner Innenstadt. Seit den frühen Morgenstunden hatte Nicola Grewing ununterbrochen gearbeitet und der PowerPoint-Präsentation den letzten Feinschliff verpasst. Nicola war so vertieft in ihre Arbeit, dass sie außer dem Büro nur die Kantine und ihre beiden Kollegen zu Gesicht bekam. Insgesamt waren Nicola und ihre Mitstreiter ein gewaltiges Stück vorangekommen. Wenn sich das so fortsetzte, könnten sie spätestens in einer Woche dem Vorstand die Ergebnisse präsentieren. Zum ersten Mal seitdem Nicola in dieser Firma arbeitete, spürte sie den Anflug von Stolz. Es waren ihre Ideen gewesen, die sie aufs Papier gebracht hatten und schon bald den Vorstandsmitgliedern schmackhaft machen würden. Sie allein hatte das Grundgerüst der Präsentation entworfen. Damit würde sie ihre Kollegen in die Schranken weisen. Noch nicht mal ansatzweise konnten sie ihr das Wasser reichen, sowohl intellektuell als auch strategisch. Die Art und Weise, wie sie das anstehende Projekt geplant und ihre Ideen in die Praxis umgesetzt hatte, hatte ihre Kollegen in Staunen versetzt. Damit hatte Nicola sie im wahrsten Sinne des Wortes mundtot gemacht. Keinerlei Mehrwert hatten sie in der anschließenden Gesprächsrunde vortragen können. Blieb nur zu hoffen, dass ihre zwei Kollegen fair bleiben und nicht versuchen würden, den

Erfolg auf ihr Konto zu verbuchen. Darauf musste sie vorbereitet sein.

Die Spitzen deutscher Unternehmen waren zum größten Teil noch reine Männerdomänen, die unangefochten regierten. Nach wie vor wurden Werte und Verhaltensmuster von Männern nicht nur vorgegeben, sondern ebenso vorgelebt. Sie prägten das soziale Miteinander und verdrängten mit einer unfassbaren Aggressivität Frauen von ihren hart umkämpften Positionen.

Nicola hatte ihre Mitstreiter mit ihren eigenen Waffen geschlagen. Zeitweise hatte sie sich kaum wiedererkannt, so fremd war ihr das eigene Verhalten vorgekommen. Doch es hatte sie zum Erfolg geführt. Zum Erfolg und zur damit verbundenen Macht.

Sie schwang sich die Handtasche über die Schulter und machte sich auf den Weg zum Hauptbahnhof. Zwar besaß sie einen Wagen, doch zur Arbeitsstelle fuhr sie mit den öffentlichen Verkehrsmitteln. Die Anbindungen waren gut, lange Wartezeiten waren eine Seltenheit, und außerdem nutzte sie die Fahrten zwischen Arbeitsstätte und Wohnung, um mobil zu arbeiten. Als sie den Bahnsteig erreichte, näherte sich bereits die S-Bahn.

Sie nahm neben einem älteren Herrn Platz und checkte die eingegangenen E-Mails auf ihrem Geschäftsaccount. Eilig beantwortete sie noch zwei dringende Kundenanfragen, klappte danach den Laptop zu und schwor sich, die Arbeit für den restlichen Tag ruhen zu lassen. Sie fühlte sich erschöpft, außerdem schwang das gestrige Gespräch mit Armand noch nach. Sie konnte sich nicht daran erinnern, wann sie jemals zuvor eine so sonderbare Unterhaltung geführt hatte. Zwar tiefsinnig, aber irgendwie unpassend für ihren Geschmack. Vor allem wenn man bedachte, dass sie seit über einem Jahr regelmäßig seine Yogakurse besuchte, in dieser Zeit aber nie mehr als drei Sätze mit Armand gewechselt hatte. Die Frage, ob sie sich Kinder wünschte, war ihr besonders unangenehm aufgestoßen. Was ging Armand ihr Gefühlsleben an? Andererseits besaß er vielleicht eine Art siebten Sinn und hatte insgeheim gespürt, was mit ihr los war. Nicola konnte nicht in Worte fassen, was sie an der Frage gestört hatte. Armand war alles andere als aufdringlich gewesen. Sie hatte sich in seiner Gegenwart auch nicht unwohl gefühlt. Im Gegenteil. Er strahlte eine innere Ruhe aus, war charmant und überaus attraktiv. Ein Mann, dem die Frauenherzen nur so zuflogen. Doch wie hieß es noch so treffend? Wo viel Licht ist, ist auch Schatten. Und Armand strahlte besonders viel positive Energie aus.

Wenige Minuten später fuhr die S-Bahn in den Bahnhof ein, und Nicola Grewing stieg aus. Auf halber Strecke machte sie noch Halt an einer Imbissbude und kaufte sich einen Lahmacun.

Als sie endlich zu Hause war, schlüpfte sie eilig in luftige Klamotten, erledigte noch ein paar Dinge im Haushalt und legte danach die Anziehsachen raus, die sie morgen auf der Arbeit tragen wollte. Gegen zweiundzwanzig Uhr fiel sie schließlich todmüde ins Bett und schlief augenblicklich ein.

Kapitel 21
Mittwoch, 05. Juli

Die Obduktion an Carina Thurmanns Leiche dauerte länger als geplant. Ungeduldig warf Mark einen Blick auf die Uhr. Ursprünglich sollte die Leichenschau zwei Stunden früher beginnen, doch dem Rechtsmediziner Dr. Karsten Mallow war etwas Wichtiges dazwischengekommen. Allerdings machte Mallow ein Geheimnis daraus und suhlte sich in Schweigen. Ausgerechnet diesmal war Mark pünktlich gewesen. Sein Vorgesetzter Jochen Weidler ebenfalls, daher hatten er und sein Chef die Wartezeit mit belanglosem Smalltalk überbrücken müssen. Doch so hatte Mark einige Dinge von ihm erfahren, die ihn positiv überrascht hatten.

Wie Mark war auch Jochen leidenschaftlicher Fußballfan. Zwar war er kein Anhänger vom FC Köln, doch zumindest schlug sein Fußballherz für einen Kölner Verein. Und zwar für den Fußball-Bezirksligisten *SC Blau-Weiß 06*. Jahrelang hatte Jochen für den Verein gespielt, bis eine Meniskusverletzung seiner Fußballkarriere ein jähes Ende setzte. Seitdem trainierte er eine Jugendmannschaft. Und das gar nicht mal so schlecht, wie regelmäßig den Lokalzeitungen zu entnehmen war.

Mittlerweile fielen Mark fast die Augen zu. Er war so müde, dass ihm sogar der widerwärtige Gestank, der im Sektionssaal waberte, nichts mehr ausmachte. Nachdem sie den Obduktionsraum betreten hatten, hatte er zu den obligatorischen Kreislauftropfen gegriffen und sich vorsorglich die doppelte Menge eingeflößt. Gegen den Fäulnisgeruch hatte er sich Minzöltropfen unter die Nase geschmiert. Schon seitdem er bei der Polizei arbeitete, hasste er es, bei Leichensektionen zuschauen zu müssen. Meist war er dankbar, wenn es einen Grund gab, sich zu drücken. Mallow wusste von seiner Schwäche, nachdem sich Mark während einer seiner Obduktionen schwallartig übergeben hatte, und sein Kreislauf so abgeschmiert war, dass er fast ohnmächtig geworden war. Unmittelbar danach hatte Mark mit dem Rechtsmediziner eine Abmachung getroffen, von der niemand etwas wusste. Seitdem hatte Mallow stets Kreislauftropfen parat und sorgte für Nachschub, falls sie zu Neige gingen. Bisher war es noch niemandem aufgefallen, lediglich Stefan schien einen Verdacht zu haben.

Mark betrachtete das mit Knorpel durchzogene Loch, das früher einmal der Hals von Carina Thurmann gewesen war. Nachdem Mallow das Brustbein und die Rippen freigelegt und Organe entnommen hatte, inspizierte er nun den Schlund des Opfers. Mit einer Pinzette entfernte er die Silbermünze, ließ sie in eine Aluschale fallen und reichte sie Jochen. Der Erste Polizeihauptkommissar betrachtete die Münze. Sein Gesicht sprach Bände, als er die Schale an Mark weiterreichte.

„Womit deine Frage wohl beantwortet wäre."

Obwohl der Diskuswerfer aufgrund der Gewebereste und dem Blut kaum zu erkennen war, bestand kein Zweifel, dass es sich um die gleiche Münze handelte, die sie bereits beim ersten Opfer gefunden hatten.

„Hast du nicht damit gerechnet?"

Jochen antwortete nicht sofort. Er wirkte nachdenklich und schien nach den passenden Worten zu suchen.

„Die Hoffnung stirbt bekanntermaßen zuletzt“, sagte er schließlich und fügte hinzu: „Was schlägst du vor, wie wir weiter vorgehen?“

Mark überlegte und wandte sich an Mallow.

„Was ist mit Fingerabdrücken?“

Mit ernster Miene schüttelte Mallow den Kopf.

„Ihr müsst versuchen, über die Münzverkäufe an den Mörder ranzukommen“, erklärte der Rechtsmediziner.

„Das dauert zu lange. Bis wir erste Ergebnisse vorweisen können, hat er längst wieder zugeschlagen“, gab Mark zu bedenken.

„Wurden denn mittlerweile alle Bewohner befragt? Jemand muss den Mörder doch gesehen haben. Verdammt! Er war bei ihr in der Wohnung! Im obersten Stock! Er wird kaum übers Dach gekommen sein“, erklärte Jochen.

„Zwei Parteien fehlen noch. Ansonsten sind wir so weit durch.“

„Bleibt dran! Knöpft euch den Briefträger vor, sprecht mit dem Gärtner! Sprecht mit verdammt noch mal allen! Was ist mit den Kameras?“

Mark schüttelte den Kopf.

„Negativ. Die nächste Überwachungskamera befindet sich drei Häuserblocks weiter.“

„Checkt das Bildmaterial trotzdem! Wie es der Zufall will, ist er vielleicht zu besagter Zeit genau dort vorbeigekommen“, mutmaßte sein Chef.

Jochens Überlegungen waren ein guter Ansatz, obwohl es eher unwahrscheinlich war, dass der Mörder ausgerechnet einen Weg gewählt hatte, der von Kameras überwacht wurde.

„Ich kümmere mich morgen darum.“

„Nicht morgen. Jetzt!“

Im ersten Augenblick glaubte Mark, sich verhört zu haben. Ungläubig schaute er seinen Chef an, doch spätestens als er Jochens durchdringenden Blick registrierte, war ihm klar, dass er richtig verstanden hatte.

„Weißt du eigentlich, wie spät es ist? Wir sind alle am Limit.“

„Das brauchst du mir nicht sagen. Das weiß ich selbst.“

Ohne ein weiteres Wort drehte sich Mark um und steuerte den Ausgang an.

„Wir sehen uns dann morgen früh in meinem Büro“, rief Jochen ihm hinterher, doch anstatt etwas zu erwidern, riss Mark die Tür auf und trat auf den Korridor. Ein selbstgefälliges Grinsen huschte über sein Gesicht, als die Tür ins Schloss fiel und er Jochen fluchen hörte. Eins zu null, dachte er, während er den Heimweg antrat.

Kapitel 22
Mittwoch, 05. Juli

Gelangweilt schaltete er durch die Abendprogramme, doch auf keinem Kanal lief etwas Gescheites. Entweder eine Quizsendung, eine Datingshow oder eine weitere Folge von *Germany's Next Topmodel.* Was war nur aus der Menschheit geworden? So viel intellektueller Blödsinn geballt zur selben Uhrzeit musste verboten werden.

Vor knapp einer Stunde war seine Partnerin ins Bett gegangen, nachdem die Kinder wieder einen Zirkus veranstaltet hatten. Gegen zweiundzwanzig Uhr war endlich Ruhe eingekehrt, trotzdem hatten sie vom Spielfilm nicht mehr viel mitbekommen. Jeden Tag dasselbe Theater.

Seine Partnerin hatte kaum noch Lust auf Zweisamkeit. Ihr Sexualleben war schon seit Wochen zum Erliegen gekommen.

Er trank das Kölsch aus und holte sich eine neue Flasche. Nicht zum ersten Mal dachte er darüber nach, noch mal mit ihr zu reden, obwohl er es eigentlich leid war. Ständig diese Diskussionen, schon länger kam er sich vor wie ein Bittsteller. Hinzu kamen die Geldsorgen, die ihm noch größere Sorge bereiteten. Aber mehr als arbeiten konnte er nicht. Die Ansprüche der Kinder wuchsen, noch dazu musste er einen beträchtlichen Schuldenberg abstottern. Dazu kam der sündhaft teure Urlaub auf Borkum. Normalsterbliche konnten sich das kaum noch leisten.

Am meisten nervten ihn allerdings die Reitstunden seiner Tochter und der Gitarrenunterricht seines Sohnes. Tausende von Euros hatte ihn das Privatvergnügen seiner Kinder schon gekostet. So gesehen hätte er das Geld auch als Kaminanzünder verwenden können. Das wäre auf dasselbe rausgekommen.

Seit drei Jahren nahm sein Sohn schon Gitarrenunterricht und traf immer noch keinen Ton. Ihm war schleierhaft, weshalb niemand außer ihm bemerkte, dass sein Sohn absolut talentfrei war.

Er trank mehrere Schlucke vom Kölsch und betrachtete das Foto, das vorletztes Jahr auf der Konfirmation seiner Tochter vor der Kirche gemacht wurde. Mit Erschrecken stellte er fest, dass sein Sohn nächstes Jahr schon konfirmiert wurde. Erneut würde ihn das wieder Hunderte von Euros kosten. Und wofür? Damit sich die raffgierige Familie die Bäuche vollschlagen konnte. Schon unzählige Male hatte er versucht, seinem Sohn zu erklären, dass es nicht an der Gitarre lag, dass er kein Lied fehlerfrei zustande brachte, sondern dass das einzig und allein seinem fehlenden Talent geschuldet sei. Doch außer große Augen zu machen und wie eine beleidigte Leberwurst abzurauschen, brachte sein Sohn nichts zustande. Und seine Partnerin nahm diesen Möchte-Gern James Blunt noch in Schutz. Was konnte er denn dazu, dass sein Sohn offensichtlich nicht sein musikalisches Talent geerbt hatte?

Wenn es doch nur so einfach wäre. Aber Kinder erbten nun mal fünfzig Prozent ihrer Gene vom Vater und die anderen fünfzig Prozent von der Mutter. Vielleicht sah es in dreißig Jahren schon anders aus. Bis dahin hatte man den ethnischen Moralaposteln bestimmt die Mäuler gestopft und das Klonen eines Menschen längst legalisiert. Was einer Revolution gleichkäme, denn so könnte endlich die schädliche DNA der Frauen eliminiert werden.

Er vernahm das Knarren einer Tür. Eilig trank er die Flasche leer und erhob sich von der Couch. Das Klirren von Gläsern war zu hören. Mit schnellen Schritten näherte er sich der Küche und blieb am Türrahmen stehen.

„Was turnst du hier so spät noch rum?“

Sein Sohn reckte sich gerade zum Wandschrank und zuckte augenblicklich zusammen.

„Ich wollte mir nur was zu trinken holen. Aber wir haben nichts da."

„Dann trink gefälligst Leitungswasser."

Sein Sohn nickte artig, trat zum Wasserhahn und füllte ein Glas mit Wasser. In geduckter Körperhaltung schlich er an ihm vorbei und verschwand in seinem Zimmer.

Noch während er zum Kühlschrank trat, kam ihm plötzlich eine Idee, wie sie zukünftig Geld sparen konnten. Das sündhaft teure Mineralwasser aus dem Getränkemarkt war schon seit Jahren eine Zumutung und kaum noch erschwinglich. Im Vergleich schnitt das gute, alte Kranenberger tausendmal besser ab. Noch dazu war es wesentlich günstiger, schmeckte mindestens genauso gut und war darüber hinaus noch gesünder. Für seine Kinder reichte es allemal.

Er lächelte zufrieden, als er den Kühlschrank öffnete und sich ein weiteres Kölsch herausnahm.

Kapitel 23
Donnerstag, 06. Juli

Der Geruch von frisch gebrühtem Kaffee stieg Mark in die Nase, als er aus der Dusche kam und sich abtrocknete. Er wunderte sich, wie Maja es geschafft hatte, die Kaffeemaschine zu reparieren, nachdem sie kurz zuvor den Geist aufgegeben hatte. Er schlang sich das Handtuch um die Hüfte und betrat den Flur. Als er die Küche erreichte, empfing Maja ihn mit einem zuckersüßen Lächeln und drückte ihm eine Tasse in die Hand.

„Ich bin gespannt, wie er dir schmeckt."

Er runzelte die Stirn und nippte am Kaffee.

„Und?", fragte Maja neugierig.

„Der ist gut."

Mark sah ihr an der Nasenspitze an, dass sie mit dieser Reaktion gerechnet hatte.

„Hast du etwa …?"

„… eine neue Kaffeemaschine gekauft? Ja hab ich."

„Warum hast du nichts gesagt? Wir hätten doch zusammen eine kaufen können."

„Bis du aus dem Quark kommst, ist Weihnachten", sagte sie lachend und drückte ihm einen Kuss auf den Mund.

„Übrigens, bevor ich es vergesse. Jochen hat angerufen. Du sollst deinen Arsch schleunigst ins Büro bewegen."

„Das hat er so gesagt?"

Sie nickte erneut zuckersüß. „Genau so."

Mark dachte nicht im Traum daran, ins Büro zu fahren und vor Jochen zu kuschen. Gemächlich ging er ins Schlafzimmer, zog sich an und machte es sich vor dem Laptop bequem.

Es war fast elf, als Marks Handy klingelte und einen eingehenden Anruf seines Chefs ankündigte. Für einen Moment dachte er ernsthaft darüber nach, nicht dranzugehen, doch er wollte es nicht unnötig auf die Spitze treiben.

„Moin Jochen", begrüßte er seinen Vorgesetzten übertrieben gut gelaunt.

„Wo steckst du?"

„Wieso?"

„Wenn ich mich recht entsinne, waren wir verabredet."

„Ich dachte, das wäre ein Scherz."

„Pass mal auf, wenn ich sage, dass wir uns morgen früh in meinem Büro treffen, dann meine ich das auch so. Ist das klar?"

Mark antwortete nicht. Er merkte, wie die Zornesröte in sein Gesicht schoss, und er kurz davorstand, die Beherrschung zu verlieren.

„Ob das klar ist, habe ich gefragt?"

„Ja."

„In einer Stunde in meinem Büro! Und keine Minute später!"

Es klickte in der Leitung.

Gleichstand, schoss es Mark durch den Kopf. In Zeitlupentempo legte er das Handy auf den Tisch und klappte den Laptop zu. In der Zwischenzeit war Maja ins Wohnzimmer gekommen. Ihrem Gesicht nach zu urteilen, hielt sie sich schon länger dort auf und hatte das Telefonat vermutlich mitangehört.

„Das war Jochen, oder?"

Mark nickte. Er kochte vor Wut, doch unter allen Umständen wollte er vermeiden, dass Maja es bemerkte. Seufzend legte sie die Hand auf seine Schulter.

„So ist das, wenn Alphamännchen aufeinandertreffen."

„Wovon das eine hirnamputiert ist", brummte er schlechtgelaunt.

Maja lachte und erinnerte ihn daran, dass er seinen Eltern versprochen hatte, mit ihnen in ein Möbelhaus zu fahren. Schon seit einigen Jahren wünschte sich sein Vater neue Gartenmöbel. Das Problem war allerdings der außergewöhnliche Geschmack seines Vaters. Kein einziges Möbelhaus in Köln und Umgebung hatte bisher eine Sitzgarnitur im Programm gehabt, die seinem Vater auch nur annähernd gefallen hatte. Mark grauste vor dem bevorstehenden Nachmittag, zumal es mittlerweile das vierte Mal war, dass er mit seinen Eltern losfuhr und nach geeigneten Möbeln suchte. Er rief seine Mutter an und ließ sie wissen, dass er plante, sie gegen sechzehn Uhr abzuholen. Danach machte er sich auf den Weg ins Präsidium. In weiser Voraussicht, dass Jochen vorhatte, sich mit ihm einen Schlagabtausch zu liefern.

Kapitel 24
Donnerstag, 06. Juli

Als Mark das Polizeipräsidium am Walter-Pauli-Ring erreichte, herrschte auf dem Vorplatz helle Aufruhr. Zuerst konnte er sich keinen Reim darauf machen, welchen Grund es für die Aufregung unter den Kollegen gab, doch dann fielen ihm die Dreharbeiten ein. Schon vor Wochen hatte sich eine Filmproduktionsfirma angekündigt und geplant, einige Szenen für einen Thriller auf dem Gelände der Polizeiwache zu drehen. Dem ein oder anderen Kollegen war sogar eine Statistenrolle angeboten worden. Diese Gelegenheit hatte sich sein Kollege Walter Gries nicht entgehen lassen, obwohl sich Jochen Weidler zuerst quer gestellt hatte. Walter hatte mehrere Anläufe benötigt und seine ganze Überredungskunst angewandt, bis Jochen endlich die Genehmigung erteilt hatte.

Es war lange her, dass Mark seinen Kollegen so schnell hatte laufen sehen. Wie ein Jungspund sprintete Walter über den Vorhof und verschanzte sich hinter einem Einsatzfahrzeug. Erinnerungen wurden in ihm wach, als er Walter so hinterm Wagen kauern sah. Vor einigen Jahren hatten sich Walter und Mark in einer ähnlichen Situation befunden. Die Lage war damals äußerst brenzlig, nachdem es zu einem Schusswechsel gekommen war. Glücklicherweise war Walter mit einem Streifschuss davongekommen. Eine laute Männerstimme riss Mark aus seinen Gedanken und kündigte eine bevorstehende Drehpause an.

„Schnitt!"

Er nutzte den Moment und flüchtete ins Gebäude. Niemand schien Notiz von ihm genommen, geschweige denn seine Anwesenheit bemerkt zu haben. Nachdem er dem Trubel entkommen war und den Empfangsbereich hinter sich gelassen hatte, atmete er erleichtert auf. Er eilte die Treppenstufen hinauf, ließ das erste Stockwerk hinter sich und erreichte kurz darauf Jochens Büro. Die Tür war lediglich angelehnt. Mark klopfte, als allerdings niemand reagierte, trat er ein. Zu seiner Verwunderung war das Büro leer. Damit hatte er nicht gerechnet, nachdem Jochen am Telefon so ein Theater veranstaltet hatte. Eigentlich hatte nur noch gefehlt, dass er Mark mit einer Suspendierung gedroht hätte. Er überlegte, wo er stecken könnte, und trat zum Fenster. Sein Blick schweifte über den Vorplatz, in der Hoffnung Jochen zu entdecken, doch weit und breit war er nicht zu sehen.

Mark beschloss, ihn übers Handy anzurufen, doch er meldete sich nicht. Kurzerhand nahm er einen Zettel zur Hand und hinterließ ihm eine Nachricht. Noch während er schrieb, fiel ihm eine Notiz auf. Sie war mit der Hand geschrieben und klebte am Monitor. Er konnte sie nur teilweise entziffern. Das heutige Datum mit einer Uhrzeit war vermerkt.

Nachdem er zu Ende geschrieben hatte, platzierte er den Zettel so, dass Jochen ihn unmöglich übersehen konnte, und verließ das Büro. Noch bevor er die Treppe erreichte, lief ihm sein Kollege Stefan Rauhaus in die Arme. Er sah sofort, wie schlecht Stefan gelaunt war, noch dazu war er auf Krawall gebürstet.

„Diesen Zirkus mach ich nicht mehr lange mit!“, schimpfte er. Stefan nahm kein Blatt vor den Mund und ließ ihn augenblicklich wissen, was ihm über die Leber gelaufen war.

„Jochen hat sie nicht alle. Der Typ ist ein noch größerer Exzentriker als Dahlmann.“

Mark konnte sich ein Grinsen kaum verkneifen. Es war kein Geheimnis, dass Stefan gegen ihren alten Vorgesetzten Thomas Dahlmann schon eine Abneigung gehegt hatte, doch Jochen Weidler setzte dem Ganzen eine Krone auf. Geduldig hörte er zu, während Stefan ordentlich Dampf abließ und sich seinen Unmut von der Seele redete.

„Was stimmt mit dem nicht? Du hättest den eben erleben sollen …“

Im letzten Moment sah Mark noch, wie Jochen um die Ecke geschossen kam und geradewegs auf sie zusteuerte. Lautstark fiel er Stefan ins Wort.

„Das freut mich, dass es deiner Oma wieder besser geht.“

Irritiert starrte Stefan ihn an. Seinem Gesichtsausdruck nach zu urteilen, schien Stefan anzunehmen, dass Mark nun vollkommen den Verstand verloren hätte. Erst als Jochen neben ihnen stehenblieb, begriff Stefan, wovor Mark ihn bewahrt hatte. Mit weit aufgerissenen Augen starrte er Jochen an und schien abzuwägen, was er mitbekommen hatte. Doch ihr Chef schien mit den Gedanken nicht ganz bei der Sache zu sein. Er wirkte nachdenklich und noch reservierter als sonst. Verstohlen schaute Jochen mehrmals auf die Uhr.

„Hat Stefan dich schon auf den neusten Stand gebracht?“, fragte Jochen eher beiläufig.

„Nein.“

Generyt verdrehte er die Augen und bedachte Stefan mit einem abfälligen Blick.

„Dann schaffe ich mal Abhilfe. Nicht, dass Stefan dir noch was Falsches erzählt.“

Mit einer Handbewegung gab er ihnen zu verstehen, dass sie ihm folgen sollten. Zielstrebig steuerte er sein Büro an. Noch während sie hinter ihm hergingen, nutzte Mark den Augenblick und gab Stefan wortlos zu verstehen, dass Jochen unter Garantie nichts mitbekommen hatte.

„Bist du sicher?", raunte Stefan ihm zu.

Mark nickte kaum wahrnehmbar.

Im Büro angelangt, schnappten sie sich zwei Stühle, positionierten sie direkt vor Jochens Schreibtisch und nahmen Platz. Ohne Umschweife kam der Leiter des Kriminalkommissariats zur Sache.

„Ich mach es kurz. Stefan, du bist ja schon involviert. Ich habe das Ermittlungsteam um zehn weitere Personen aufgestockt. Außerdem werdet ihr euch ab sofort verstärkt um die Verkäufer kümmern, die diese Münzen anbieten. Des Weiteren fehlen mir noch die Protokolle zu den Befragungen."

„Ich dachte, die hättest du schon."

Jochen strafte ihn mit einem verächtlichen Blick.

„Würde ich es dann erwähnen? Ist euch klar, wie viel Zeit wir dadurch verschwenden? Morgen früh um neun liegen mir sämtliche Unterlagen vor. Und keine Minute später. Ist das klar?"

Stefan wollte gerade etwas erwidern, doch Mark hielt ihn zurück.

„War es das?", fragte er zusehends gereizt.

Für den Bruchteil einer Sekunde erkannte er auf Jochens Gesicht den Anflug von Irritation. Doch genauso schnell, wie ihn Marks Reaktion aus dem Konzept gebracht hatte, hatte er sich wieder unter Kontrolle.

„Ich verlass mich auf euch!", beendete der Ermittlungsleiter die Unterredung.

Mark erhob sich vom Stuhl und ließ Jochen dabei nicht aus den Augen.

„Du bekommst die Sachen. Spätestens morgen um neun Uhr liegen sie dir vor."

Mit einem siegessicheren Lächeln und verschränkten Armen lehnte sich Jochen zurück.

„Davon gehe ich aus."

Zwischen den Männern war alles gesagt, und ohne ein weiteres Wort verließen Mark und Stefan das Büro. Sie beschlossen, sich später über ihren Vorgesetzten und seine gewöhnungsbedürftigen Führungsqualitäten zu unterhalten, und verabredeten sich für den Abend im *Bierhaus en d'r Salzgass*.

Kapitel 25
Donnerstag, 06. Juli

Nicola Grewing war kaum wiederzuerkennen, als sie an diesem Abend das Nobelrestaurant am Zollhafen betrat. Ihre Haare trug sie hochgesteckt, die Augen hatte sie dunkel geschminkt, die Lippen weinrot betont. Sie trug ein elegantes, enganliegendes Kleid mit Spaghettiträgern und tiefem Ausschnitt.

Ein Kellner führte Nicola und ihren Begleiter zu einem Tisch und nahm die Getränkebestellung auf. Es dauerte nicht lange, bis sie einen gekühlten Chardonnay und dazu eine Flasche Mineralwasser serviert bekamen. Seit fast fünf Monaten kannten sie sich nun, doch noch immer war ihnen eine gewisse Nervosität anzumerken. Mehr als zwanzig Jahre Altersunterschied lagen zwischen ihr und ihrem Begleiter. Noch dazu war er liiert und hatte Kinder. Sie hatten sich auf einem Benefizkonzert kennengelernt, das ihr Chef mit weiteren hochrangigen Persönlichkeiten zu Gunsten der Erdbebenopfer in der Türkei und Syrien veranstaltet hatte. Schon Minuten vor Beginn des Konzerts war er ihr aufgefallen. Groß, dunkle Haare, durchtrainiert. Genau der Typ Mann, der die Blicke der Frauen auf sich zog. Nach dem offiziellen Programm und zu vorangeschrittener Stunde hatte er sich zu ihr an die Bar gesetzt. Sie waren ins Gespräch gekommen, hatten gemerkt, dass sie ähnlich tickten, doch mehr war an diesem Abend nicht passiert. Zum Abschied hatten sie ihre Handynummern ausgetauscht. Keine zwei Tage darauf hatte er sich bei ihr gemeldet und sie zum Essen eingeladen. Es war nicht bei der einen Verabredung geblieben. Ohne an die Konsequenzen zu denken, hatten sie sich in eine leidenschaftliche Affäre gestürzt, die mittlerweile anfing, zu schmerzen. Immer öfter erwischte sich Nicola bei dem Gedanken, wie es wäre, wenn er keine Familie hätte, und sie mehr Zeit miteinander verbringen würden. Wie würde sich ihre Beziehung entwickeln, wenn die Grundvoraussetzungen anders gelagert wären?

Lächelnd sah er sie an, während er Wein in die Gläser nachschenkte.

„Wie läuft das Projekt?"

Seine Frage überraschte Nicola. Bisher hatte sie nicht den Eindruck gehabt, dass er ein sonderlich großes Interesse an ihrem Job gehabt hätte. Nachgefragt hatte er auch nicht, wenn sie in der zurückliegenden Zeit über die Projekttätigkeit erzählt hatte.

„Was schaust du so verwundert?"

Sie räusperte sich.

„Das ist das erste Mal, dass du sowas fragst."

„Wirklich?"

Sie nippte an ihrem Glas und lächelte.

„Verrätst du es denn oder spielst du weiter die Geheimnisvolle?"

„Was soll ich sagen? Es läuft gut. Wir kommen wunderbar voran, und wenn nichts Großartiges dazwischenkommt, werden wir unsere Ideen schon nächste Woche dem Vorstand präsentieren."

„Das klingt in der Tat sehr gut. Bist du schon aufgeregt?"

„Ich müsste lügen, wenn ich sagen würde, dass ich es nicht wäre. Immerhin hängt davon meine Karriere ab. Wenn die Ideen nicht überzeugen, werden wir wahrscheinlich aufs Abstellgleis geschoben."

Er leerte sein Glas und füllte nach.

„Jetzt mal den Teufel nicht an die Wand. Du wirst sehen: Alles wird hervorragend laufen."

Nicola und ihr Begleiter waren die Letzten, die das Restaurant verließen. Die Abenddämmerung hatte längst eingesetzt, als sie Arm in Arm am Rheinufer entlangschlenderten und den lauen Sommerabend genossen. Sie sprachen nicht viel, obwohl Nicola ein paar Fragen auf der Zunge brannten, die sie ihm schon lange stellen wollte. Mit einer Sache musste sie allerdings allein zurechtkommen. Unter Garantie hätte das sonst das Ende ihrer Beziehung bedeutet. Nach wie vor hüllte er sich in Schweigen.

Sie wusste weder, was er beruflich machte, noch hatte er ihr verraten, wo er mit seiner Familie wohnte. Weitestgehend hielt er sie auf Distanz. Er war verschlossen, oft wirkte er unnahbar. Ein wenig zu geheimnisvoll für ihren Geschmack. Sie hoffte, dass sich das mit der Zeit legen würde. Spätestens dann, wenn sie ihn geknackt hätte, und er nach ihrer Pfeife tanzte. Sie erreichten die Kranhäuser und betraten das Treppenhaus, das hinunter zur Tiefgarage führte.

„Ich bring dich noch zum Wagen", hauchte er ihr ins Ohr.

„Nicht nötig, ich parke direkt neben dir."

Erstaunen legte sich über sein Gesicht.

„Woher weißt du …?"

„Das verrate ich dir ein anderes Mal", schnitt sie ihm das Wort ab und küsste ihn auf den Mund.

Sie erreichten die Parkebene und näherten sich ihren Fahrzeugen. Die Autos hätten kaum unterschiedlicher sein können. In diesem Moment wurde die tiefe Kluft, die zwischen ihnen und ihren Lebensentwürfen lag, besonders deutlich. Sie hatte ihn schon öfter in seinem Roadster gesehen, doch richtig bewusst, wurde es Nicola erst in diesem Augenblick. Er strich ihr über die Wange und küsste sie zum Abschied.

„Ich melde mich."

„Kommst du nicht mehr mit?"

Er schüttelte den Kopf.

„Meine Frau wird langsam misstrauisch. Ich denke, die Treffen bis spät in die Nacht sollten wir in der nächsten Zeit erst mal einschränken."

Ohne ein weiteres Wort der Erklärung stieg er ein. Er winkte noch, als er an ihr vorbeifuhr und auf die Ausfahrt zusteuerte. Sie schaute ihm nach, bis die Rückleuchten hinter einer Betonsäule verschwanden.

Ein sonderbares Gefühl breitete sich in ihr aus. Ein Gedanke kam ihr in den Sinn, den sie in dieser Art und Weise zum ersten Mal hatte, seitdem sie ihn kannte. Welche Gründe gab es eigentlich für einen liierten Mann, mit einer wesentlich jüngeren Frau auszugehen?

Egal, wie Nicola es drehte und wendete, letztendlich lief es auf einen einzigen Grund hinaus. Und wenn sie ehrlich zu sich selbst war, war der nicht gerade schmeichelhaft. Sie wollte zwar keine Kinder, und heiraten musste sie auch nicht zwangsläufig, doch ständig zurückstecken und sich wie das dritte Rad am Wagen fühlen, das hatte sie weiß Gott nicht nötig. Die Erkenntnis traf sie ohne Vorwarnung. Auslöser war sein Gesichtsausdruck gewesen, mit dem er sie angeschaut hatte, nachdem sie ihn wissen ließ, dass sie neben ihm geparkt hatte, und damit offenbart hatte, dass sie wusste, welchen Wagen er fuhr. Dieser Moment hatte ihr die Augen geöffnet.

Er suchte keine Frau fürs Leben. Er suchte nach einer Frau, die ihm sein Ego pushte. Die ihm ein besseres Gefühl gab und ihn glauben ließ, etwas Besonderes zu sein. Er wollte sich den Alltag versüßen. Ein paar Stunden dem anstrengenden Familienalltag entfliehen.

Entschlossen zog sie ihr Handy aus der Tasche und löschte seine Nummer. Für einen Augenblick dachte sie darüber nach, ihn auch zu blockieren, doch im tiefsten Inneren war sie dazu noch nicht bereit. Sie stieg in ihren Wagen und machte sich auf den Heimweg.

Kapitel 26
Freitag, 07. Juli

Es war mitten in der Nacht, als Mark den Laptop zuklappte und die Aufmerksamkeit auf die Verkaufsübersichten richtete. Ein anstrengender Tag lag hinter ihm. Er konnte es selbst kaum glauben, doch noch nervenaufreibender als das Gespräch mit seinem Chef war die Shoppingtour mit seinen Eltern gewesen. Fast drei Stunden hatten sie gefühlt sämtliche Möbelhäuser in Köln und Umgebung abgegrast, bis sie eine Sitzgarnitur gefunden hatten, die sogar seinem Vater gefiel. Seine Mutter war auf der Stelle Feuer und Flamme und hatte die Gartenmöbel direkt ins Herz geschlossen. Ihm war ein Stein vom Herzen gefallen, nachdem sie endlich ein Geburtstagsgeschenk für seinen Vater gefunden hatten.

Nachdem er seine Eltern wieder wohlbehalten vor ihrem Haus abgesetzt hatte, war er zum *Bierhaus en d'r Salzgass* gefahren. Das anschließende Feierabendkölsch, das sich Stefan und er genehmigt hatten, war eine willkommene Abwechslung gewesen. Im Laufe des Abends hatte sich Peter Eiser noch zu ihnen gesellt. Mehr als zwei Stunden hatten sie über die möglichen Beweggründe des Mörders spekuliert. Eine bahnbrechende Idee, weshalb er eine Münze im Rachen seiner Opfer hinterließ, war ihnen allerdings nicht eingefallen.

Gegen Viertel vor eins war Mark schließlich zu Hause gewesen. Er hatte sich noch einen Snack gegönnt und den Bericht zu Ende geschrieben, den er Jochen Weidler versprochen hatte.

Neben Mark lagen die Verkaufsaufstellungen, die die Verkäufer und Onlinehändler dem Ermittlerteam zur Verfügung gestellt hatten. Noch im Brauhaus hatten die drei Ermittler beschlossen, sich die undankbare Aufgabe aufzuteilen, um die Personen, die als Täter in Frage kamen, zügig ausfindig zu machen.

Mark wollte systematisch vorgehen. Sämtliche Käufer, die nur eine Münze gekauft hatten, wollte er direkt von der Liste streichen. Ebenso Personen, die ihren Wohnsitz im Ausland hatten. Zwar war es theoretisch möglich, dass der Mörder die Ware an eine ausländische Adresse liefern ließ, doch eher impraktikabel. Viel eher würde er die Münzen an eine Scheinadresse in Deutschland liefern lassen.

Sein Blick ruhte auf den Namenslisten. Namen von gesichtslosen Menschen. Von Leuten wie du und ich, die in den zurückliegenden Jahren sowohl die Sonnen- aber auch die Schattenseiten des Lebens am eigenen Leibe erfahren hatten. Vertrauenswürdige Menschen, die in ihrer Persönlichkeit gefestigt waren und ihren Mitmenschen wohlgesonnen gegenübertraten. Doch irgendwo unter ihnen versteckte sich ein Serienmörder. Eine tickende Zeitbombe. Eine Bestie, in der das Böse brodelte, das jeden Augenblick erneut ausbrechen konnte.

In Köln und Umgebung hatten mehr als ein Dutzend Menschen die limitierten Silbermünzen mindestens zweimal bezogen. Nur wenige davon sogar drei- oder mehrmals. Sofern der Mörder erneut zuschlagen würde und erneut eine Münze hinterlassen sollte, würde das den Kreis der Verdächtigen enorm einschränken.

Er verglich die Namen der Motorradfahrer mit denen der Münzkäufer, doch es gab keinerlei Übereinstimmung. Hatte sich Rose Chevalier vielleicht geirrt? War ihr Hund doch versehentlich überfahren worden? So etwas kam vor. Meist bemerkten die Fahrer nicht, wenn sie ein Tier angefahren oder sogar überfahren hatten. Mark führte sich die Situation vor Augen. Rose Chevalier hatte ausgesagt, dass Watson an dem Tag so aufgeregt war, dass er schnurstracks auf die Straße gelaufen war. Zeitgleich hatte sie ein Motorrad aufheulen gehört. Kurz darauf war der Fahrer mit überhöhter Geschwindigkeit am Anwesen vorbeigerast.

Er runzelte die Stirn. Dass ein Autofahrer ein Tier überfuhr, ohne es zu merken, konnte er nachvollziehen, aber ein Motorradfahrer? Mit einem Mal war er davon überzeugt, dass sich Rose Chevalier nicht geirrt hatte. Ihr Hund Watson war überfahren worden. Eiskalt und mit Absicht. Sie waren auf der richtigen Spur. Das spürte er, doch etwas Entscheidendes hatten sie übersehen. Hatten sie womöglich den Radius ihrer Suche zu engmaschig ausgelegt? Nachdem, was Rose Chevalier ausgesagt hatte, waren sie davon ausgegangen, dass Watson Jessicas Mörder gekannt hatte und deshalb sterben musste, weil von ihm eine Gefahr ausging. Doch die Schauspielerin war eine Berühmtheit. Ein Weltstar, der von vielen Menschen verehrt wurde. Unter den Kölnern war es mittlerweile ein offenes Geheimnis, dass ein Hollywoodstar unter ihnen lebte. Es war ein Fehler, die Suche so einzuschränken. Der Vierbeiner hatte einen höheren Bekanntheitsgrad, als sie zunächst angenommen hatten. Rose Chevalier hatte den Hund oft zu Wohltätigkeitsveranstaltungen mitgenommen und sich mit ihm ablichten lassen. Das Internet war voll von Fotos mit der Schauspielerin und ihrem Liebling.

Mark musste sich eingestehen, dass sie nachlässig gehandelt hatten. Von vornherein hätten sie die Fahndung ausweiten müssen. Im schlimmsten Fall sogar länderübergreifend. Er beschloss, sich noch mal in der Nachbarschaft umzuhören und nach möglichen Zeugen zu suchen. Irgendjemand musste den Motorradfahrer gesehen haben. Es war fast unmöglich, dass er niemandem aufgefallen war.

Kapitel 27
Freitag, 07. Juli

Ein Geräusch riss Nicola Grewing aus dem Tiefschlaf. Ruckartig schreckte sie hoch, doch im ersten Moment konnte sie nicht zuordnen, woher das Rascheln gekommen war. Sie knipste das Licht an, schwang sich aus dem Bett und schlich zur Tür. Kein Laut war zu hören. Vorsichtig öffnete sie die Tür und trat auf den Flur. Zuerst glaubte sie, einen Luftzug wahrzunehmen. Die Luft war stickig. Seit Tagen kühlte es sich nachts kaum noch ab. Langsam bewegte sie sich aufs Wohnzimmer zu, als sie plötzlich meinte, im Garten das Glimmen einer Zigarette aufflammen zu sehen. Sie hielt den Atem an, starrte in die Nacht und bemerkte zuerst nicht, dass sie im Durchzug stand. Das Wohnzimmerfenster war sperrangelweit geöffnet, obwohl sie sich sicher war, dass sie es zugemacht hatte, bevor sie schlafen gegangen war. Eilig schloss sie das Fenster und ließ den Blick durch den Raum schweifen. Danach kontrollierte sie die Küche und das Badezimmer. Alles war wie immer, und doch war etwas anders. Was genau es war, sollte Nicola Grewing erst am nächsten Morgen erfahren.

Die restliche Nacht machte sie kaum ein Auge zu. Immer wieder schaute sie auf die Uhr. Die Zeit bis sie schließlich aufstand, war ihr wie eine Ewigkeit vorgekommen. Sie fühlte sich wie vom Bus überrollt und konnte kaum geradeaus schauen. An diesem Morgen brauchte sie wesentlich länger, um endlich in die Gänge zu kommen. Sie fühlte sich schwach auf den Beinen, auch bemerkte sie eine leichte Übelkeit sowie einen unangenehmen Kopfdruck. Sie frühstückte eine Scheibe Brot mit Marmelade, trank dazu einen Kaffee, doch das flaue Gefühl im

Magen blieb. Wenige Minuten darauf erbrach sie sich in der Toilette.

Zum Glück war diese morgendliche Übelkeit bald vorbei. Nur noch wenige Tage musste sie durchhalten, dann brauchte sie sich zumindest darüber keine Gedanken mehr zu machen. In Windeseile sprang sie unter die Dusche und machte sich fürs Büro zurecht. Als sie aus dem Badezimmer kam, fühlte sie sich bereits besser. Ihr Kreislauf hatte sich stabilisiert, und schlecht war ihr auch nicht mehr. Sie zog die Klamotten an, die sie sich am Abend zuvor rausgelegt hatte, verfrachtete das Notebook in ihre Tasche und verstaute das Aufladekabel in einem Seitenfach. Gerade wollte sie die Wohnung verlassen, als sie abrupt innehielt und verwundert zur Rasenfläche im winzigen Vorgarten schaute. Sie wohnte im Erdgeschoss, mitten in der Innenstadt. In einem Mehrfamilienhaus, in dem sonst nur Leute über siebzig lebten. Vor knapp einem Jahr war sie hierhergezogen. Der Umzug hatte sich eher zufällig ergeben, nachdem ein heimtückischer Herzinfarkt die Vormieterin dahingerafft hatte. Der Sohn der Vormieterin hatte seine Mutter tot in ihrem Bett vorgefunden. Die Verstorbene war eine gute Bekannte von Nicolas Großeltern gewesen. Nachdem Nicola von deren Ableben und der freigewordenen Wohnung erfahren hatte, hatte sie noch am selben Tag den Vermieter angerufen. Nur wenige Wochen darauf war sie in die neue Behausung eingezogen und hatte damit den Altersdurchschnitt der Bewohner um etliche Jahre nach unten geschraubt.

Ungläubig näherte sie sich der Terrassentür und begriff zuerst nicht, was sie da sah. Die Rasenfläche war von einer kniehohen Hecke umgeben. Dahinter lag der Innenhof, auf dem die Anwohner ihre Fahrzeuge abstellen konnten. Nicht gerade ein Augenschmaus, doch dafür praktisch.

Langsam öffnete sie die Tür und trat an die frische Luft. Obwohl es erst Viertel nach sieben war, näherte sich die Quecksilbersäule des Thermostats bereits der fünfundzwanzig Grad Marke. Auf der Wiese lag ein Tier, kaum größer als ein Mader. Sie bewegte sich auf den Kadaver zu und erschrak, als sie sah, dass es sich um eine Katze handelte. Ihr war der Kopf abgetrennt worden.

Entsetzt stieß Nicola einen Schrei aus und hielt sich die Hand vor den Mund. Sie kniete sich auf den Rasen und betrachtete die klaffende Wunde. Eigentlich hatte sie mit abgebissenen Sehnen und Muskeln gerechnet. Stattdessen war dem Tier mit einem glatten Schnitt der Kopf entfernt worden.

Kapitel 28
Freitag, 07. Juli

Genau zwei Minuten vor neun schickte Mark eine E-Mail an seinen Chef und übermittelte sämtliche noch fehlende Gesprächsprotokolle, die Jochen Weidler Tags zuvor angefordert hatte. Bis tief in die Nacht hatte Mark am Laptop gesessen und die Unterlagen vervollständigt. Danach frühstückte er ausgiebig, trank mehrere Tassen Kaffee und verspeiste drei Schinken-Käse-Toasts, bevor er sich auf den Weg zu Stefans Wohnung machte.

Knapp eine Stunde später bog Mark in eine Nebenstraße und hielt vor einem Altbau an. Das Mehrfamilienhaus war in den frühen 1910er Jahren erbaut worden. Stefan hatte sich von dem Erbe seines Großvaters vor einigen Jahren eine schicke Altbauwohnung gekauft. Sein Kollege war überzeugter Single und hatte seine Prinzipien, was allerdings nicht bedeutete, dass er sich immer daran hielt. Seit Jahren hatte Stefan seine liebe Not mit der Frauenwelt. Nie hielt es eine Frau lange bei ihm aus. Schon längst hatte Mark aufgegeben, zu hinterfragen, weshalb Stefans Beziehungen meist nur von kurzer Dauer waren. Nachdem sich Stefan und seine Ex-Freundin Corinna getrennt hatten, schien ihn das Glück verlassen zu haben. Keine Frau hatte Corinna seitdem das Wasser reichen können. Vermutlich war das sogar der Grund, weshalb Stefan zu einem Macho mutiert war. Er musste nur mit den Fingern schnippen und schon kamen die Verehrerinnen angelaufen.

Ob dies tatsächlich Stefans Vorstellung von einem glücklichen Leben entsprach, bezweifelte Mark allerdings. Zumal Stefans Machogehabe manchmal recht aufgesetzt wirkte. Wie ein selbst gebauter Schutzwall, der die Frauen auf Distanz hielt. Die Richtige, die seine Mauer letztendlich einreißen würde, würde schon noch kommen. Die Frage war nur, ob Stefan die Richtige auch erkannte.

Mit einem belegten Salamibrot zwischen den Zähnen nahm Stefan auf dem Beifahrersitz Platz und knöpfte sich den oberen Knopf seiner Jeans zu.

„Mahlzeit“, begrüßte Mark seinen Kollegen und startete den Wagen.

„Du bist viel zu früh“, stellte Stefan schmatzend fest.

Mark verkniff sich eine Antwort und fuhr los. Ein umfangreiches Programm wartete an diesem Tag auf die Ermittler. Neben dem Meeting mit einer Profilerin, standen noch ein paar Befragungen auf der Agenda, doch die höchste Priorität hatte immer noch die Suche nach dem mysteriösen Motorradfahrer. Mittlerweile hatten sie fast alle Häuser in der Nachbarschaft abgeklappert und alle Personen befragt, lediglich zwei Parteien hatten sie noch nicht angetroffen.

„Ich habe mir noch mal Gedanken über die Münzen gemacht“, sagte Stefan, nachdem er die Salamistulle runtergeschlungen hatte.

„Und, zu welcher Erkenntnis bist du gekommen?“

Erwartungsvoll sah er Stefan an.

„Nehmen wir einmal an, ich habe recht, und der Genius steht tatsächlich für Perfektion. Für die höchstmögliche Stufe an schöpferischer Begabung.“

„Was wäre dann?“

„Nachdem du mich gestern Abend zu Hause abgeliefert hast, habe ich noch recherchiert. Es gibt umfangreiche Literatur zu dem Thema, und ich bin auf etwas Interessantes gestoßen.“

„Lass hören!“

Stefan holte ein weiteres Butterbrot aus der Tasche und biss hingebungsvoll hinein.

„In der römischen Religion war der Genius der persönliche Schutzgeist eines Mannes und Ausdruck seiner Persönlichkeit. Er gab Aufschluss über seine Bestimmung und seine Zeugungskraft. Starb der Mann, erlosch sein Genius“, erklärte er schmatzend.

„Jetzt fängst du auch damit an.“

„Womit?“

„Walter hat gestern versucht, mir die griechische Mythologie schmackhaft zu machen. Und jetzt kommst du mit den Römern.“

„Im Ernst. Wenn an der Theorie etwas dran ist, dann sind wir dem Mörder auf der Spur, und zwar näher als wir ahnen.“

„Dein Wort in Gottes Ohr.“ Er ließ Stefans Worte sacken und setzte hinterher: „Und was hast du dir jetzt überlegt?“

Stefan schlang die Reste der zweiten Brotstulle hinunter und fing an, von seinen Überlegungen zu berichten.

„Mal angenommen der Mörder betrachtet die Münze stellvertretend für seinen Genius. Dann würden die Morde tatsächlich eine Art Ritual darstellen. Eine feierliche Zeremonie, an deren Ende das Ableben der Frauen steht. Verstehst du, worauf ich hinauswill? Sein Schutzpatron ist es, der den Frauen das Leben aushaucht. Um ihn vor ihnen zu schützen. Ich weiß, das hört sich verrückt an, würde aber Sinn ergeben.“

Mark hielt an einer roten Ampel und hörte Stefan aufmerksam zu.

„Ich denke, er personifiziert die Münze“, resümierte Stefan am Ende seiner Ausführungen.

Erstaunt sah Mark ihn an.

„Du meinst, er versucht, die Morde seinem Schutzpatron zuzuschreiben, um sich von jeglicher Schuld freizusprechen?“

Stefan nickte.

„So könnte er die Schuld von sich weisen und auf den Schutzpatron schieben, für den Fall, dass wir ihn schnappen“, dachte Mark laut nach.

„Genau das mein ich.“

„Eine gewagte These.“

„Gewagt, aber durchaus realistisch, wenn man überlegt, was für kranke Gedanken so einem Psychopathen tagtäglich durch den Kopf gehen“, erklärte Stefan.

„Und wieso sind wir dem Mörder dadurch näher auf der Spur?“

„Weil ich glaube, dass er mit seinen Opfern eine Beziehung hatte. Eine Verbindung, die ihm nicht guttat und die sein Selbstwertgefühl zerstört hat, wodurch sein Schutzpatron sich genötigt fühlte, einzugreifen, um seinem Leid ein Ende zu setzen.“

Zwar nickte Mark, doch wirklich überzeugt wirkte er nicht.

„Je länger ich darüber nachdenke, desto mehr kommt mir der Verdacht, dass du nicht ganz richtig in der Birne sein kannst“, sagte Mark schließlich, begleitet von Stefans grunzendem Lachen.

„An dir ist wirklich ein Hobbypsychologe verloren gegangen. Deine Vermutungen sind zwar etwas abgehoben, aber so abwegig finde ich sie nicht. Ich bin gespannt, was die Profilerin vom LKA heute Nachmittag zu deiner Theorie zu sagen hat.“

Kapitel 29
Freitag, 07. Juli

Pünktlich zur Teambesprechung kehrten die Ermittler ins Polizeipräsidium zurück. Nach und nach füllten sich die leeren Stühle. Mit nur wenigen Minuten Verzögerung begann Jochen Weidler schließlich mit dem Meeting.

Der Leiter des Ermittlungsteams eröffnete mit einer Präsentation, in der er eine Zusammenfassung über den aktuellen Ermittlungsstand lieferte. In Großaufnahme waren die Gesichter der Opfer, die Tatorte aus unterschiedlichen Perspektiven sowie die Beweisgegenstände zu erkennen. Insbesondere die Silbermünzen, die der Mörder den Frauen in den Rachen eingeführt hatte, wurden auf der Leinwand vergrößert dargestellt. Knapp zehn Minuten dauerte der Vortrag des Ermittlungsleiters. Danach übergab er das Wort an die Polizeipsychologin Sabrina

Vieldorf und nahm auf einem freien Stuhl Platz. Wohlwollend nickte er ihr zu.

Die Fallanalytikerin stand auf und steuerte das Rednerpult an. Sabrina Vieldorf war erst seit einigen Monaten als Profilerin beim Landeskriminalamt tätig, nachdem sich ihre Vorgängerin erfolgreich auf eine Stelle beim Bundeskriminalamt in Wiesbaden beworben hatte. Sabrina war Mitte dreißig und trug ihre langen Haare offen. Mehrmals strich sie sich über ihren knielangen Rock. Ihr war anzusehen, dass sie nervös war. Es dauerte einen Augenblick, bis sie die Unterlagen sortiert hatte und die Ergebnisse zur Täteranalyse vorstellte.

„Ich …" Der Kloß in ihrem Hals war unüberhörbar. Sie räusperte sich und begann von Neuem. „Ich begrüße Sie recht herzlich und freue mich, dass Sie so zahlreich erschienen sind. Vor einigen Tagen bat mich Herr Weidler darum, ein aussagekräftiges Täterprofil zu erstellen und Ihnen meine Ausarbeitungen vorzustellen. Wie Sie wissen, ist die Psyche eines Menschen äußerst komplex. Die Erstellung eines Täterprofils kann daher einige Zeit in Anspruch nehmen. Meine Ausarbeitungen sind noch nicht abgeschlossen, doch was ich Ihnen jetzt schon sagen kann, ist, dass wir es mit einem hoch intelligenten Menschen zu tun haben. Mit hoher Wahrscheinlichkeit mit einem Mann, der ein Faible für römische und griechische Mythologie zu haben scheint. Er giert nach Macht und ist besessen davon, sie bei seinem Opfer auszuüben. Sie wissen, dass es bestimmte Merkmale gibt, mit denen sich ein Serienkiller zu erkennen gibt. Die sogenannten *Red Flags* dürften allen geläufig sein."

Sie schaute in die Runde und erntete ein weitläufiges Kopfnicken. Bis auf zwei junge Polizeibeamte konnten alle mit dem Begriff etwas anfangen. Mit einem verständnisvollen Blick wandte sich Sabrina Vieldorf den beiden Polizisten zu.

„Machen Sie sich keine Sorgen. Wir sprechen gleich noch ausführlich über die *Red Flags*. Wir werden Sie auf jeden Fall mit ins Boot holen."

Die Männer nickten zufrieden und lehnten sich entspannt zurück.

„Die *Red Flags* sind Frühwarnsignale und umfassen insgesamt sechs Kriterien. Schwere Kindheit, Psychopathie, Sexual Violence Continuum, Exhibitionismus beziehungsweise Voyeurismus, Brandstiftung und Tierquälerei. Vor allem der dritte Punkt, Sexual Violence Continuum, sticht bei Serienmördern stark heraus. Wie bei Drogenabhängigen brauchen sie jedes Mal etwas Extremeres. Nie bleibt es nur bei sexuellen Fantasien. Innerhalb kürzester Zeit erreichen sie das Limit, das legale Pornografie zu bieten hat, und wechseln auf illegale Seiten. Gerade was Gewalt und extreme Pornografie angeht, kommen sie im Darknet garantiert auf ihre Kosten. Eine Abwärtsspirale wird in Gang gesetzt, die als Sexual Violence Continnum bekannt ist. Irgendwann reichen selbst die Videos im Darknet nicht mehr aus. Dann ist meist der Zeitpunkt gekommen, ihre grausamen Fantasien in der Realität umzusetzen."

Die Profilerin schaute fragend in die Runde.

„Gibt es hierzu irgendwelche Fragen?"

Niemand der Anwesenden gab ihr ein Zeichen, also führte sie weiter aus: „Dann kommen wir als Nächstes zum Punkt Brandstiftung und Tierquälerei. Der ein oder andere hat in dem Zusammenhang bestimmt schon den Begriff *Women Substitutes* gehört. Oft werden Gegenstände missbraucht, die Weiblichkeit oder Unschuld symbolisieren. Brandstiftung, aber auch das Quälen von Tieren sind eindeutige und gängige Indizien für spätere Gewalttaten bei vielen Serienmördern. Was nicht gerade verwunderlich ist, wenn man bedenkt, wie groß die Zerstörung sein kann, die ein Feuer anrichten kann. Beides, sowohl das Feuer als auch der Missbrauch, sind spezielle Formen der Machtausübung. Ich vermute, dass das Leben unseres Mörders klassisch verlaufen ist. Als Kind wird er bereits die ersten sexuellen Fantasien gehabt haben. Ebenfalls wird er schon früh mit Gewalt konfrontiert worden sein. Entweder im realen Leben oder lediglich im Fernsehen. Vielleicht musste er sogar mitansehen, wie einem nahestehenden Menschen Gewalt angetan wurde. Statistisch gesehen höchstwahrscheinlich der Mutter. Außerdem wird er jahrelangem Missbrauch ausgesetzt gewesen sein. Das heißt nicht, dass es zwangsläufig körperlicher Natur gewesen sein muss, es kann sich auch um emotionalen Missbrauch sowie Vernachlässigung gehandelt haben. Grundsätzlich stellen seine Fantasien eine Art Flucht dar, um den seelischen Schmerz zu kompensieren, den er all die Jahre empfunden hat. Meist besteht die Gefahr, dass die betroffenen Kinder einen oder mehrere Seelenanteile abspalten. Sie werden zusehends empathieloser. Ihr Gefühlsleben flacht teilweise derart ab, dass sie kaum noch Freude von Leid unterscheiden können."

Die ersten Wortmeldungen machten sich unter den Zuhörern bemerkbar. Innerhalb kürzester Zeit entwickelte sich eine Diskussion, die im Vorfeld so nicht vorhersehbar gewesen war. Jedem einzelnen war anzusehen, dass er gewillt war, alles zu geben, um den Mörder so schnell wie möglich zu fassen.

Sabrina Vieldorf erklärte aufgrund der Nachfragen detailliert, wie sie zu ihrer Einschätzung gekommen war. Sie ging sogar noch einen Schritt weiter und spekulierte über die derzeitigen Lebensumstände des Täters.

„Meist verstecken sich Serienmörder hinter einer Fassade. Sie tarnen sich mit einer Bilderbuchehe. Eigenes Haus mit Garten, eine Partnerin, vielleicht sogar Kinder. Manchmal fungiert die Partnerin sogar als Mittäterin, aber das ist äußerst selten. Sie grenzen sich meist von der Familie ab und schaffen sich ein eigenes Reich, zu dem niemand außer ihnen Zugang hat. Ihre Gefühlswelt ist vordergründig von Aggression, Manipulation und Egozentrik bestimmt. Sie gieren nach Macht und Kontrolle, dabei ist ihnen jedes Mittel recht. Sie manipulieren ihre Mitmenschen und spielen sie mithilfe ihres selbst erschaffenen Lügenkonstrukts gegeneinander aus. Sie wissen, welche Knöpfe sie drücken müssen, um jemanden gefügig zu machen. Dabei sind sie ungewöhnlich charmant und ziehen mit ihrer zuvorkommenden Art die Menschen in den Bann. Außerdem sind sie charismatisch und mit einer natürlichen Autorität gesegnet. Eine außergewöhnliche Anziehungskraft geht von ihnen aus, der man sich schwer entziehen kann."

Eine gute Stunde referierte die Polizeipsychologin über die Fallstricke und Gefahren, auf die sich das Ermittlungsteam einstellen musste. In Summe war Sabrina Vieldorfs Vortrag ein voller Erfolg. Er führte den Ermittlern deutlich vor Augen, wie der Killer tickte, welche Charaktereigenschaften er aufwies und auf welche Feinheiten geachtet werden musste. Die Fallanalytikerin hatte ein aufschlussreiches Bild über den Serienmörder vermittelt. Jetzt galt es nur noch, den Täter zu fassen.

Sabrina Vieldorf wollte sich gerade für die Aufmerksamkeit und die lebhafte Diskussion bedanken, als Stefan zum Abschluss noch eine Frage in den Raum warf.

„Die ganze Zeit frage ich mich, aus welchem Grund Sie die Münzen mit keinem Wort erwähnt haben. Kann es sein, dass Sie selbst keine Erklärung dafür haben, was der Mörder uns damit sagen will?"

Sie schaute Stefan eindringlich an, klappte die Besprechungsmappe zu und entfernte sich vom Rednerpult. Mit bedachten Schritten näherte sie sich einem Tisch, an dem niemand saß, und lehnte sich an die Tischkante.

„Ein guter Einwand, Herr …?"

„Rauhaus. Sie können gerne Stefan zu mir sagen."

Über die Gesichter einiger Kollegen huschte ein amüsiertes Lächeln, bevor sich alle wieder auf das konzentrierten, was Sabrina Vieldorf zu sagen hatte.

„Ich habe das Thema bewusst außen vorgelassen."

„Weshalb?"

„Weil Sie recht haben. Ich kann nicht genau sagen, wie die Münzen ins Bild passen. Egal wie ich mich zu dieser Thematik geäußert hätte, im Endeffekt wären es nur Mutmaßungen gewesen."

„Wir sind für alle Impulse dankbar", ließ Mark die Psychologin wissen.

Sabrina Vieldorf überlegte und nickte kurz darauf.

„Na schön, dann werde ich Ihnen meine persönliche Sicht schildern. Denn natürlich habe ich mir im Vorfeld Gedanken gemacht. Es kann aber nur eine vorläufige Einschätzung meinerseits sein. Mehrere Theorien kommen für mich infrage, doch eine ziehe ich besonders in Betracht."

„Welche?", hakte Mark nach.

„Auch ich bin zuerst davon ausgegangen, dass dieser Diskuswerfer im Fokus steht. Doch je länger ich darüber nachgedacht habe, desto mehr kam ich zu dem Entschluss, dass die Botschaft in der Geschichte der Olympischen Spiele verborgen sein muss. Speziell in der Vergangenheit Frankreichs. Alles andere macht keinen Sinn. Es gibt unzählige Münzen, auf denen der Diskuswerfer abgebildet ist. Wenn es nur um ihn gegangen wäre, hätte unser Mörder unter Garantie eine andere Münze gewählt."

„Vielleicht hat er sie zufällig ausgewählt", kommentierte ein Polizeibeamter aus den hinteren Reihen.

„Das denke ich nicht. Diese Münze hat er bewusst gewählt. Wir dürfen nicht vergessen, dass wir es mit einem hochintelligenten Menschen zu tun haben."

Die meisten Zuhörer nickten als Zeichen ihrer Zustimmung.

„Ich habe recherchiert und bin auf einen interessanten Artikel gestoßen. Nachdem der römische Kaiser Theodosius im Jahre 394 nach Christus die Olympischen Spiele verbieten ließ, damals nannte man sie noch heidnische Zeremonien, lebten die Spiele erst 1896 wieder auf. Erstmalig fanden sie in Athen statt. In der Leichtathletik wurden insgesamt zwölf Wettkämpfe ausgetragen. 241 Athleten nahmen teil. Alles Männer, da Frauen damals nicht zugelassen waren. Aber anders als bei den antiken Spielen durften sie wenigstens zuschauen. Ursprünglich hatte Pierre de Coubertin, der damalige Initiator der Olympischen Spiele der Neuzeit, den Frauen lediglich eine Rolle als schmückendes Beiwerk zugedacht. Mehr nicht. 1900, exakt vier Jahre später, wendete sich allerdings das Blatt. Die Wettbewerbe verteilten sich auf insgesamt fünf Monate, doch das Besondere an diesen Olympischen Sommerspielen war, dass erstmalig Frauen an den Wettkämpfen teilnehmen durften", erklärte sie weiter.

„Also vermuten Sie, dass sich unser Mörder auf die Olympischen Spiele in Paris im Jahre 1900 bezieht?", hakte Mark nach.

„Ich denke schon. Auf jeden Fall spielen sie eine Rolle", erwiderte die Psychologin. Sie entspannte sich zusehends, setzte sich nun auf den unbesetzten Tisch und schlug die Beine übereinander.

„Die damaligen Spiele in Paris waren ein wichtiger Meilenstein in die richtige Richtung. Vor allem in Europa wurde damit ein Zeichen gesetzt. Die gesellschaftliche und politische Anerkennung der Frauen rückte dadurch in den Fokus der Öffentlichkeit. Frauen galten damals als schwach und nicht belastbar. Offiziell wurde als Grund vorgetragen, dass man befürchtete, die Frauen könnten sich bei den Wettkämpfen überanstrengen. Aber das war nur vorgeschoben."

„Angenommen Sie liegen richtig mit Ihrer Vermutung, und der Mörder spielt tatsächlich auf die Spiele im Jahr 1900 an. Was will er uns dann mitteilen?", bohrte Mark nach.

Sabrina Vieldorf veränderte die Sitzhaltung und schien abzuwägen. Ihr war anzusehen, dass sie mit dieser Frage gerechnet hatte.

„Offen gestanden bin ich mir nicht ganz sicher. Es kommen mehrere Möglichkeiten in Betracht, aber ich will mich nicht zu weit aus dem Fenster lehnen. Nicht, dass ich Sie noch in eine falsche Richtung lenke."

„Verstehe! Trotzdem interessiert mich, was für Sie das Naheliegendste ist."

Nachdenklich schaute sie Mark an. Es dauerte einen Augenblick, bis sie ihm eine Antwort lieferte.

„Ich denke, in seinem tiefsten Inneren hat unser Mörder Angst vor Frauen. Die Anatomie der Frau. Die Tatsache, dass Frauen die Kinder auf die Welt bringen, ruft eine gewisse Demut in ihm hervor. Andererseits fühlt er sich gekränkt."

„Gekränkt?", wiederholte Stefan ungläubig.

Über das Gesicht der Polizeipsychologin huschte ein Lächeln.

„Ich weiß, das hört sich im ersten Moment verrückt an. Doch ich bin mir sicher, dass er die Schöpfung als Demütigung empfindet. Als Beleidigung Gottes, weil er den Frauen die Macht übertragen hat, Leben zu spenden."

„Das ist krank. Der Kerl soll froh sein, dass er die Schmerzen nicht ertragen muss", erklärte Stefan.

Gelächter war zu hören.

„So würden die meisten Männer denken, aber unser Mörder tickt vollkommen anders. Mit der Ermordung der Frauen stellt er sich über Gott. Er ist derjenige, der über Leben und Tod entscheidet. Nicht Gott. Und diese Macht lässt er Gott schmerzlich spüren, indem er die Frauen vor seinen Augen tötet."

„Also eine Machtdemonstration, mit der er Gott seine Grenzen aufzeigen will", fasste Mark zusammen.

Die Polizeipsychologin nickte.

„Ich denke, damit kommen wir seiner Gefühlswelt sehr nahe."

Kapitel 30
Freitag, 07. Juli

Nicola Grewing packte die Arbeitssachen zusammen, schnappte sich ihre Handtasche und verabschiedete sich.

„Bist du krank? So früh hast du noch nie die Griffel fallen lassen", vernahm sie die Stimme eines Kollegen. Seine Worte trieften förmlich vor Ironie.

„Spinner", erwiderte sie belustigt und rauschte davon. Noch während sie darauf wartete, dass ein Aufzug kam, bemerkte sie das Vibrieren ihres Handys. Eilig kramte sie es hervor und schaute aufs Display, doch es wurde nur ein eingehender anonymer Anruf angezeigt. Das war bereits das fünfte Mal an diesem Tag, dass er versuchte, sie zu erreichen. Bisher hatte sie alle Gespräche weggedrückt, aber dieses Mal dachte sie ernsthaft darüber nach, es anzunehmen, um ein für alle Mal klarzustellen, dass sie keinerlei Interesse an weiteren Dates hatte.

Im Laufe des Tages waren ihr immer wieder die Bilder der toten Katze ins Gedächtnis gekommen. Die Umstände, wie sie zu Tode gekommen war, setzten Nicola mächtig zu. Wer tat so etwas? Wie konnte jemand zu so etwas fähig sein? Das tote Tier in ihrem Garten war nicht nur makaber und beängstigend, sondern einfach nur geschmacklos, sofern sich jemand einen Scherz erlaubt hatte. Zum ersten Mal an diesem Tag dachte sie darüber nach, ob sie ernsthaft in Gefahr war. Nachdem sie den Tierkadaver entdeckt hatte, war ihr erster Impuls gewesen, die Polizei anzurufen. Aber schlussendlich hatte sie es nicht getan, da sie sowieso schon spät dran und zehn Minuten über der Zeit gewesen war. Ein Anruf bei der Polizei und das anschließende Warten, bis die Beamten endlich bei ihr eingetroffen wären, hätte sie eine weitere Stunde gekostet. Und das in der momentanen Situation, in der jede Minute so kostbar war wie ein vierstelliger Gewinn in der Lotterie. Sie ging auf dem Zahnfleisch, genauso wie ihre Kollegen. Und aller Voraussicht nach würde sich die Lage erst entspannen, sobald sie die Präsentation vor dem Vorstand über die Bühne gebracht hatten. Bis dahin brauchten sie sämtliche Energie, die sie mobilisieren konnten.

Nicola fuhr hinunter ins Foyer und verließ kurz darauf das Gebäude. Wie üblich nahm sie die Straßenbahn und legte den Rest ihres Heimwegs zu Fuß zurück. Mit hochrotem Kopf und nass geschwitzt kam sie in ihrer Wohnung an. Schon von unterwegs hatte sie zwei Freundinnen angerufen und versucht, sie zu überreden, mit ihr an den See zu fahren. Die eine war ebenso ein Arbeitstier wie Nicola und hatte sofort abgesagt. Die andere hatte sie abgewimmelt und versprochen, zurückzurufen. Doch bisher war der zugesagte Rückruf ausgeblieben, daher hatte Nicola eine Nachricht über WhatsApp hinterhergeschickt. Gelesen hatte ihre Freundin sie allerdings noch nicht.

Nicola hatte keine Lust noch länger zu warten und beschloss, allein zum See zu fahren. Sie packte ein Badetuch, eine Wasserflasche und ein paar Kekse in die Tasche, verstaute das Stand-up-Paddle Board im Kofferraum und machte sich auf den Weg.

Der Bleibtreusee befand sich in einem Naturschutzgebiet und lag in unmittelbarer Nähe der Luxemburger Straße. Für Nicola war die Autofahrt dorthin wie ein Katzensprung. Schon zwanzig Minuten später parkte sie ihren Wagen auf einem nahegelegenen Parkplatz. Von dort aus musste sie ein paar Minuten durch den Wald gehen, bis sie an einer Strandbar vorbeikam und zum Seeufer gelangte. Ihr Blick wanderte zur Wasserskianlage. Ein Wakeboarder fuhr gerade über eine Rampe, vollführte einen Salto und landete wieder sicher auf der Wasseroberfläche. Obwohl die Abendsonne schon recht tief stand, kühlte es sich kaum ab. Nach wie vor schwitzte sie aus sämtlichen Poren ihres Körpers. Sie benötigte dringend eine Abkühlung. Eilig ließ sie das Board ins Wasser gleiten, kletterte hinauf und stieß sich ab.

Sie war so damit beschäftigt, das Brett zu manövrieren, dass sie den Mann nicht bemerkte, der sie vom nahegelegenen Waldstück aus beobachtete. Er stand geschützt an einem Baum gelehnt und trug eine Baseballkappe. Den Schirm hatte er tief ins Gesicht gezogen, damit ihn die Badegäste im Nachhinein nicht identifizieren konnten.

Kapitel 31
Freitag, 07. Juli

Nach dem aufschlussreichen Vortrag der Profilerin vom LKA spekulierte das Ermittlerteam noch lange über mögliche Gemeinsamkeiten, die die beiden Opfer vermutlich gehabt hatten. Sowohl Jessica Haupt als auch Carina Thurmann waren äußerst ehrgeizige Persönlichkeiten gewesen. Powerfrauen, die einer erfolgreichen Karriere entgegengeblickt hatten. Weiterhin lagen den Ermittlern keine Informationen vor, dass die Frauen liiert waren und in Beziehungen gelebt hatten. Sie schienen sich mit Leib und Seele dem Beruf verschrieben zu haben.

Nachdenklich stand Mark vor dem Flipchart und betrachtete das Schaubild, das sie gemeinsam entworfen hatten und das eher einem unübersichtlichen Beziehungsgeflecht gleichkam. Neben den Presseberichten klebten die Fotos der Mordopfer und deren Familienangehörigen. Ebenso Bilder von den Tatorten. Sogar Rose Chevalier und ihrem Sohn Caspar hatten sie einen Platz zugedacht.

Stefan hatte es sich auf einem Stuhl bequem gemacht und starrte gedankenversunken auf die zahlreichen Verzweigungen. An der Porträtaufnahme von Carina Thurmann blieb er schließlich hängen und schaute mit einem vielsagenden Blick darauf.

„Vielleicht ist das der Schlüssel."

„Wovon sprichst du?"

„Von ihrem Ehrgeiz. Von ihrer erfolgreichen Karriere."

Es dauerte einen Moment, bis Mark etwas erwiderte.

„Waren sie denn so erfolgreich?"

Irritiert schaute Stefan ihn an.

„Das hörte sich bisher zumindest danach an."

Mark zuckte mit den Schultern.

„Ich denke, diese Frage können uns nur ihre Chefs beantworten."

Aus den Augenwinkeln registrierte Mark, wie die Tür aufging und jemand den Besprechungsraum betrat. Er lächelte, als er sah, dass es Maja war. Mit bedachten Schritten trat sie näher und blieb an einem Tisch stehen. Ihre Augen weiteten sich, als sie das Foto der Schauspielerin erblickte.

„Ihr verdächtigt ernsthaft Rose Chevalier?", fragte sie irritiert in die Runde.

„Verdächtigen ist vielleicht das falsche Wort. Wir fanden es nur sinnvoller, alle Akteure in der Übersicht zu berücksichtigen", rechtfertigte sich Peter Eiser und strich seinen Bart zurecht.

„Macht ihr noch lange?", kam Maja auf den eigentlichen Grund ihres Besuchs zu sprechen und wandte sich direkt an Mark.

„Du denkst daran, dass wir mit deinen Eltern verabredet sind."

Mark fiel alles aus dem Gesicht. Hastig schaute er auf die Uhr.

„Mist. Das hab ich vergessen."

„Das war mir klar, deshalb bin ich hier", erwiderte Maja lächelnd, während Mark seine Sachen bereits zusammenpackte.

„Ihr kommt bestimmt ohne mich klar."

„Besser sogar", erklärte Stefan grinsend.

Mark lachte.

„Wir sind dann weg. Und gebt mir Bescheid, sobald ihr etwas rausgefunden habt", ließ Mark die Kollegen wissen, während er sich mit Maja bereits auf den Ausgang zubewegte. Nachdem die Tür hinter ihnen ins Schloss gefallen war, eilten sie den leeren Korridor entlang.

„Ich würde jetzt viel lieber nach Hause fahren", raunte er Maja mit einem verheißungsvollen Grinsen zu.

„Das kannst du deinen Eltern nicht antun. Die freuen sich schon die ganze Woche auf den Abend."

„Wohin geht's überhaupt?"

Das mitleidige Lächeln auf Majas Gesicht war kaum zu leugnen.

„Zum Chinesen."

„Soll das ein Scherz sein? Ich hasse Chinesisch."

Sie lachte und tätschelte seinen Bauch.

„Dann wirst du wenigstens nicht dick."

Mit einer viertelstündigen Verspätung holten sie Marks Eltern von zu Hause ab. Gegen halb acht betraten sie das Chinarestaurant und machten sich nur wenige Minuten später über das Buffet her. Trotz einer Vielzahl an Fleischgerichten hielt sich Mark an diesem Abend ausschließlich an gebratene Nudeln. Der einzige Fraß, der seiner Ansicht nach einigermaßen genießbar war. Er verschlang gerade die zweite Portion, als sich sein Vater Benno mit einem fragenden Blick an ihn wandte.

„Ermittelst du eigentlich in dem Mordfall der jungen Frau, die sie am Fort Deckstein gefunden haben?"

Mark schlang eine Gabel voll mit Nudeln hinunter und nickte.

„Jessica Haupt. Wieso?"

„Haupt? Ich kannte mal einen Mann, der Haupt hieß. Er war Auszubildender bei uns. Ein cleveres Kerlchen, der es weit gebracht hat. Wie hieß er noch gleich mit Vornamen? Uwe? Nein, Uwe hieß er nicht", sagte sein Vater mehr zu sich selbst.

Abrupt hörte Mark mit dem Kauen auf und beäugte seinen Vater neugierig.

„Jetzt sag nicht, er hieß Ulrich."

„Doch. Richtig. So hieß er. Ulrich Haupt."

Mark fiel alles aus dem Gesicht. Augenblicklich verschluckte er sich an den restlichen Nudeln. Eilig trank er einen Schluck Cola hinterher, während sich der Gesichtsausdruck seines Vaters bereits verdunkelte.

„Ist Ulrich Haupt etwa der Vater der jungen Frau?"

„Ich fürchte ja."

Mark sah sofort, wie sehr seinem Vater diese Tatsache naheging.

„Das ist ja schrecklich."

Mitgenommen sah Benno Birkholz seine Frau Karola an. Sie hatte das Gespräch zwischen ihrem Mann und ihrem Sohn aufmerksam verfolgt und schaute mitfühlend in die Runde. Auch Maja war anzumerken, wie sehr ihr die Erkenntnis zusetzte, dass ausgerechnet Benno Birkholz den Vater der Ermordeten kannte.

„Und wie geht es Ulrich?"

Mark schüttelte den Kopf.

„Er ist ein gebrochener Mann. Vor zwei Jahren hat er erst seine Frau verloren. Sie hatte Krebs."

Maja und Karola Birkholz wirkten sichtlich bestürzt, man sah ihnen an, dass ihnen im ersten Moment die Worte fehlten.

Der Abend war gelaufen. Das mussten sie sich leider eingestehen. Die Tatsache, dass ausgerechnet die Tochter des Mannes ermordet worden war, der damals Auszubildender bei Marks Vaters war, trug nicht gerade zu einem stimmungsvollen Abend bei. Lustlos stocherte Benno Birkholz im Essen rum und war vertieft in Gedanken.

„Jetzt hat er nur noch seine Schwester", murmelte sein Vater.

„Er hat eine Schwester?"

Sein Vater nickte.

„Sie muss einige Jahre älter sein. Sie hat früh geheiratet und Kinder bekommen. Ich meine, sie hätte damals mit ihrem Mann eine Unternehmensberatung gegründet."

„Du weißt nicht zufällig ihren jetzigen Namen?"

„Nein, mein Junge. Du weißt doch: Mit Namen hab ich es nicht so."

Kapitel 32
Freitag, 07. Juli

Es war windig geworden. Dunkle Regenwolken zogen vom Westen auf. Die Sonne stand schon sehr tief, nicht mehr lange und sie würde hinterm Horizont verschwunden sein. Seit über einer Stunde war kein einziger Wakeboarder mehr über den Bleibtreusee gefahren. Nur noch vereinzelt hielten sich Stand-up-Paddler auf dem See auf, aber auch die steuerten bereits das Ufer an. In der Ferne war ein dumpfes Gewittergrollen zu hören. Außerdem war es in den letzten Minuten so windig geworden, dass Nicola mittlerweile Probleme hatte, das Gleichgewicht zu halten. Sie machte kehrt und paddelte zurück zum Strand. An der Stelle, an der eben noch Badegäste die Abendsonne genossen hatten, herrschte nun gähnende Leere. Einige Paddler ließen noch die Luft aus ihren Boards, bevor sie sich auf den Heimweg machten. Draußen an der Strandbar saß kaum noch jemand, die meisten hatten sich in Anbetracht des nahenden Gewitters und des aufkommenden Sturms bereits ins Innere der Eventlocation geflüchtet.

Nachdem sie das Ufer erreicht hatte, zog sie das Brett aus dem Wasser. Ihr Bikini war noch feucht, und dummerweise hatte sie keine Ersatzsachen dabei, auch waren die Umkleidehütten vor wenigen Minuten geschlossen worden. Noch während sie darüber nachdachte, einfach das Badetuch auf den Fahrersitz zu legen, kam ihr plötzlich die tote Katze wieder in den Sinn. Die ganze Zeit hatte sie keinen Gedanken daran vergeudet, doch mit einem Mal war das tote Tier wieder präsent. Wieso war ausgerechnet vor ihrer Terrassentür ein Tierkadaver abgelegt worden? Wollte sie jemand einschüchtern? Und seit wann hatte die Katze überhaupt dort gelegen? Gegen zwanzig Uhr war sie gestern Abend nach Hause gekommen, doch auf die Terrasse war sie nicht mehr gegangen. Nachdem sie die Spülmaschine ausgeräumt und die Wäsche aus der Waschmaschine aufgehängt hatte, hatte sie noch die Anziehsachen für den nächsten Tag rausgelegt und war anschließend ins Bett gegangen. Mitten in der Nacht war sie aufgewacht. Doch aus welchem Grund eigentlich? Normalerweise schlief sie wie ein Stein und wachte nachts so gut wie nie auf. Ob es am Stress lag, den sie derzeit in der Firma hatte, oder an der hormonellen Umstellung? Nicht mehr lange, bis sie zumindest das Problem aus dem Kopf und somit eine Sorge weniger hatte. Trotzdem hatte sie irgendetwas aus dem Schlaf gerissen. Ruckartig richtete sie sich auf, als ihr wieder einfiel, was sie in der zurückliegenden Nacht beobachtet hatte. Obwohl seitdem viele Stunden vergangen waren, war sie immer noch davon überzeugt, die Umrisse einer Gestalt erkannt zu haben. Ebenso hatte sie sich das Aufflammen einer Zigarette nicht eingebildet. Wenn tatsächlich in der Nacht jemand in ihrem Vorgarten war und dort geraucht hatte, dann müsste die Kippe irgendwo liegen.

In diesem Augenblick zückte ein greller Blitz über den wolkenverhangenen Himmel. Sie sah sich um, doch bis auf zwei Pärchen war sie mittlerweile die Einzige, die sich noch am Strand aufhielt.

Sie klemmte sich das Board unter den Arm und machte sich auf den Weg zu ihrem Wagen. Zielstrebig ließ sie die Strandbar hinter sich, kämpfte sich den gepflasterten Pfad hinauf und ging den Waldweg entlang, der sie zum nahegelegenen Parkplatz führte, als ihr plötzlich ein Mann auffiel. Er stand verdeckt hinter einem Baum und starrte zu ihr rüber. Mit der Baseballkappe und dem farbenfrohen T-Shirt hätte sie ihn fast für einen Surfer gehalten, allerdings hatte er kein Surfbrett dabei. Irritiert wandte sie den Blick ab und beschleunigte die Schritte. Sämtliche Alarmglocken schrillten in ihrem Kopf. Im selben Moment wurde sie auf ein junges Paar aufmerksam, das ebenfalls den Parkplatz ansteuerte. Bis dort waren es nur wenige Gehminuten. Ohne zu überlegen, rannte sie hinter ihnen her und holte die beiden kurz vor ihrem Wagen ein.

„Hallo! Wartet bitte mal!“, rief sie ihnen hinterher.

Neugierig drehte sich der Mann um. Nicola schätzte ihn auf Anfang zwanzig, seine Freundin wirkte einige Jahre jünger.

„Ich brauche eure Hilfe.“

„Um was geht's?“

Sie deutete in die Richtung, aus der sie gekommen war.

„Da hinten im Wald steht ein Mann. Er beobachtet mich. Irgendwie ist mir das nicht so geheuer.“

Der junge Mann warf einen Blick über ihre Schulter und verzog den Mund.

„Ich seh niemanden.“

„Könnt ihr vielleicht trotzdem so lange warten, bis ich alles eingepackt habe und weggefahren bin?“

„Wenn's weiter nichts ist. Kein Problem.“

Er lächelte, schlang den Arm um seine Freundin und setzte hinterher: „Zum Glück musst du erst in einer halben Stunde ins Bett.“

Die junge Frau verdrehte die Augen und boxte ihn in die Seite. „Du sollst mich nicht wie ein Baby behandeln. Ich kann nichts dazu, dass meine Alten immer so ein Theater machen."

Eilig ließ Nicola die Luft aus dem Board. Sie bemerkte, wie die junge Frau mehrmals zum Waldweg blickte und ungeduldig auf ihr Handy schaute. Erleichtert atmete Nicola auf, als sie ihre Sachen endlich im Kofferraum verstaut und sich von den beiden verabschiedet hatte. Sie winkte ihnen noch kurz zu, nachdem sie gewendet hatte und an ihnen vorbeifuhr.

Knapp eine halbe Stunde später war sie zurück in ihrer Wohnung. Erschöpft schloss sie die Etagentür auf und stellte die Tasche in den Flur. Ein muffiger Geruch hing in den Räumen. Obwohl sie im Erdgeschoß wohnte, war es unangenehm stickig. Schon als sie die Terrassentür öffnete, fiel ihr Blick auf die Stelle, an der am Morgen noch der Tierkadaver gelegen hatte, doch er war verschwunden, und nichts deutete mehr auf das tote Tier hin. Vermutlich hatte der Hausmeister die Katze gefunden und entsorgt. Trotzdem war sie neugierig, ob sie zumindest einen Zigarettenstummel finden konnte. Kurzentschlossen suchte sie im Umkreis von mehreren Metern die gesamte Rasenfläche ab. Doch nirgendwo entdeckte sie Reste einer Zigarette.

Nachdenklich ging sie zurück in die Wohnung und zweifelte an ihrem Verstand. Vielleicht war sie schlicht und ergreifend überarbeitet. Was auch immer der Katze den Kopf abgetrennt hatte, vermutlich war dafür ein anderes Tier verantwortlich. Ein Mader vielleicht, oder ein Hund. Andererseits war der Halsschnitt klar und deutlich zu erkennen gewesen, wie von einer scharfen Klinge oder einem Skalpell. Ein glatter Schnitt, der unmöglich von einem Tier stammen konnte. Was blieb, war ein ungutes Gefühl und die Überlegung, dass sie womöglich einen Fehler begangen hatte, als sie sich dazu entschied, die Polizei nicht zu verständigen.

Sie warf einen Blick aufs Handy und stellte fest, dass er nicht mehr versucht hatte, sie zu erreichen. Noch während sie abwägte, ob das ein gutes oder schlechtes Zeichen war, stieg Übelkeit in ihr hoch. Sie schaffte es gerade noch auf die Toilette, bevor sie sich übergab.

Kapitel 33
Freitag, 07. Juli

Mit Einsetzen der Dunkelheit hatte sich ein schweres Unwetter über Köln entladen. Einige Straßenabschnitte hatten sogar kurzzeitig unter Wasser gestanden, doch mittlerweile hatte sich die Situation wieder entspannt. Längst hatte es aufgehört zu regnen, und die Gewitterwolken waren bereits Richtung Osten weitergezogen.

Der Mann lehnte an einem Baum und blickte auf den Rhein. Zwar herrschte derzeit Niedrigwasser, doch im Gegensatz zu den vergangenen Hochsommern führte der Rhein noch genügend Wasser. Bei Pegelständen nahe der ein Meter und sechzig Marke wurde die Schifffahrt kaum eingeschränkt. Frachter mussten die Ladungen zwar reduzieren, doch so bedrohlich wie im letzten Jahr war der Wasserstand noch nicht.

Ungeduldig schaute er auf die Uhr, während seine Laune in den Keller sank. Gerade überlegte er, den Heimweg anzutreten, als er sah, wie sie aus dem Mehrfamilienhaus kam. Sie trug die Haare offen, obwohl sie am Nachmittag noch einen Pferdeschwanz getragen hatte. Sein Herzschlag beschleunigte sich, und er atmete schneller. In seiner Fantasie hatte er schon ihren Tod durchlebt. Ob sie schreien und sich zur Wehr setzen würde?

Sein letztes Opfer war in eine Schockstarre verfallen und hatte sich zu Beginn kaum gewehrt, erst nachdem die Frau begriffen hatte, dass er vorhatte, sie umzubringen, hatte sie wie wild um sich geschlagen und sich umso mehr gewehrt. Sie hatte wie ein Biest gekämpft und ihn zwischenzeitlich so stark in Bedrängnis gebracht, dass er ein Kissen nehmen musste, um wieder Herr der Lage zu werden.

Er wunderte sich, weshalb sie so lange brauchte. Erst danach bemerkte er, dass sie stehengeblieben war und telefonierte. Er dachte an seine Kindheit und die zurückliegenden Jahre. Es waren harte Jahre, mit einigen Schicksalsschlägen. Der Tod seines Vaters war der absolute Tiefpunkt in seinem Leben gewesen. Er hatte es nie leicht gehabt und hatte stets um die Aufmerksamkeit seiner Eltern gerungen, doch meistens war sie ihm verwehrt geblieben. Dauernd waren sie unterwegs gewesen, und wenn sie mal zu Hause waren, hatten sie keinerlei Interesse gezeigt. Immer war alles andere wichtiger.

Ein abgrundtiefer Hass fraß ihn fast auf. Der unbändige Zorn darüber, in welche Richtung sich sein Leben entwickelt hatte, ließ ihn nicht zur Ruhe kommen. Früher wollte er Broker oder Jurist werden. In ihm schlummerte so viel Potential. Nur hatte sich niemand die Mühe gemacht, hinter die Fassade zu schauen. Seine Genialität, all seine Talente lagen seit frühester Kindheit brach. Stattdessen war er früh Vater geworden. Er hatte zwei Kinder mit einer Frau gezeugt, die offensichtlich außerstande gewesen war, die Pille zu schlucken. Zuerst war er davon ausgegangen, dass sie ihm die Kinder unterjubeln wollte, doch dafür war er viel zu clever. Keine Frau der Welt drehte ihm einfach so irgendwelche Kuckuckskinder an. Unmittelbar nachdem die Kinder das Licht der Welt erblickt hatten, hatte er einen Vaterschaftstest veranlasst. Die Ergebnisse waren eindeutig. Beide Kinder waren von ihm, obwohl sie ihm überhaupt nicht ähnlich sahen. Vermutlich hatte ihre Mutter nur Glück gehabt, dass die wenigen Male, die er sie beglückt hatte, zum Erfolg geführt hatten. Und wofür das Ganze?

Als die Kinder älter wurden, hatte er sich geschworen, sein eigenes Ding durchzuziehen. Sich hin und wieder einen Kick zu verschaffen, ohne dass sein näheres Umfeld auch nur ansatzweise ahnte, wie er wirklich tickte.

Sein Blick schweifte zu der Stelle, an der die junge Frau stand. Sie telefonierte noch immer, wirkte aufgebracht und gestikulierte lebhaft. Ein typisches Verhalten für diese Frauen. Wer brauchte schon so karriereorientierte, dominante Weibsbilder, die vermutlich in ihrem ersten Leben einmal Männer waren? Die Natur hatte den Frauen nur eine Lebensaufgabe zugedacht. Doch statt ihrer Bestimmung nachzukommen, verweigerten sie sich und lehnten sich gegen die Machtstellung der Männer auf.

Im Licht der Laterne beobachtete er, wie sie ihr Handy in der Tasche verstaute und sich mit schnellen Schritten näherte. Eilig versteckte er sich hinter einem Baum.

Kapitel 34
Samstag, 08. Juli

Als Maja am nächsten Morgen das Wohnzimmer betrat, saß Mark bereits am Laptop. Er telefonierte gerade, und offenbar waren ihm so interessante Informationen zugespielt worden, dass er sie noch niemals bemerkte. Sie zog einen Stuhl heran, machte es sich bequem und schlürfte genüsslich am Cappuccino. Erst jetzt blickte Mark auf, doch er war so vertieft ins Gespräch, dass er Maja ignorierte.

„Jessica Haupt hat also in der Firma ihrer Tante gearbeitet. Und wieso erzählt uns der Vater das nicht?"

Mark lauschte den Worten seines Kollegen.

„Meinst du? Ich bin mir aber sicher, dass wir danach gefragt haben", sagte er kurz darauf.

Es verging einige Zeit, bis Maja erneut seine Stimme vernahm.

„Dann lass uns das machen. Vielleicht hatten sie noch mehr Gemeinsamkeiten."

Mark beendete das Telefonat, lächelte sie an und küsste sie auf den Mund. Augenblicklich fing er an, zu berichten, was sie herausgefunden hatten.

„Das war gerade Stefan. Mein alter Herr hatte recht. Ulrich Haupt hat tatsächlich eine Schwester. Sie lebt in der Nähe von Köln und besitzt mit ihrem Mann eine Unternehmensberatung. Vor über zwanzig Jahren haben sie die Firma gegründet. Und jetzt halt dich fest. Bei dem Unternehmen handelt es sich um Weyen Consult. Dieselbe Firma, bei der Carina Thurmann gearbeitet hat."

Maja sah ihn überrascht an. „Dafür musst du deinen Eltern aber ein zusätzliches Abendessen spendieren. Wenn dein Vater nicht gewesen wäre …" Sie stutzte mitten im Satz und runzelte die Stirn. „Habt ihr das denn im Vorfeld nicht gecheckt?"

„Darüber haben wir uns ebenfalls Gedanken gemacht. Ich bin mir sicher, dass wir danach gefragt haben. Keine Ahnung, warum der Vater uns das nicht erzählt hat."

„Vielleicht hat er es nicht für wichtig gehalten."

Mark dachte über ihre Worte nach. Es dauerte allerdings, bis er etwas erwiderte.

„George Weyen, der Schwager von Ulrich Haupt, hat an dem Mittwoch versucht, Carina Thurmann übers Handy zu erreichen. Das belegen eindeutig die Auswertungen ihres Smartphones. Als George Weyen sie allerdings den ganzen Vormittag nicht erreichen konnte, informierte er schließlich die Eltern. Zu dem Zeitpunkt war Carina Thurmann schon mehr als sechsunddreißig Stunden tot. Mallow hat den Todeszeitpunkt eingegrenzt. In der Nacht von Montag auf Dienstag zwischen zweiundzwanzig und ein Uhr nachts wurde sie umgebracht. Beide Opfer waren Mitarbeiterinnen von George Weyen. Jessica Haupt sogar seine Nichte. Aber weshalb ruft er nur Carina Thurmann an? Wieso hat er seine Nichte nicht angerufen, nachdem sie am nächsten Tag nicht bei der Arbeit aufgetaucht war?"

„Hat er nicht?"

„Nein, und seine Frau auch nicht. Das belegen eindeutig die Auswertungen von Jessica Haupts Handy, das die Kollegen in ihrem Auto gefunden haben."

„Das ist allerdings merkwürdig."

„Die Kollegen von der IT konnten zwar eingehende Anrufe verzeichnen. Doch weder der Vater noch die Tante, und auch nicht der Onkel haben sich gerührt. Lediglich Anrufe von Freundinnen und von Rose Chevalier wurden eindeutig identifiziert."

„Sonderbar. Wenn meine Tochter unterwegs wäre und mich jemand spät abends wissen ließe, dass sie von einem Spaziergang nicht zurückgekehrt wäre, würde ich doch versuchen, mein Kind zu erreichen."

„So würden vermutlich alle Eltern reagieren."

„Ihr müsst den Vater unbedingt in die Mangel nehmen. Irgendwas stimmt da nicht. Und das Verhalten der Weyens ist ebenfalls verdächtig. Bei einer normalen Angestellten machen sie sich Sorgen und telefonieren ihr hinterher, doch wenn die Nichte nicht zur Arbeit erscheint, juckt sie das einen feuchten Kehricht …"

„Stefan wollte so schnell wie möglich mit den Eltern von Carina Thurmann sprechen. Danach knöpfen wir uns den Vater und die Weyens vor. Ich bin gespannt, was sie zu ihrer Verteidigung zu sagen haben."

Kapitel 35
Montag, 10. Juli

Ulrich Haupts sonderbares Verhalten konnte innerhalb kürzester Zeit aus der Welt geschafft werden. Mark und Stefan hatten den Vater des ersten Opfers in den frühen Morgenstunden in seiner Firma aufgesucht und ihn mit ihren Beobachtungen konfrontiert. Wider Erwarten konnten die Ungereimtheiten schnell geklärt werden, nachdem Ulrich Haupt eine plausible Erklärung abgeliefert hatte. Die Handynummer seiner Tochter hatte er lediglich auf seinem Handy gespeichert, nicht jedoch auf dem Festnetzanschluss. Zum Zeitpunkt ihres Verschwindens hatte sich sein Smartphone gerade in Reparatur befunden. Wenige Tage zuvor war es ihm auf den Boden gefallen und das Display zerbrochen. Seine Aussage konnte er anhand einer Rechnung nachweisen. Dass er vergessen hatte, zu erwähnen, dass seine Tochter in der Firma seiner Schwester arbeitete, führte er auf den Schock zurück. Nachdem seine Befürchtungen zur schrecklichen Gewissheit geworden waren, hatte er nur noch funktioniert und nicht realisiert, wie wichtig solche Informationen für die Ermittlungen waren. Mehrmals während des Gesprächs hatte sich Ulrich Haupt entschuldigt und erklärt, wie leid ihm seine Nachlässigkeit täte. Am Ende waren die Gründe nachvollziehbar, sodass sich ihr anfängliches Misstrauen in Luft auflöste, und sie das Bürogebäude bereits nach einer Stunde wieder verließen.

Unmittelbar danach stand ein Besuch bei der Unternehmensberatung Weyen Consult GmbH an. Schon im Vorfeld ahnte Mark, dass die Unterhaltung mit dem Onkel und der Tante bei weitem nicht so unproblematisch verlaufen würde wie das Gespräch mit Ulrich Haupt. Dafür gab es zu viele Unstimmigkeiten. Die Kriminalhauptkommissare besprachen noch kurz ihre

Taktik, mit der sie den Weyens auf den Zahn fühlen wollten, und betraten danach das Eingangsfoyer der Consulting GmbH. Eine Mitarbeiterin mit kurzen Haaren und schmalem Gesicht empfing sie an der Empfangstheke und lächelte freundlich.

„Wie kann ich Ihnen helfen?"

„Wir würden gerne mit dem Ehepaar Weyen sprechen", ließ Stefan sie wissen, während er den Dienstausweis aus der Jacke zog und ihr entgegenstreckte. Die Angestellte warf einen Blick auf den Ausweis und schaute die Kommissare fragend an.

„Mit Herrn Weyen oder mit seiner Frau?"

„Mit beiden", erklärte Stefan mit einem bestimmenden Unterton.

Die Augenbrauen der Frau schossen in die Höhe. Eilig verschwand sie hinter einer Tür. Es dauerte nicht lange, bis sie mit einem Mann zurückkam. Mark schätzte ihn auf Anfang fünfzig. Seine Schläfen waren angegraut, seine Figur wirkte muskulös. Weyen war etwas kleiner als Mark, wenn auch nur wenige Zentimeter. Selbstsicher trat er den Ermittlern entgegen und reichte ihnen die Hand.

„Meine Mitarbeiterin sagte, Sie wollen meine Frau und mich sprechen. Sind Sie von der Polizei?"

Mark bestätigte mit einem Kopfnicken.

„Mark Birkholz von der Kripo Köln. Und das ist mein Kollege Kriminalhauptkommissar Stefan Rauhaus. Wir ermitteln in den Mordfällen Carina Thurmann und Ihrer Nichte Jessica Haupt. Wir haben einige Fragen an Sie."

George Weyen machte eine weitreichende Armbewegung und deutete zu einem Besprechungsraum, der sich auf der gegenüberliegenden Seite befand. Die Tür stand sperrangelweit offen. Hinter einer langgezogenen Glasfront waren Lederstühle und ein Besprechungstisch zu erkennen. Zwei hochgewachsene Birkenfeigen standen in den Ecken und verliehen dem Raum eine angenehme Atmosphäre.

„Bitte meine Herren, nehmen Sie Platz."

Die Ermittler wählten die Stühle auf der gegenüberliegenden Seite. George Weyen strahlte eine angenehme Ruhe aus. Im Großen und Ganzen wirkte er entspannt, obwohl die Traurigkeit, die sich über seine Gesichtszüge gelegt hatte, unübersehbar war.

„Ist Ihre Frau nicht im Haus? Wir hatten Ihrer Mitarbeiterin ausdrücklich gesagt, dass wir mit Ihnen und Ihrer Frau sprechen wollen."

„Meine Frau befindet sich gerade in einem wichtigen Meeting. Daher müssten Sie leider erst mal mit mir vorliebnehmen."

„Verstehe", erwiderte Mark und kam augenblicklich auf den Grund ihres Besuchs zu sprechen. „Herr Weyen, wir haben erfahren, dass sowohl Jessica Haupt als auch Carina Thurmann Angestellte von Ihnen waren. Wobei Jessica Haupt sogar Ihre Nichte war. Ist das richtig?"

Der Unternehmer nickte betroffen und wischte sich unauffällig eine Träne von der Wange.

„Das stimmt. Jessica ist die Tochter meines Schwagers. Wir hatten mit unserer Nichte abgesprochen, dass sie erst mal bei uns arbeitet, bevor sie die Firma ihres Vaters übernimmt."

„Wie war das Verhältnis zu Ihrer Nichte?"

„Gut. Sehr gut sogar. Sie war wie eine Tochter für uns."

„Haben Sie eigene Kinder?", hakte Mark nach.

George Weyen nickte.

„Eine Tochter und einen Sohn."

Mark betrachtete den Onkel der Ermordeten und suchte nach Anzeichen, die darauf hindeuteten, dass er nervös wurde.

„Erzählen Sie uns von dem Tag, an dem Jessica verschwand."

„Da gibt es nicht viel zu erzählen. Alles war wie immer. Jessica war fleißig. Eine vorbildliche Mitarbeiterin. Vor allem hat sie nie raushängen lassen, dass sie unsere Nichte ist. Das haben ihr alle hoch angerechnet."

„Also gab es im Vorfeld keinen Streit oder andere Vorkommnisse an diesem besagten 15. Juni?"

„Nicht, dass ich wüsste. Das Einzige, worüber sich Jessica ein wenig geärgert hat, war, dass sie an dem Tag länger in der Firma bleiben musste. Aber das war definitiv meine Schuld."

„Inwiefern?"

„Für den folgenden Tag stand ein Meeting an. Ich hatte den Termin nicht mehr auf dem Schirm und Jessica darum gebeten, die Power-Point Präsentation vorzubereiten. Sie war ziemlich sauer, dass sie ausgerechnet an dem Tag Überstunden einlegen musste."

„Warum? Hatte Ihre Nichte noch etwas geplant? Hatte sie vielleicht eine Verabredung?"

„Nein, nicht dass ich wüsste. Sie hatte nur dieser Schauspielerin versprochen …"

„Rose Chevalier?", unterbrach ihn Stefan.

„Genau, die meinte ich. Auf jeden Fall hatte Jessica der alten Dame versprochen, ihren Hund auszuführen. Daher durchkreuzte die Präsentationsvorbereitung ihre Pläne."

„Verständlich. Um wie viel Uhr hat Jessica an diesem Abend das Büro verlassen?"

„Das kann ich Ihnen nicht sagen. Katrin, also meine Frau und ich sind auf jeden Fall früher gegangen."

„Gibt es dafür Zeugen?"

„Ich denke nicht."

„Wissen Sie zufällig noch, was Sie und Ihre Frau an diesem Abend gemacht haben?"

„Sie wollen wissen, ob wir ein Alibi haben?"

„Nennen Sie es, wie Sie wollen."

„Wir waren an dem Abend im Theater. Das war auch der Grund, weshalb ich die Präsentation niemals hinbekommen hätte. Wissen Sie, der 15. Juni ist unser Hochzeitstag", sagte Weyen. Ihm war mittlerweile anzumerken, wie nahe ihm der Tod seiner Nichte ging. Mehrmals zog er die Nase hoch und wischte sich über die Wange.

„Was für ein Theaterstück haben Sie sich angeschaut?"

„Ich meine, es hieß *Der Nazi* oder so."

„Haben Sie noch die Eintrittskarten?"

George Weyen schüttelte den Kopf.

„Leider nicht, aber vielleicht meine Frau." Er griff zum Hörer, wählte eine Nummer und sprach kurz darauf mit jemandem.

„Seid ihr mit dem Meeting schon durch? Dann komm bitte mal runter ins Besprechungszimmer. Zwei Herren von der Polizei sind hier."

Es vergingen einige Minuten, bis Schritte zu hören waren und eine Frau um die Fünfzig eintrat. Sie hatte große Ähnlichkeit mit ihrem Bruder. Die gleichen blonden Locken und eine korpulentere Figur. Mit einem fragenden Blick schaute sie in die Runde.

„Sind Sie wegen Jessi und Carina hier?"

Mark nickte, erhob sich vom Stuhl und reichte ihr die Hand. Danach begrüßte Stefan die Tante von Jessica Haupt.

„Die beiden Herren interessieren sich dafür, was wir am 15. Juni gemacht haben."

Katrin Weyen schluckte mehrmals und kämpfte mit den Tränen.

„Das ist unser Hochzeitstag. George hatte Theaterkarten besorgt", ließ sie die Beamten mit tränenerstickter Stimme wissen.

„Und wie hieß das Stück?"

„Da müsste ich nachschauen. Es handelte auf jeden Fall von den Nationalsozialisten. Wenn mich nicht alles täuscht, müsste ich die Karten sogar noch haben. Ich schau mal kurz im Portemonnaie nach."

„Haben Sie etwas dagegen, wenn wir mitkommen?", preschte Mark vor und lud sich selbst zu einem Firmenrundgang ein.

Er erkannte eine leichte Irritation in Katrin Weyens Gesicht, doch die Unternehmergattin fing sich schnell und willigte ein.

Zu viert schlugen sie wenig später auf der Funktionsfläche auf. Die Bürofläche der Weyen Consult GmbH war überschaubar. Insgesamt zählte Mark neun Schreibtische, fünf davon waren unbesetzt. Am Ende befand sich ein Büro aus Glas, ähnlich dem Raum, in dem sie sich kurz zuvor aufgehalten hatten. Zielstrebig steuerte das Ehepaar darauf zu, während Mark und Stefan auf dem Gang warteten und die Angestellten aufmerksam musterten. An drei Tischen saßen Frauen mittleren Alters. Sie waren vertieft in die Arbeit, grüßten eher beiläufig und würdigten die Ermittler ansonsten keines Blickes. Im Gegensatz zu ihrem männlichen Kollegen, der die Beamten zuallererst bemerkt hatte, und sie nicht mehr aus den Augen ließ, seitdem sie den Raum betreten hatten.

Der Mann mit dem Lockenkopf grüßte freundlich und schaute wieder auf den Bildschirm, doch ihm war anzumerken, dass er nicht ganz bei der Sache war.

In der Zwischenzeit hatte die Unternehmergattin die Eintrittskarten gefunden. Lächelnd kam sie auf die Ermittler zu und überreichte ihnen die Karten.

„Das Stück hieß *Der Nazi und sein Friseur*. Darauf bin ich nicht mehr gekommen."

Mark checkte das Datum und die Uhrzeit. Es bestand kein Zweifel. Das Alibi des Unternehmerehepaares war hieb- und stichfest. Trotzdem würde er die Überwachungskameras des Theaters überprüfen lassen. Erst wenn er das Ehepaar mit eigenen Augen auf den Videoaufzeichnungen gesehen hatte, wäre er von ihrer Unschuld überzeugt.

„Die Karten nehme ich in Verwahrung", sagte er und ließ sie in der Hosentasche verschwinden. „Eine Frage hätte ich allerdings noch. Haben Sie sich nicht gewundert, als Jessica am nächsten Tag nicht zur Arbeit erschien?"

„Offengestanden hatten wir damit gerechnet."

„Wieso?"

„Wie gesagt, wir waren an dem Abend im Theater und befanden uns bereits auf dem Rückweg, als Ulrich weinend und vollkommen aufgelöst anrief und uns erzählte, dass Jessica spurlos verschwunden sei und telefonisch nicht erreichbar wäre. Er versprach, sich zu melden und uns auf dem Laufenden zu halten, sobald es Neuigkeiten gebe."

„Deshalb haben Sie Ihre Nichte am nächsten Morgen nicht angerufen?"

George Weyen nickte.

Die Ermittler hatten alles erfahren, was sie wissen wollten und waren bereits durch mit der Befragung, als Mark erneut der Mitarbeiter mit dem Lockenkopf ins Auge stach. Die gesamte Zeit über hatte er ihr Gespräch belauscht. Als ihre Blicke sich erneut trafen, steuerte er zielstrebig auf den Schreibtisch des Angestellten zu.

„Kripo Köln. Mark Birkholz mein Name und das da vorn ist mein Kollege Kriminalhauptkommissar Stefan Rauhaus. Sie verfügen bestimmt über eine hervorragende Beobachtungsgabe."

„Ich versteh nicht ganz", erwiderte der Mitarbeiter leicht irritiert.

„Ihr Interesse an unserem Gespräch war gerade kaum zu übersehen."

Der Angestellte errötete und zuckte mit den Schultern.

„Es passiert nicht tagtäglich, dass die Polizei hier aufschlägt", druckste er herum. „Sie sind bestimmt wegen Carina und Jessica hier, stimmt's?"

Mark nickte.

„Und mit wem habe ich die Ehre?"

„Götz Seewald. Schrecklich, was mit den beiden passiert ist. Wir stehen noch alle unter Schock."

Mark machte ein betretenes Gesicht und ließ die Worte des Mitarbeiters sacken.

„Kannten Sie die beiden näher?"

„Wie man's nimmt. Aber Jessi und Carina waren gut befreundet. Das ein oder andere Gespräch zwischen den beiden habe ich schon mitbekommen. Meist ging es um irgendwelche Männergeschichten."

Er lächelte verschmitzt.

„Mit anderen Worten: Sie haben Dinge erfahren, die nicht für Ihre Ohren bestimmt waren?"

Er lachte.

„Das kann man so oder so sehen."

„Was wollen Sie damit sagen?"

„Eigentlich hatte Carina den Männerverschleiß. Jessi hat sich meist nur alles angehört."

„Können Sie etwas konkreter werden?"

„Carina hatte vor allem in der letzten Zeit einige Dates. Meist waren es ältere Männer. Vergebene Männer. Sie wissen, was ich meine."

„Verstehe. Ist Ihnen die Tage vor ihrem Tod etwas Ungewöhnliches aufgefallen? Wirkte sie bedrückt?"

„Carina? Eigentlich nicht, nur der Vortrag, den sie vor Geschäftspartnern halten sollte, hat ihr ziemlich zugesetzt. Die

Tage davor war sie extrem angespannt und hatte Angst es zu versemmeln."

„Hat sie ihn denn gemeistert?"

Er zuckte mit den Schultern.

„Keine Ahnung. Der Kunde hat jedenfalls keinen Rückzieher gemacht und uns für ein weiteres Jahr verpflichtet."

Mark dachte über Götz Seewalds Worte nach und wollte dann wissen: „Und wie war Jessica Haupt so?"

„Wie gesagt: Ich hatte immer den Eindruck, dass Jessi für Männer gar keine Zeit hatte. Vielleicht war sie auch andersrum, wer weiß das schon."

„Haben Sie nie versucht, bei einer der beiden zu landen?"

Er starrte Mark entgeistert an.

„Gott bewahre. Frauen gehen für mich gar nicht. Klar, die sind ganz nett, aber das war es dann auch."

Mark konnte sich ein Schmunzeln kaum verkneifen, auch bemerkte er das Grinsen auf Stefans Gesicht.

„So unterschiedlich können die Geschmäcker sein", schwenkte Mark zurück zum eigentlichen Thema.

„Wissen Sie, ob Jessica Haupt und Carina Thurmann ein gemeinsames Hobby hatten? Waren sie abends öfter zusammen unterwegs?"

Götz Seewald dachte nach und sagte dann: „Sie haben sich abends oft getroffen. Dienstags waren sie meist beim Yoga. Carina ist auf den Yogalehrer abgefahren. Antoine, oder so ähnlich."

„Wissen Sie, wo der Yogakurs stattgefunden hat?"

„Ich meine in einem Fitnessstudio."

Marks Unterhaltung mit Götz Seewald dauerte nur noch wenige Minuten. Nachdem die nachfolgenden Vernehmungen der übrigen Angestellten allerdings keine neuen Anhaltspunkte ergaben, verabschiedeten sich die Ermittler schließlich. Nachdenklich verließen sie das Geschäftsgebäude der Weyen Consulting und gingen zurück zum Wagen.

Es kam Mark wie ein Déjà-vu vor, nachdem er von Götz Seewald erfahren hatte, dass beide Opfer anscheinend Mitglieder in einem Sportpark waren. In einem Serienmörderfall, nur wenige

Wochen nachdem er nach seiner unfreiwilligen Beurlaubung in den Polizeidienst zurückgekehrt war, hatten ihn die Ermittlungen ebenfalls in ein Fitnesscenter geführt. Blieb nur zu hoffen, dass sie diesmal schnellere Erfolge verbuchen konnten.

Nachdem sie an Marks Dienstfahrzeug angekommen waren, versuchten sie, zuerst Ulrich Haupt anzurufen. Doch der befand sich in einem längeren Meeting, wie sie von seiner Sekretärin erfuhren. Hinzu kam, dass das Ende nicht absehbar war und sich noch einige Stunden hinziehen könnte.

Sie beschlossen, es bei Carina Thurmanns Mutter zu versuchen, und dieses Mal hatten sie mehr Glück. Bereitwillig gab die Mutter Auskunft darüber, in welchem Fitnessstudio ihre Tochter bereits seit einigen Jahren trainiert hatte. Nachdem er das Telefonat mit der Mutter beendet hatte, googelte Mark die Sporteinrichtung und stellte fest, dass dort durchaus auch Yogakurse angeboten wurden. Sie waren auf dem richtigen Weg. So viel stand fest. Ohne Zeit zu verlieren, machten sich die Ermittler auf den Weg ins Fitnesscenter, um sich vor Ort einen Eindruck zu verschaffen.

Kapitel 36
Montag, 10. Juli

Der Sportpark lag im Herzen der Kölner Innenstadt und war mit öffentlichen Verkehrsmitteln problemlos zu erreichen. Es war mittlerweile später Nachmittag, als Mark und Stefan auf den Parkplatz fuhren und nach einer Lücke Ausschau hielten. Allerdings waren die meisten Plätze bereits belegt. Es dauerte ein paar Minuten, bis sie schließlich eine freie Parkbucht fanden.

Kühle Luft schlug ihnen entgegen, als sie das Eingangsportal des Fitnessstudios betraten. Laute Musik schallte durch die Halle, während sich zahlreiche Mitglieder unterschiedlicher Altersklassen auf Laufbändern und Crosstrainern quälten. In unmittelbarer Nähe der Umkleidekabinen erkannte Mark einige Bodybuilder, die vor einer Spiegelfront posierten und zentnerschwere Langhanteln stemmten.

Eine junge Frau mit Pferdeschwanz und auffallend betonten Augenbrauen grüßte freundlich, als die Ermittler zum Empfangstresen traten. Mark zog seinen Dienstausweis aus der Tasche und hielt ihn ihr unter die Nase.

„Kripo Köln. Mark Birkholz mein Name."

Erstaunt blickte die Angestellte auf.

„Polizei? Wie kann ich Ihnen helfen?"

„Wir ermitteln in zwei Mordfällen. Die Opfer müssten Mitglieder in Ihrem Laden gewesen sein."

Der Mitarbeiterin fehlten im ersten Moment die Worte. Sie brauchte etwas, bis sie die brisanten Informationen verdaut hatte.

„Würden Sie bitte die Mitgliedschaften überprüfen. Auch würden wir uns gerne umsehen. Ist das möglich?", setzte Mark hinterher.

„Da muss ich erst meinen Chef fragen. Um wen geht es denn?"

Mark nannte ihr die Namen der beiden Opfer. In einer gigantischen Geschwindigkeit tippte die Angestellte die Namen der ermordeten Frauen in den Computer ein und schaute kurz darauf betroffen von einem zum anderen.

„Sie waren tatsächlich Mitglieder bei uns."

Mit dieser Antwort hatte Mark bereits gerechnet.

„Wäre es denn möglich, dass wir uns einmal umschauen?"

„Wie gesagt: Das muss ich mit meinem Chef abklären. Einen Moment bitte."

Es vergingen fast zehn Minuten, bis die Angestellte hinterm Tresen wieder auftauchte.

„Entschuldigen Sie, dass es so lange gedauert hat. Mein Chef ist leider unterwegs. Aber wenn Sie wollen, kann ich Sie rumführen."

„Eine wunderbare Idee. Ich bin sicher, dass uns viele Männer darum beneiden werden", erwiderte Stefan augenzwinkernd.

Die Angestellte errötete und lächelte verschämt.

„Dann … äh … gehen wir am besten zuerst hier lang", brachte sie stammelnd hervor und setzte sich in Bewegung. Mark und Stefan folgten ihr und beäugten aufmerksam die trainierenden

Mitglieder. Der Rundgang führte an den Umkleidekabinen vorbei, hinüber zu den Kursräumen und endete an der Bar.

Erwartungsvoll sah die Mitarbeiterin die Ermittler an. Längst hatte sich ihre Aufregung gelegt. Nachdem sie die Umkleideräume hinter sich gelassen hatten, taute sie im wahrsten Sinne des Wortes auf. Kokett strich sie sich immer wieder die Haare aus dem Gesicht, neigte ihren Kopf zur Seite und lächelte Stefan an. Erst als sie zum Empfangstresen zurückkehrten, holte sie die grausame Realität ein, und sie besann sich auf den eigentlichen Grund ihres Besuches.

„Seit wann waren Jessica Haupt und Carina Thurmann Mitglieder bei Ihnen?"

„Da müsste ich noch mal nachsehen", erklärte sie nun professionell.

Sie trat zum Computer und tippte erneut etwas ein.

„Jessica Haupt hat sich im Februar 2019 angemeldet. Carina nur wenige Monate später. Im Juni."

„Kannten Sie die Frauen?"

„Flüchtig. Sie haben nach den Kursen öfter an der Bar gesessen und etwas getrunken, aber groß unterhalten haben wir uns nie."

„Angeblich haben die beiden Kurse besucht. Yogakurse."

„Das kann sein. Wir bieten einige Yogakurse an."

„Auch dienstags?"

Sie lachte.

„Auch dienstags."

„Sagt Ihnen der Name Antoine etwas?"

Sie schüttelte den Kopf.

„Nein."

„Das ist sonderbar. Jessica Haupt und Carina Thurmann müssen regelmäßig dienstags einen Yogakurs besucht haben."

Sie rümpfte die Nase und schaute auf die Übersicht der Sportkurse.

„Dienstags finden zwar Kurse statt, aber die macht alle Armand. Einen Antoine gibt es hier definitiv nicht."

„Darf ich mal sehen?"

Sie reichte Mark den Zettel, auf dem sämtliche Kurse hinterlegt waren. Augenblicklich fand er die Bestätigung, dass tatsächlich nur ein Armand den Yogaunterricht abhielt. Vielleicht hatte sich Götz Seewald im Namen geirrt und dieser Armand war tatsächlich ihr Mann. Immerhin waren die französischen Wurzeln in beiden Namen nicht zu leugnen.

„Wissen Sie, wie dieser Armand mit Nachnamen heißt."

Die Mitarbeiterin sah ihn kopfschüttelnd an.

„Leider nicht. Wir kennen ihn alle nur unter Armand."

Mark zog eine Visitenkarte aus der Tasche und drückte sie der Angestellten in die Hand.

„Dann richten Sie bitte Ihrem Chef aus, dass er sich dringend bei uns melden soll", ließ er sie wissen.

Die Kriminalhauptkommissare verabschiedeten sich und fuhren zurück ins Präsidium. Doch irgendwie war die Luft raus. Sowohl Mark als auch Stefan hatten den Eindruck, dass sich die Ermittlungen schleppend gestalteten. Instinktiv spürte Mark, dass sie etwas Entscheidendes übersehen hatten. Er zerbrach sich den Kopf, rollte das Schlachtfeld von hinten auf. Was hatten sie nicht bedacht? Die Opfer hatten in derselben Firma gearbeitet. Sie waren nicht nur Kolleginnen gewesen, sondern Freundinnen. Nach der Arbeit hatten sie sich regelmäßig getroffen und ihre Freizeit zusammen verbracht. Vielleicht gab es noch mehr Gemeinsamkeiten, die sie bisher nicht herausgefunden hatten. Eine zündende Idee ließ allerdings weiterhin auf sich warten. Nachdenklich saß Mark vor dem Computer und scrollte durch die FC-News, obwohl er mit den Gedanken ganz woanders war. Entnervt sah er Stefan an.

„Wie schaut's aus? Lust auf ein Kölsch?"

„Ich habe schon gedacht, du fragst nie", erwiderte sein Kollege grinsend.

„Na dann los. Worauf warten wir?"

Sie mussten nicht lange überlegen, wohin sie fuhren. Sowohl Mark als auch Stefan waren sich einig, dass das Kölsch im *Bierhaus en d'r Salzgass* immer noch am besten schmeckte. Es war bereits früher Abend, als die Kriminalhauptkommissare das

Brauhaus in der Kölner Altstadt betraten und sich von einem Köbes das erste Kölsch bringen ließen.

Kapitel 37
Montag, 10. Juli

Maja wollte gerade die Wohnungstür aufschließen, als sie das Vibrieren ihres Handys vernahm. Eilig stieß sie die Etagentür auf, ließ die Sporttasche auf den Boden fallen und kramte das Smartphone aus der Seitentasche. Ein kurzer Blick aufs Display verriet ihr, dass es ihre Freundin Sybille war. Noch am Nachmittag hatten sich die beiden Frauen auf dem Tennisplatz getroffen. Das Tennismatch gegen ihre Freundin hatte Maja allerdings sang- und klanglos verloren. Danach hatten sie es sich noch auf der Terrasse des Vereinshauses gemütlich gemacht und bei einem Aperol aktuelle Neuigkeiten ausgetauscht. Anschließend war Maja mit ihrem Wagen noch durch die Waschstraße gefahren. Ihr taten die Füße weh, auch war sie froh, endlich zu Hause zu sein. Verwundert nahm sie den Anruf entgegen, doch im ersten Augenblick kam sie überhaupt nicht zu Wort.

„Wo bist du?", fragte Sybille aufgebracht.

„Ich bin gerade zur Tür rein."

„Jetzt erst?"

„Ich bin noch kurz in den Supermarkt reingesprungen, und danach war ich mit dem Wagen noch in der Waschstraße. Wieso?"

„Mein Auto springt nicht an. Ich habe schon den Abschleppdienst angerufen. Die wollen meinen Wagen jetzt in die Werkstatt bringen. Kannst du mich da abholen?"

„Von mir aus. Wo soll ich hinkommen?"

Noch während Sybille ihr die Adresse der Autowerkstatt nannte, kam ein weiterer Anruf rein.

„Sybille, ich muss Schluss machen. Ich komm dann gleich", verabschiedete sie sich eilig, ohne die Antwort ihrer Freundin abzuwarten.

Sie hatte bereits die Nummer auf dem Display gesehen. Es war der Rechtsmediziner Dr. Karsten Mallow. Im Laufe des Nachmittags hatte er bereits mehrmals versucht, sie zu erreichen. Aber genau zu dem Zeitpunkt hatte sie mit Sybille auf der Terrasse gesessen und sich den Aperol schmecken lassen. Ursprünglich hatte sie vorgehabt, ihn zurückzurufen, sobald sie in ihren Wagen gestiegen wäre. Doch dann hatte sie es vergessen. Glücklicherweise zählte Mallow zu den Menschen, die äußerst beharrlich sein konnten. Andererseits war es bestimmt wichtig, wenn er um diese Uhrzeit noch versuchte, sie zu erreichen.

„Hallo Karsten. Sorry, dass ich dich nicht zurückgerufen habe, aber ich habe es offen gestanden vergessen."

„Nicht schlimm. Sowas bin ich schon von deinem Schatz gewohnt. Offensichtlich stehst du ihm in nichts nach", erwiderte er lachend.

Mallows gute Laune verwunderte sie. Er wirkte fast schon euphorisch, was nicht zu seinen derzeitigen Lebensumständen passte, wenn sie darüber nachdachte, was Mark in der letzten Zeit über Mallows Privatleben erzählt hatte. Auch musste die Scheidung von seiner Frau erst vor Kurzem über die Bühne gegangen sein, wenn sie sich recht erinnerte.

Bevor Mark und sie ein Paar wurden, hatte Mallow sie konsequent gesiezt. Nie zuvor hatte Maja einen Menschen kennengelernt, der so eisern Privates von Beruflichem trennte. Er duzte sich nur mit den Wenigsten und wahrte so eine gewisse Distanz zu seinen Mitmenschen. Eine Verhaltensweise, um unliebsame Kollegen auf Abstand zu halten, wie Mallow sie vor knapp einem Jahr bei einem edlen Tropfen Weißwein in sein Geheimnis einweihte. Von dem Moment an, als Mallow ihr das Du angeboten hatte, war er wie ausgewechselt. So wie es aussah, hatte sie anscheinend sämtliche seiner Prüfungen mit Bravour gemeistert. Zurückblickend war sie äußerst überrascht gewesen, was für ein feiner Kerl in ihm steckte. Fast tat es ihr schon leid, dass er so wenige Menschen hinter seine Fassade blicken ließ. Sie liebte seinen Humor, der zwar gewöhnungsbedürftig war, doch auf subtile Art jede noch so angespannte Situation auflockerte und ihr stets ein Lächeln ins Gesicht zauberte.

„Irgendwas mache ich in meinem Leben falsch, Maja", vernahm sie seine Stimme am anderen Ende der Leitung. Zwar lachte sie, doch trotzdem wirkte sie ein wenig irritiert.

„Wieso?"

„Weil ich anscheinend der Einzige bin, der um diese Uhrzeit noch arbeitet."

„Du wärst mal besser Staatsanwalt geworden, dann hättest du die Probleme nicht."

Mallow lachte herzhaft, wurde dann aber ernst.

„Maja, ich bin auf etwas Interessantes gestoßen. Aber ich erreiche Mark nicht, und Stefan geht auch nicht ans Telefon."

Neugierig presste sie das Handy ans Ohr.

„Was hast du herausgefunden?"

„Nicht am Telefon. Das ist zu kompliziert. Am besten du kommst gleich mit Mark ins Gerichtsmedizinische Institut. Ich warte dort auf euch."

Maja versprach Mallow, noch an diesem Abend im Institut vorbeizuschauen, sobald Mark zu Hause wäre.

Unmittelbar nach dem Telefonat mit dem Rechtsmediziner fuhr Maja zur Werkstatt, wo Sybille bereits sehnsüchtig auf sie wartete. Sie brachte ihre Freundin nach Hause, fuhr zurück in die Wohnung und wartete dort auf ein Lebenszeichen von Mark. Als das allerdings ausblieb, versuchte sie, ihn mehrmals über sein Handy zu erreichen. Vergeblich.

Es war fast zweiundzwanzig Uhr, als Mark endlich etwas von sich hören ließ. Er wirkte leicht angeschlagen, zumindest kam es ihr so vor, als wenn er kurzzeitig ein wenig gelallt hätte. Gut gelaunt ließ er sie wissen, dass er mit Stefan im Bierhaus saß, und sie ihn abholen sollte. Sie vereinbarten als Treffpunkt eine Bushaltestelle in der Nähe des Heumarkts, dort sollte Maja ihn auflesen. Kopfschüttelnd schnappte sie sich ihren Autoschlüssel und machte sich auf den Weg.

Kapitel 38
Montag, 10. Juli

Müde stieg er die Treppen hinauf und schloss die Wohnungstür auf. Aus dem Badezimmer war Wasserrauschen zu hören. Zeitgleich drang aus dem Wohnzimmer der Krach eines Actionfilms. Feuerstöße von Maschinenpistolen, Explosionen, Geschrei. Genervt stellte er die Tasche ab und hängte seine Jacke an die Garderobe. Er ging zuerst in die Küche. Augenblicklich stieg Wut in ihm auf, als er sah, dass kein Bier kaltgestellt war. Ob sie das absichtlich machte? Um ihn zu provozieren? Er nahm sich ein Glas aus dem Schrank, füllte es mit Leitungswasser und trank gierig, obwohl er es nicht mochte, doch warmes Bier schmeckte noch widerlicher.

Mit jedem weiteren Schluck wuchs der Hass auf seine Partnerin. Er würde ihr gleich ein für alle Mal klarmachen, wo ihr Platz in diesem Haus war. Wie dumm war sie eigentlich? Immer und immer wieder musste er ihr erklären, was ihre Aufgaben waren. Für eine gewisse Zeit ging es dann gut, bis sie wieder nachlässig wurde und sogar Kleinigkeiten vergaß. Die Strafen, die ihre Unachtsamkeit nach sich zogen, hatte sie selbst zu verantworten. Sie hatte es in der Hand. Gehorchte sie ihm, und erledigte sie die Tätigkeiten zu seiner Zufriedenheit, hatte sie nichts zu befürchten. Für ihren beschränkten Horizont konnte er doch nichts. Vielleicht unterschätzte er sie auch, und sie war gar nicht so dumm, wie er glaubte. Seine Augen verformten sich zu Schlitzen, als er in den Flur trat und geradewegs auf das Wohnzimmer zusteuerte.

„Schaltet endlich den verdammten Fernseher aus!“

Seine Kinder schreckten auf und starrten ihn an. Doch anstatt etwas zu erwidern, machten sie die Flimmerkiste aus und verschwanden schnell in ihren Zimmern. Wütend näherte er sich dem Badezimmer, drückte die Klinke herunter, doch die Tür war abgeschlossen.

„Mach die Tür auf!“

Er verharrte einen Augenblick, als sich nichts rührte, hämmerte er gegen die Badezimmertür.

„Du sollst die verdammte Tür aufmachen, hab ich gesagt!“

Schon kurz darauf vernahm er das Umdrehen eines Schlüssels. Wutentbrannt stürzte er ins Bad. Sie stand mit einem Bademantel bekleidet vor dem Waschbecken und blickte ihn ängstlich an.

„Wieso schließt du ab? Ich hab dir schon zig Mal gesagt, dass du das nicht machen sollst.“

Sie erwiderte nichts, umklammerte stattdessen den Kragen ihres Bademantels und zitterte. Sein Blick fiel auf die randvoll gefüllte Badewanne.

„Willst du schon wieder baden? Weißt du eigentlich, wie teuer das ist?“

Sie schwieg.

„Hat es dir die Sprache verschlagen oder warum sprichst du nicht?“

„Ich …“, stammelte sie.

„Ich was?“

„Ich dachte, ich dürfte …“

„Ohne meine Einwilligung darfst du gar nichts, hast du verstanden?“

Sie sah ihn nur an.

„Ob du das verstanden hast?“

Sie nickte kaum wahrnehmbar.

„Aber ich verdiene doch eigenes Geld …“

„Geld verdienen nennst du das?“

Er tätschelte selbstgefällig ihre Wange.

„Deine paar Kröten reichen gerade für das Klopapier, mit dem du dir den Arsch abputzt.“

Sie blickte verschämt zu Boden.

Die erste Ohrfeige traf sie unvorbereitet. Mit ganzer Wucht wurde sie nach hinten geschleudert und prallte mit dem Rücken gegen das Waschbecken. Eine weitere Ohrfeige traf unmittelbar ihr Ohr und beförderte sie zu Boden. Dabei schlug sie mit dem Hinterkopf auf den Rand der Badewanne auf und sackte benommen in sich zusammen.

„Tu das nie wieder! Hast du mich verstanden?“

Sie antwortete nicht. Es war nicht der Schmerz, sondern die vernichtende Brutalität, mit der er sie neuerdings behandelte.

Ihre Sicht verschwamm, die Umgebung wirkte verzerrt. Ein Handtuch traf sie mitten im Gesicht.

„Ich hoffe, das ist dir eine Lehre. Und wisch dir das verdammte Blut von der Wange. Das ist ja ekelhaft."

Erst jetzt bemerkte sie, dass sie blutete. Instinktiv hatte sie sich über die offene Wunde gewischt, die anscheinend sofort zu bluten angefangen hatte. Sie zitterte am ganzen Körper und fühlte sich nicht imstande, auch nur ein Wort zu sagen. Angewidert wandte er sich ab und knallte die Tür hinter sich zu.

Kapitel 39
Montag, 10. Juli

Aus einem Kölsch waren schnell zwei geworden und ehe sich Mark versah, hatte er so viel getrunken, dass er seinen Dienstwagen stehenlassen und Maja ihn abholen musste. Im Laufe des Abends hatte Stefan eine Bekannte getroffen und spontan entschieden, länger zu bleiben. Daher hatte sich Mark allein auf den Weg zum Heumarkt aufgemacht. In der Nähe einer Bushaltestelle hatte Maja bereits auf ihn gewartet. Gut gelaunt stieg er in den Sportwagen und stimmte augenblicklich die Hymne des FC Köln an.

„Da habt ihr aber wieder ordentlich zugeschlagen", begrüßte sie ihn lachend.

„Wir haben nur ein paar Kölsch getrunken."

„Und noch ein paar mehr!", sagte sie schmunzelnd, bevor sie den Motor startete und den Blinker setzte.

„Wir müssen noch am Gerichtsmedizinischen Institut vorbeifahren", sagte sie eher beiläufig.

„Wieso?"

„Mallow hat eben angerufen, nachdem er dich und Stefan nicht erreichen konnte. Er wollte, dass wir so schnell wie möglich kommen. Es wäre wichtig."

„Mehr hat er nicht gesagt?"

„Nur, dass er irgendwas entdeckt hat."

Noch auf dem Weg zum Institut schlief Mark ein und wachte erst wieder auf, als Maja den Wagen am Melatengürtel zum Stehen brachte. Ein leichter Kopfschmerz machte sich hinter seiner Schläfe bemerkbar. In diesem Augenblick war ihm bereits klar, dass der morgige Tag kein guter werden würde.

Sie stiegen aus, ließen die Treppen hinter sich und betraten die Mauern der Gerichtsmedizin. Zu später Stunde waren die Gänge nur notdürftig ausgeleuchtet. Ihre Schritte hallten an den Wänden wider. Hinzu kam die Stille, die dem Ort etwas Gespenstisches verlieh. Schon wenige Minuten darauf erreichten sie die Sektionsräume. Dr. Karsten Mallow war anzusehen, dass er schon sehnsüchtig auf sie gewartet hatte. Sichtlich erfreut blickte er vom Bildschirm auf, begrüßte sie mit einem breiten Grinsen auf dem Gesicht und lotste sie zum Computer. Auf den sonst üblichen Smalltalk verzichtete er diesmal.

„Gut, dass ihr da seid. Kommt! Ich muss euch dringend etwas zeigen."

Sie positionierten sich hinter Mallow, während der Rechtsmediziner auf dem Stuhl Platz nahm und eilig etwas eintippte. Auf dem Bildschirm erschien ein Dokument. Es war eine Übersicht über die durchgeführten Laboruntersuchungen, die er nach der Obduktion von Carina Thurmann in Auftrag gegeben hatte. Mallow markierte einige Ergebnisse und ergriff augenblicklich das Wort.

„Die restlichen Blutergebnisse von Carina Thurmann liegen endlich vor. Sie sind heute Nachmittag reingekommen."

„Und?", fragte Maja neugierig.

„Carina Thurmann war schwanger."

„Was? Aber wieso hast du das bei der Obduktion nicht gesehen?", entfuhr es Mark.

Mallow verzog das Gesicht und rümpfte die Nase.

„Alter Schwede! Du hast aber getankt."

„Nur zwei Kölsch oder so."

Mallow grinste, ging nicht weiter auf Marks Einwand ein und wandte sich stattdessen dem Bildschirm wieder zu. Eilig rief er die Laborergebnisse auf und scrollte hinunter zum Beta-HCG Wert.

„Das humane Choriongonadotropin, kurz HCG genannt, ist ein Hormon, das während einer Schwangerschaft vom menschlichen Syncytiotrophoblasten gebildet wird. Es ist sowohl über das Blut als auch über den Urin nachweisbar."

„Wer denkt sich denn ein so bekloptes Wort aus?"

„Welches? Syncytiotrophoblasten?"

Mark verdrehte die Augen und kam zurück auf das eigentliche Thema.

„Carina Thurmann war also schwanger. Demnach hat sie kurz vor ihrem Tod das Kind verloren oder sogar abgetrieben."

„Exactamente. Ich weiß allerdings nicht, ob bei ihr eine medikamentöse Abtreibung durchgeführt wurde, oder ob sie das Kind auf natürlichem Weg verloren hat. Im Blut befanden sich auf jeden Fall keine Rückstände eines Medikaments. Aber das heißt nichts. Gut möglich, dass es vom Körper schon vollständig abgebaut wurde. Tatsache ist, dass ich bei der Obduktion keine Ausschabung oder Ähnliches entdeckt habe. Sonst hätten wir von der Schwangerschaft schon früher gewusst."

„Wie viele Tage vor ihrem Tod ist das Ganze passiert?", wollte Maja jetzt wissen.

„Schwer zu sagen. Zu Beginn einer Schwangerschaft steigt der HCG-Wert rapide an, sodass der Spiegel bereits sechs bis sieben Wochen nach der letzten Menstruation zwischen 4.000 und 200.000 Einheiten pro Liter liegen kann."

„Wie hoch ist der Wert sonst?", hakte sie nach.

„Bei Frauen, die nicht schwanger sind, liegt der Wert sonst bei zwei."

„Das sind ja Neuigkeiten", sagte Maja, während sie einen Blick auf den Monitor warf. Kurz darauf sah sie Mallow allerdings erstaunt an.

„Der HCG-Spiegel von Carina Thurmann lag bei 100?"

Mallow nickte entschieden.

„Was heißt das?"

„Nun, nach einer Fehlgeburt oder einem durchgeführten Abort verbleibt das Hormon noch bis zu zwei Monate im Körper. Drei Wochen nach einer Fehlgeburt oder Abtreibung ist noch ein Wert von ungefähr fünf Einheiten vorhanden."

„Also kann die Fehlgeburt oder die Abtreibung noch nicht lange her sein“, schlussfolgerte Mark.

Mallow nickte zustimmend.

„Und was glaubst du? Hatte sie eine Fehlgeburt oder hat sie eine Abtreibung durchführen lassen?“, hakte Mark nach.

„Allein am HCG-Wert kann man nicht feststellen, was den Abort ausgelöst hat. Das kann ich euch beim besten Willen nicht sagen. Das müsst ihr herausfinden.“

Nachdenklich kratzte sich Mark über seinen Dreitagebart.

„Eigenartig. Ich bin mir sicher, dass die Mutter ausgesagt hat, dass Carina keinen Freund hatte. Also war die Schwangerschaft vermutlich das Andenken eines kurzen Abenteuers.“

„Am besten ihr sprecht noch einmal mit den Eltern. Das eine schließt das andere nicht aus. Nur weil sie keinen festen Freund hatte, heißt das noch lange nicht, dass sie keine Liebschaft hatte.“

Kapitel 40
Dienstag, 11. Juli

In dieser Nacht plagten sie Albträume. Unruhig warf sie sich von einer Seite zur anderen und wachte schweißgebadet auf. Sie knipste das Licht an und bemerkte, dass sich auf dem Handtuch, das sie vorsorglich übers Kopfkissen gelegt hatte, Blutstropfen befanden. Benommen fasste sie sich an den Hinterkopf und betrachtete ihre Hand, doch die Wunde hatte aufgehört zu bluten. Unterhalb des Ohrs hatte sich bereits eine dünne Kruste gebildet. Erst jetzt bemerkte sie, dass das Bett neben ihr leer war. Ob er wieder vor dem Fernseher eingeschlafen war?

Sie richtete sich auf, und augenblicklich packte sie leichter Schwindel. In ihrem Kopf pochte ein dumpfer Schmerz. Sie spürte eine leichte Übelkeit und hoffte, dass sie nicht noch stärker werden würde, und sie sich übergeben müsste. Schwerfällig erhob sie sich aus dem Bett und verließ das Schlafzimmer. Noch während sie den Flur betrat, hörte sie plötzlich ein sonderbares Geräusch. Fast klang es nach einem Schrei. Dem Hilfeschrei einer verängstigten Frau. Schlaftrunken durchquerte sie den Korridor und steuerte das Wohnzimmer an. Der Fernseher lief, doch von ihrem Partner war weit und breit nichts zu sehen. Ihr Blick fiel auf eine angelehnte Tür. Dahinter lag das Arbeitszimmer. Schwaches Licht schimmerte durch den schmalen Spalt, zu hören war allerdings nichts. Auf Zehenspitzen schlich sie zur Tür und lauschte. Spannungserzeugende Musik drang an ihr Ohr, Sekunden darauf folgte ein markerschütternder Schrei. Sie versuchte, durch den Türspalt zu schauen, konnte aber kaum etwas erkennen. Er saß vor dem Computer und schaute einen Film. Die Kameraführung war amateurhaft, der Bildschirm wackelte. Mehrmals verschwand das Bild, bis mit einem Mal gestochen scharf das Gesicht einer jungen Frau auftauchte. Sie wirkte vollkommen verängstigt und schien Todesangst zu haben. Ihre Augen waren weit aufgerissen, ihr Gesicht war blutverschmiert.

Gebannt starrte sie auf den Monitor, unfähig, sich nur einen Millimeter zu bewegen. Die schnellen Handbewegungen auf Höhe seines Schoßes irritierten sie. Was tat er da?

Die Perspektive der Kamera änderte sich und zeigte die Frau nun in Nahaufnahme. Ihre Pupillen waren geweitet, sie schwitzte stark. Ihre Atmung ging schnell. Das war kein Horrorfilm. Das war blanke Realität. Mit einer unglaublichen Brutalität wurde sie an den Haaren gepackt. Die Klinge eines Messers blitzte auf. Zeitgleich wurde ihr der Kopf in den Nacken gerissen.

Entsetzt stürzte sie ins Zimmer.

„Was machst du da?“, stammelte sie. „Was zum Teufel siehst du dir da an?“

Ruckartig schnellte er herum. Sie starrte auf seine geöffnete Hose und seinen entblößten Intimbereich. Er gab sich nicht mal Mühe, seine Erregung zu vertuschen.

„Wieso schläfst du nicht? Du hast hier nichts zu suchen. Verpiss dich!“

Ihr hektischer Blick streifte den Bildschirm, genau in dem Augenblick, als die junge Frau mit durchgeschnittener Kehle zu Boden fiel. Kurz danach riss die Aufnahme ab, und der Bildschirm wurde schwarz.

„Das war kein Film“, sagte sie mit tränenerstickter Stimme.

„Was meinst du?"

„Na das da!" Mit zitternder Hand deutete sie zum Computer. „Du hast es dir selbst gemacht. Während die Frau ermordet wird."

„Du bist doch vollkommen hysterisch. Einen Scheiß hab ich. Geh lieber zum Arzt, bevor dir die Pillen noch dein Gehirnschmalz wegfressen."

„Du bist ein Sadist. Ein Psychopath", stammelte sie mit zittriger Stimme.

„Wie bitte? Wiederhol das noch mal."

Er erhob sich in Allerseelenruhe und bewegte sich langsam auf sie zu. Sein Blick war durchdringend. Bedrohlich und gleichzeitig paralysierend. Sie dachte noch darüber nach, schnell den Raum zu verlassen. Zu flüchten und nie wieder zurückzukehren, doch sie schaffte es nicht. Stattdessen lähmte sie die Angst so stark, dass sie sich keinen Zentimeter bewegen konnte. Sie ahnte, was als Nächstes käme. Sie spürte bereits seinen Atem, als sie plötzlich die Stimme seines Sohnes vernahm.

Blitzartig löste sie sich aus der Erstarrung und schaute zur Tür. Sie erkannte den Jungen. Regungslos stand er da und starrte sie mit großen Augen an.

„Hat er dich wieder geschlagen?", fragte er, nahm sie augenblicklich in den Arm und schaute seinen Vater vorwurfsvoll an. Sie kämpfte mit den Tränen und spürte in diesem Moment gnadenlos, dass sie vollkommen am Ende mit ihrer Kraft war.

„Ich bin nur unglücklich gefallen", antwortete sie in einem sonderbar monotonen Unterton und drückte den Jungen an sich.

Kapitel 41
Dienstag, 11. Juli

Ohne anzuklopfen, betrat Mark an diesem Morgen das Büro seines Chefs, allerdings war niemand im Raum und Jochen Weidler unauffindbar. Verwundert blickte Mark auf den leeren Schreibtisch.

„Suchst du Jochen?“, vernahm er Peter Eisers Stimme hinter sich. Sein Kollege stand am Kaffeeautomaten und schaute fragend zu ihm rüber. Mark musste zweimal hinsehen, sonst hätte er es fast nicht geglaubt. Peter sah fast wie ein anderer Mensch aus. Sein langer Bart war verschwunden und hatte Platz für einen Fünf-Tage Bart gemacht. Noch während er überlegte, ob die Kahlrasur auf Peters Wunsch hin erfolgt war oder auf Geheiß seiner Freundin, trat Peter ihm entgegen.

„Hat Kathleen die Nase endgültig voll gehabt?“

Grinsend deutete Mark auf Peters Kinn.

„Sie hat sogar mit Trennung gedroht, wenn ich mir den Bart nicht abschneiden lasse“, erklärte Peter theatralisch.

„Deine Kathleen weiß sich durchzusetzen.“

Peter lächelte müde und trank einen Schluck von seinem Kaffee.

„Weißt du zufällig, wo Jochen ist?“

Sein Kollege schüttelte den Kopf.

„Den habe ich heute noch nicht gesehen. Vielleicht hat er Zoff mit seiner Alten.“

Erstaunt hob Mark eine Augenbraue.

„Läuft es in der Ehe unseres Kotzbrockens etwa nicht?“

Peter zuckte mit den Schultern.

„Du weißt ja, ich mach mir nichts aus Flurfunk“, sagte sein Kollege, hielt kurz inne und setzte hinterher: „Aber manchmal ist es schon interessant, was man alles so erfährt.“

„Raus mit der Sprache. Lass dir nicht alles aus der Nase ziehen!“

Peter grinste selbstgefällig.

„Jochens Frau war neulich hier und hat ihn besucht.“

„Ja und?“

Peters Grinsen wurde breiter.

„Es war ein Spontanbesuch, wenn du verstehst, was ich meine.“

„Komm endlich zur Sache, Kollege!“

Peter schaute den Gang hinunter, drehte sich um und vergewisserte sich, dass niemand ihr Gespräch belauschte.

„Jochen hat eine Affäre. Mit einer jüngeren Frau. Seine Frau ist ihm auf die Schliche gekommen und wollte ihn zur Rede stellen."

„Woher weißt du das?"

„Du glaubst doch nicht ernsthaft, dass ich meinen Informanten in die Pfanne haue."

Schmunzelnd winkte Mark ab, ließ Jochens angebliche Affäre auf sich beruhen und lenkte das Thema auf die laufenden Ermittlungen.

„Gibt es Neuigkeiten zu den Münzverkäufen?"

Peter verzog resigniert das Gesicht.

„Alle Käufer, die wir in die nähere Auswahl gezogen und befragt haben, haben für mindestens einen der Morde ein Alibi. Oder aber sie konnten nachweisen, dass sie die Münzen weiterverkauft haben."

„Bleibt dran und gebt Bescheid, sobald es etwas Neues gibt."

Mark wollte sich gerade davonstehlen, doch Peter hielt ihn zurück.

„Ich war im Theater und habe mir die Videoaufzeichnungen angeschaut."

„Und?"

„Die Weyens waren am besagten 15. Juni tatsächlich dort. An dem Abend ist es wohl zu einem Zwischenfall gekommen."

„Was heißt das?"

„Ungefähr eine Viertelstunde nach Beginn kam es zu einem Stromausfall, wodurch sich die Aufführung verzögerte und erst gegen dreiundzwanzig Uhr endete. Wir können davon ausgehen, dass die Weyens frühestens gegen Mitternacht zu Hause waren."

„Also ein einwandfreies Alibi."

„Davon kannst du ausgehen."

Sie besprachen noch kurz, wie sie bei den Ermittlungen weiter vorgehen sollten. Danach trennten sich ihre Wege, doch während Peter im Büro verschwand, machte sich Mark auf den Weg zum Ausgang. Kurz zuvor hatte er mit Stefan ausgemacht, sich auf dem Parkplatz vor dem Polizeipräsidium zu treffen. Erneut stand ihnen ein langer Arbeitstag bevor, doch immerhin hatte der gestrige Abend im Bierhaus keine schwerwiegenden Beeinträchtigungen hinterlassen, und die im Vorfeld befürchteten Kopfschmerzen waren ihm erspart geblieben. Ansonsten hätte Mark den Tag wohl nicht überlebt.

Nach den brisanten Neuigkeiten, die sie gestern von Mallow erfahren hatten, waren weitere ungeklärte Fragen hinzugekommen. Wer war der Vater von Carina Thurmanns ungeborenem Baby? Wann hatte der Abort stattgefunden? Und stand dieses einschneidende Erlebnis überhaupt in Verbindung mit dem Mord? Die Fragen galt es unbedingt zu klären. So schnell wie möglich mussten sie herausbekommen, wer der Kindsvater war. Wer hatte Carina Thurmann geschwängert?

Es war bereits Nachmittag, als Mark und Stefan die Mutter der ermordeten Carina Thurmann zu Hause antrafen. Das Ehepaar wohnte außerhalb der Stadt in einem Mehrfamilienhaus mit einem Garten und einer Terrasse. Nachdem die Ermittler auf den Gartenstühlen Platz genommen hatten und sie mit Getränken versorgt worden waren, begann Mark mit der Befragung.

„Frau Thurmann, wussten Sie, dass Ihre Tochter schwanger war, sie das Kind aber leider verloren hat."

Erstaunt sah die Mutter ihn an. Offensichtlich hörte sie zum ersten Mal vom Abort ihrer Tochter.

„Sind Sie sicher? Ich … das ist ja furchtbar."

Die Mutter presste die Hand auf den Mund. Ihr war anzusehen, dass sie mit den Tränen kämpfte.

„Frau Thurmann, Sie haben ausgesagt, dass Ihre Tochter keinen Freund hatte. Ist das richtig?"

Sie nickte.

„Trotzdem muss es einen Mann im Leben Ihrer Tochter gegeben haben. Sonst wäre sie kaum schwanger gewesen."

Die Mutter überlegte, schüttelte dann aber den Kopf.

„Vor ein paar Wochen hat sie mal erwähnt, dass sie jemanden kennengelernt hätte. Irgendjemanden aus dem Fitnessstudio."

Mark und Stefan sahen sich verheißungsvoll an.

„Hat sie zufällig einen Namen genannt?"

„Ich glaube schon, aber ich kann mich beim besten Willen nicht mehr an den Namen erinnern. Irgendwas Französisches."

„Der Name war nicht zufällig Antoine?"

Sie seufzte und überlegte, schüttelte dann aber den Kopf. „Nein, so hieß er nicht. Aber so ähnlich."

„Armand?"

Erstaunt blickte sie auf.

„Ja. Ich meine, so hieß er."

Es wurde immer wahrscheinlicher, dass dieser mysteriöse Yogalehrer ihr Mann war. Erneut versuchte Mark, den Leiter des Fitnessstudios anzurufen, doch nach wie vor ohne Erfolg. Sie waren gerade auf dem Weg dorthin, als Marks Handy klingelte und ein eingehender Anruf mit unterdrückter Rufnummer angezeigt wurde.

„Birkholz."

„Spreche ich mit der Polizei?"

Hastig gab er Stefan ein Zeichen, dass er die Musik leiser stellen sollte.

„Richtig. Und mit wem habe ich die Ehre?"

Die Person am anderen Ende der Leitung gab sich als Geschäftsführer des Sportcenters zu erkennen. Erleichtert atmete Mark auf, als der Inhaber sich schon kurz darauf bereit erklärte, ihm den Namen und die Anschrift des Yogalehrers mitzuteilen. Wie sich herausstellte, war Armand nur ein Künstlername. Mit bürgerlichen Namen hieß er Hermann Gierden und wohnte nach Angaben des Sportparkinhabers mit seiner Großfamilie in einer Mietwohnung mitten in der Stadt.

„Es wird Sie bestimmt interessieren, dass sich Armand heute krankgemeldet hat. Sie brauchen sich daher nicht die Mühe machen und hierherzukommen", ließ der Inhaber des Sportparks ihn wissen.

Mark bedankte sich für den Anruf und beendete das Gespräch. Eilig tippte er die Adresse des Yogalehrers ins Navigationsgerät. Ohne Zeit zu verlieren, machten sich die Ermittler auf den Weg. Schon jetzt war Mark gespannt, ob Armand alias Hermann Gierden tatsächlich so krank war, wie er vorgab zu sein.

Kapitel 42
Dienstag, 11. Juli

Nicola Grewing traute ihren Augen kaum, als sie aus der Drehtür trat und den dunkelhaarigen Mann erblickte. Er stand nicht unmittelbar am Haupteingang, sondern abseits neben einer neumodischen Skulptur, und hielt einen Blumenstrauß in der Hand. Sie wollte weitergehen und ihn glauben lassen, sie hätte ihn nicht gesehen, doch irgendwie brachte sie das nicht übers Herz. Vielleicht gab es doch eine gemeinsame Zukunft, wenn er erst einmal wüsste, dass er Vater wurde. Er strahlte übers ganze Gesicht, als sie auf ihn zukam und vor ihm stehen blieb. Ihr fiel sofort auf, wie erschöpft und müde er aussah.

„Ich habe mir Sorgen gemacht. Wo warst du? Wieso gehst du nicht ans Telefon?"

In seinem Blick lag etwas Vorwurfsvolles, aber auch etwas Verletzliches.

„Jochen, wir müssen reden."

Erwartungsvoll stand er da und sah sie einfach nur an.

„Ich …" Er stockte und begann den Satz von Neuem. „Lass uns einen Neuanfang machen. Wir können …"

„Jochen, wie stellst du dir das vor? Du bist verheiratet."

Ihm war anzumerken, wie schwer es ihm fiel, über ihre Beziehung zu sprechen. Im ersten Moment rechnete sie damit, dass er geschickt einen Bogen um das Thema machen würde, doch wider Erwarten reagierte er anders als gedacht.

„Ich verspreche dir, ich trenn mich von meiner Frau. Nur gib mir noch etwas Zeit, bis …"

„Jochen! Ich bin schwanger!"

Sein Gesichtsausdruck änderte sich schlagartig und machte Platz für sämtliche Gefühlsregungen, die man in Anbetracht dieser unverhofften Nachricht haben konnte. Von Irritation, Freude, Hoffnung, bis hin zu Panik und Widerwillen war alles dabei. Die Nachricht verschlug ihm förmlich die Sprache.

„Keine Angst, ich werde das Kind nicht bekommen", setzte sie hinterher, nachdem er keinerlei Anstalten machte, etwas zu erwidern.

„Du willst es nicht? Aber wieso?"

„Wie soll das funktionieren? Du hast schon eine Familie. Und ich werde bestimmt nicht wegen eines Balgs auf meine Karriere verzichten."

„Nicola, bitte überleg dir das noch mal! Es ist unser Kind."

„Da gibt es nichts zu überlegen. Ich werde das Kind definitiv nicht bekommen. Basta!"

Sie wollte sich gerade umdrehen und der Auseinandersetzung ein Ende bereiten, als sie ihn sagen hörte: „Tu es nicht! Für uns. Für das Baby. Du würdest es bestimmt dein Leben lang bereuen."

Sie atmete tief durch und sagte dann: „Mein Entschluss steht fest!"

Ohne ein weiteres Wort drehte sie sich um und entfernte sich mit schnellen Schritten. Tränen stiegen in ihr hoch. Das mussten die Hormone sein. Ein anderer Grund fiel ihr nicht ein. Aber im Endeffekt konnte ihr das egal sein. In ihrem Bauch entwickelte sich seit einigen Wochen aus einem Gewebeklumpen ein Lebewesen. Das musste sie verhindern. So schnell wie möglich. Es wurde Zeit, dass sie endlich den Termin hinter sich brachte. Nächste Woche wäre der Albtraum endlich vorbei.

Kapitel 43
Dienstag, 11. Juli

Schon als Hermann Gierden alias Armand den Ermittlern die Wohnungstür öffnete, war klar, dass er den Tag nicht dazu genutzt hatte, um blau zu machen. Mit tränenden Augen und schniefender Nase trat er ihnen entgegen und schaute sie verdutzt an, als Mark ihm die Dienstmarke entgegenstreckte.

„Polizei?"

„Kripo Köln. Mark Birkholz mein Name. Und das ist mein Kollege Kriminalhauptkommissar Stefan Rauhaus. Wir ermitteln in zwei Mordfällen und würden Ihnen gerne ein paar Fragen stellen."

Die anfängliche Irritation des Yogalehrers verschwand, und augenblicklich versetzte der Mann sich in eine Habachtstellung. Er wappnete sich, so viel stand fest. Doch wogegen? Das galt es nun für die Ermittler herauszufinden.

„Dürfen wir reinkommen? Nicht, dass noch unfreiwillige Zeugen von unserem Gespräch etwas mitbekommen. Ich nehme an, das wollen Sie genauso wenig wie wir."

Der Verdächtige zögerte zuerst, doch schließlich bat er sie in die Wohnung und drückte die Etagentür ins Schloss. Eilig nahm er einen Haargummi von der Kommode und bändigte seine schulterlangen Haare zu einem Dutt. Mit einer einladenden Handbewegung deutete er ihnen den Weg ins Wohnzimmer.

Spätestens als sie den Raum betraten, wusste Mark, was der Inhaber des Fitnessstudios mit Großfamilie gemeint hatte. Eine Handvoll Perserkatzen tummelte sich auf dem Teppich. Zwei davon spielten mit einem herabhängenden Wollknäuel, während sich eine weitere auf die Couch verdrückt hatte und die Ermittler aus sicherer Entfernung neugierig beäugte. Die anderen beiden machten sich eilig aus dem Staub und versteckten sich unterm Schrank.

„Donnerwetter. Die machen bestimmt verdammt viel Arbeit", merkte Stefan an.

Der Yogalehrer wirkte sichtlich erfreut über das Interesse. Er warf der Langhaarkatze auf der Couch kurz ein Lächeln zu, bevor er etwas erwiderte.

„Die bringen mich schon ordentlich ins Schwitzen. Eigentlich sind es acht, aber die anderen bekomme selbst ich kaum zu Gesicht."

„Wohnen Sie mit den Tieren allein?"

Er nickte.

„Sie sind meine Familie. Mögen Sie Katzen?"

Stefan betrachtete die beiden Perserkatzen, die gerade abwechselnd versuchten, ein Wollknäuel zwischen die Pfoten zu bekommen. Danach wanderte sein Blick zur Couch.

„Offengestanden sind mir Hunde lieber."

Zwar nickte Armand, doch das süffisante Lächeln in seinem Gesicht war kaum zu übersehen.

„Das habe ich mir schon gedacht."
„Wieso?"
„Weil Sie nach einem typischen Hundefreund aussehen. Ich persönlich finde Hunde langweilig. Die sind mir zu einfach gestrickt, Katzen sind dagegen wesentlich anspruchsvollere Tiere."
Mark traute seinen Ohren kaum und konnte sich ein Lachen gerade noch verkneifen.
„Wollen Sie etwa damit sagen …"
„Herr Gierden, wir sind hier, um mit Ihnen über Jessica Haupt und Carina Thurmann zu sprechen", grätschte Mark dazwischen, um die aufkommenden Unstimmigkeiten zwischen dem Yogalehrer und seinem Kollegen im Keim zu ersticken.
Auf den Namen Jessica Haupt reagierte Armand noch recht emotionslos. Anders sah es bei Carina Thurmann aus. Die Gefühlsregung, die der Name bei ihm auslöste, blieb Mark nicht verborgen.
„Was ist mit den beiden?"
„Sie sind tot."
„Tot?"
Mark bestätigte mit einem Kopfnicken.
„Beide sind Opfer eines Verbrechens geworden", klärte Mark den Yogalehrer auf.
Spätestens in diesem Augenblick war ihm klar, dass die Unterhaltung mit dem Yogalehrer sie ein gutes Stück weiterbringen würde. Jetzt galt es nur noch herauszufinden, ob er tatsächlich in die Morde verstrickt war. Mark verständigte sich mit Stefan per Blickkontakt, bevor er zum Angriff überging.
„Sie kannten die Frauen also?"
Gierden atmete tief durch, bevor er antwortete.
„Ja."
„Wie gut kannten Sie sie?"
„Nicht so gut."
„Was heißt das?"
„Sie haben ab und zu bei meinen Kursen mitgemacht. Aber das wissen Sie bestimmt schon, sonst wären Sie kaum hier."
„In der Tat", entgegnete Mark und setzte hinterher: „Und inwiefern kannten Sie die Frauen nicht so gut?"

„Wie gesagt: Sie waren Mitglieder im Sportpark und haben manchmal an Yogakursen teilgenommen."

„Manchmal?"

Armand nickte.

„Geht es etwas konkreter?"

„Was wollen Sie von mir hören?"

„Ganz einfach: Wie oft die Frauen Ihre Kurse besucht haben."

„Ein oder vielleicht zweimal die Woche."

„Das hört sich aber nicht nach ab und zu an."

Der Yogalehrer zog gleichgültig die Schultern hoch.

„Gibt es sonst etwas, das Sie uns erzählen wollen?"

„Ich weiß nicht, was Sie meinen."

„Dann helfe ich Ihnen auf die Sprünge."

„Es war kein Zufall, dass Carina Thurmann und Jessica Haupt so oft in Ihren Kursen waren, richtig?"

Der Verdächtige schaute Mark an, ohne dabei eine Miene zu verziehen.

„Carina Thurmann hatte ein Auge auf Sie geworfen. Und ich gehe davon aus, dass Sie das wussten."

Der Mann verschränkte die Arme und machte keinerlei Anstalten, darauf etwas zu erwidern.

„Ich stelle Ihnen jetzt eine Frage. Und Sie überlegen sich genau, was Sie antworten. Hatten Sie und Carina Thurmann eine Affäre?"

Armands Antwort verzögerte sich einen Moment. Er antwortete nicht sofort, stattdessen fuhr er sich über den Mund und dachte nach. Schließlich schüttelte er dann aber den Kopf.

„Scheiße, ja. Ich hatte was mit Carina. Aber ich habe sie nicht umgebracht. Und ihre Freundin erst recht nicht. Warum sollte ich?"

„Die Frage können nur Sie beantworten."

Im Gesicht des Yogalehrers spiegelte sich Verzweiflung wider. Er rang sich ein Lächeln ab, doch seine Hilflosigkeit konnte er damit nicht überspielen.

„Sie wollen mir ernsthaft einen Mord anhängen?"

Die Stimme des Mannes klang nasal, mehrmals zog er die Nase hoch.

„Wenn es schlecht für Sie läuft, sogar zwei“, setzte Stefan hinterher. Ein mitleidiger Unterton schwang in seinen Worten mit, der offensichtlich gespielt war.

„Hören Sie: Ja, ich hatte was mit Carina. Wir waren ein paarmal im Bett. Na und? Das ist noch lange kein Grund, sie umzubringen.“

„Wo waren Sie in der Nacht vom 3. auf den 4. Juli? Zwischen zweiundzwanzig Uhr und ein Uhr nachts?“

„Wurde Carina da ermordet?“

„Beantworten Sie die Frage!“

„Wo soll ich gewesen sein. Im Bett.“

„Kann das jemand bezeugen?“

„Vermutlich nicht.“

„Also haben Sie kein Alibi.“

„Ja, verdammt! Und was heißt das jetzt? Nehmen Sie mich fest?“

Armand kramte ein Taschentuch aus der Jogginghose und schniefte hinein. Nachdenklich kratzte sich Mark über sein unrasiertes Kinn und warf Stefan einen Blick zu.

„Halten Sie sich für weitere Befragungen bereit. Solange die Ermittlungen nicht abgeschlossen sind, dürfen Sie das Land unter keinen Umständen verlassen.“

Armand nickte kaum wahrnehmbar. Es war sonderbar, doch aus irgendeinem Grund glaubte Mark nicht an die Schuld des Yogalehrers. In den zurückliegenden Jahren waren ihm so einige Mörder und Psychopathen begegnet. Brutale Gewalttäter, in denen seelische Abgründe geschlummert hatten. Furchterregende Fantasien, von deren Existenz ihre Mitmenschen nicht mal annähernd etwas geahnt hatten. Jederzeit hätten sie ihre Fantasien wahr werden lassen und Unheil anrichten können. So unterschiedlich Menschen auch waren, wiesen die meisten Serienmörder doch bestimmte Gemeinsamkeiten auf. Bei Armand alias Hermann Gierden vermisste Mark allerdings sämtliche Anzeichen, die einen Serienkiller auszeichneten. Zwar legte der Yogalehrer eine gewisse Arroganz an den Tag. Teilweise wirkte er sogar überheblich. Eine Charaktereigenschaft, die ihm nicht gerade Sympathiepunkte einbrachte. Trotzdem wirkte er aufrichtig. Mitfühlend, betroffen, als habe er Carina Thurmann wirklich gemocht. Dass Armand esoterisch angehaucht war, war unverkennbar. Noch dazu wirkte er abgehoben, doch dafür strahlte er eine innere Ruhe aus. Eine Gutmütigkeit, die sich Mark selbst nicht erklären konnte.

„Wussten Sie, dass Carina Thurmann schwanger war?"

Diesmal antwortete Armand schnell.

„Das Kind war von mir."

Mark überraschte die Ehrlichkeit, die Armand in diesem Moment offenbarte. Andererseits verdeutlichte die Art und Weise, wie der Verdächtige mit dem Thema umging, dass er alles auf eine Karte setzte und nichts mehr zu verlieren hatte.

„Auf kurz oder lang hätten Sie es eh erfahren", rechtfertigte er seine abgeklärte Offenheit. „Carina hat es mir vor ungefähr drei Wochen gesagt. Aber sie wollte das Kind nicht. Es lag nicht an mir. Carina wollte grundsätzlich keine Kinder. Sie wollte unbedingt Karriere machen. Da war für Kinder kein Platz."

„Mit anderen Worten: Wenn es nach Ihnen gegangen wäre, hätten Sie sich für das Kind entschieden."

„Ich müsste lügen, wenn ich sagen würde, ich hätte nicht darüber nachgedacht. Ich mochte Carina. Sie ist … ich meine, sie war eine tolle Frau."

„Sie hat das Kind also nicht auf natürlichem Wege verloren?"

Armand schüttelte den Kopf, hielt plötzlich inne, kramte eilig ein Taschentuch hervor und nieste hinein.

„Nein. Sie hat abgetrieben. Nur wenige Tage nachdem ich von dem Kind erfahren habe. Ich bin noch mit ihr zur Beratungsstelle gefahren. Zwischenzeitlich habe ich sogar gehofft, dass der Typ sie umstimmen kann."

„Sie meinen den Sozialpädagogen?"

Armand nickte. „Das muss ein Kerl gewesen sein."

„Inwiefern?"

„Der muss echt schräg gewesen sein und muss sich wie Gott höchstpersönlich aufgeführt haben. Als wenn das Überleben der Menschheit von diesem Kind abhinge."

„Hat wer gesagt?"
„Carina. Ich war bei dem Beratungsgespräch selbst nicht dabei."
„Warum eigentlich nicht?"
„Sie wollte das nicht. Vielleicht befürchtete sie, ich könnte sie von ihrer Entscheidung abbringen."
„Wissen Sie zufällig, wie der Mitarbeiter hieß, mit dem Carina das Gespräch geführt hat?"
Armand zuckte mit den Schultern.
„Keine Ahnung."
„Wissen Sie denn, wie der Mann aussah?"
Der Yogalehrer dachte kurz nach.
„Ich habe ihn kurz im Vorbeigehen gesehen. Dunkle Haare, groß, kräftig. Stechende Augen hatte der. Die waren echt fies."
„Wissen Sie noch, an welchem Tag Carina Thurmann in der Beratungsstelle war?"
„Irgendwann Mitte Juni. Ich meine, an einem Mittwoch."
Wenige Minuten nachdem sie von dem Yogalehrer erfahren hatten, bei welcher Sozialeinrichtung Carina Thurmann ein Beratungsgespräch durchführen ließ, verabschiedeten sich die Ermittler. Noch während sie die Wohnung verließen, verdeutlichten sie dem Verdächtigen eindringlich, mit welchen Konsequenzen er zu rechnen hätte, sofern er beabsichtigte, unerlaubterweise aus Deutschland auszureisen, obwohl die Ermittlungen noch nicht abgeschlossen waren.
„Ich glaube nicht, dass er es war", erklärte Mark, nachdem die Etagentür ins Schloss gefallen war und sie ein Stockwerk hinter sich gelassen hatten. Verwundert sah Stefan ihn an.
„Was macht dich da so sicher?"
„Hast du seine Augen gesehen?"
„Was ist mit denen?"
„Der Kerl ist zwar abgehoben, und noch dazu ein Esoteriker, der davon überzeugt ist, dass zwischen Mensch und Tier eine seelische Verbindung existiert. Aber eins ist er unter Garantie nicht: ein Mörder."

Kapitel 44
Dienstag, 11. Juli

Es war kurz vor achtzehn Uhr, als Mark und Stefan die Beratungsstelle erreichten, in der sich Carina Thurmann wenige Tage vor ihrem Tod einer psychologischen Beratung unterzogen hatte. Die seit Tagen anhaltenden hochsommerlichen Temperaturen hatten die Räume der deutschlandweit tätigen Gesellschaft aufgeheizt. Die Luft war stickig, ein muffiger Geruch strömte durch die Gänge. Die Durchschnittstemperatur im Wartebereich lag bei gefühlt vierzig Grad. Es war in dem Raum kaum auszuhalten. Ungeduldig ging Stefan auf und ab, wischte sich den Schweiß von der Stirn und betrachtete ein Plakat, auf dem eine Mutter mit ihrem Baby abgebildet war. *Schützt das ungeborene Leben*, prangte in Großbuchstaben darunter. Auf einem Tisch lagen Flyer. Werbung von den *Anonymen Alkoholikern,* von Stiftungen für gemeinnützige Zwecke bis hin zu Informationsbroschüren zu staatlichen Fördergeldern. Gelangweilt blätterte Mark gerade durch eine Frauenzeitschrift, als sich die Tür öffnete und eine Frau mit gelocktem Bubikopf auftauchte.

„Sie können jetzt mit der Leiterin sprechen“, sagte sie lächelnd.

„Das wurde aber auch Zeit“, brummte Mark, ohne dass es die Angestellte hören konnte, und legte die Zeitung zurück auf den Stapel.

Die Ermittler folgten der Sozialarbeiterin, bis sie zu einer verschlossenen Tür am Ende des Korridors gelangten. Die Frau klopfte, wartete einen Augenblick und streckte danach ihren Kopf zur Tür rein.

„Die Herren von der Polizei sind hier“, kündigte sie ihren Besuch an.

„Schicken Sie sie bitte rein!“

Die Frauenstimme klang sympathisch, ein wenig kühl, doch nicht unangenehm. Noch während Mark und Stefan das Büro der Leiterin betraten, erhob sie sich vom Stuhl und trat ihnen entgegen. Mark schätzte sie auf Anfang fünfzig. Ihre glatten Haare trug sie auf Kinnlänge, die Seitenpartien hingen ihr ins

Gesicht. Gekleidet war sie mit einer Figur umspielenden Bluse und einer weitfallenden Bundfaltenhose. Sie lächelte und musterte die Ermittler neugierig.

„Mila Rikens. Ich bin die Leiterin“, stellte sie sich vor und schüttelte den Ermittlern die Hand. „Wie kann ich Ihnen helfen?“

„Ihre Mitarbeiterin hat Ihnen bestimmt schon gesagt, dass wir vertrauliche Informationen benötigen.“

„Ja, sie hat mich vorgewarnt. Was brauchen Sie konkret?“

„Wir ermitteln in zwei Mordfällen. Aufgrund von Zeugenaussagen gehen wir davon aus, dass eines der Opfer kurz vor seinem Tod in Ihrer Zweigstelle ein Beratungsgespräch hatte.“

In Mila Rikens Gesicht zeichnete sich Widerwille ab. Vermutlich dachte sie bereits darüber nach, wie sie die Ermittler am besten abwimmeln konnte.

„Frau Rikens, ich weiß, Sie sind an die Schweigepflicht gebunden. Ich hoffe, wir können trotzdem mit Ihrer Unterstützung rechnen. Zwei junge Frauen wurden ermordet. Die Spur führt bis zu Ihrer Beratungsstelle. Mit Ihrer Hilfe können wir vielleicht die Morde aufklären.“

Sie ließ Marks Worte sacken und schaute nachdenklich aus dem Fenster.

„Ich verstehe noch nicht, wie Sie darauf kommen, dass meine Beratungsstelle oder besser einer meiner Angestellten etwas mit der Sache zu tun haben könnte. Haben Sie eigentlich einen richterlichen Beschluss?“

„Noch nicht, aber den können wir selbstverständlich besorgen, wenn Sie darauf bestehen. Im Moment ist vieles noch unklar und eher eine Vermutung. Wir müssen erst noch einige Zeugenaussagen überprüfen. Deshalb hatten wir gehofft, Sie könnten uns weiterhelfen.“

Mila Rikens nickte kaum wahrnehmbar, setzte sich wieder an ihren Schreibtisch und deutete zu den Stühlen.

„Bitte, nehmen Sie doch Platz. Möchten Sie vielleicht etwas trinken?“

Die Ermittler lehnten dankend ab und kamen konkret auf Carina Thurmann zu sprechen.

„Vor ungefähr zwei Wochen muss eine Carina Thurmann bei Ihnen gewesen sein. Zusammen mit einem Mann. Hermann Gierden."

Die Leiterin richtete die Aufmerksamkeit auf den Computer und fing augenblicklich zu tippen an.

„Karina mit K oder mit C?", fragte sie.

„Mit C. Und Thurmann mit TH."

Mila Rikens zeigte keinerlei Gefühlsregung. Ihre Gesichtszüge wirkten mit einem Mal versteinert.

„Dann habe ich sie bestimmt deshalb nicht gefunden. Moment. Ich versuch es noch mal."

Mark hörte, wie sie erneut etwas eingab, schon kurz darauf schaute die Leiterin auf. Im ersten Moment konnte Mark ihren Blick nicht deuten. Zuerst meinte er, Ungläubigkeit erkennen zu können, doch dann wurde ihm klar, dass es Angst war.

„Ich komme in Teufelsküche, wenn ich so vertrauliche Informationen herausgebe."

„Sie können sich auf uns verlassen. Wir werden den Beschluss so schnell wie möglich nachreichen."

Zwar nickte sie, doch wirkte sie alles andere als überzeugt. Nach einer kurzen Bedenkzeit sagte sie: „Sie haben recht. Carina Thurmann war bei uns. Am 15. Juni. Ob sie allerdings allein da war oder in Begleitung, das kann ich Ihnen nicht sagen. Sowas bleibt immer anonym."

In Mark schrillten sämtliche Alarmglocken. Der 15. Juni. Der Tag, an dem Jessica Haupt verschwand und vermutlich ermordet wurde. Sein Blick wanderte zu Stefan. Das Gesicht seines Kollegen sprach Bände.

Mark richtete die Aufmerksamkeit wieder auf die Leiterin.

„Wer hat bei Carina Thurmann die Beratung durchgeführt?"

Mila Rikens schwieg und schien mit sich zu hadern.

„Frau Rikens, Sie müssen uns sagen, wer Carina Thurmann beraten hat. Es ist wichtig."

„Ich habe eine Fürsorgepflicht. Ich kann doch nicht …"

„Sie müssen, Frau Rikens."

„Sein Name ist Zippert. Patrick Zippert."

„Und wie lautet seine Adresse?"

Widerwillig teilte sie den Ermittlern die Straße und die Hausnummer mit. Die Adresse kam Mark bekannt vor, doch erst als er sie im Handy googelte, wusste er den Grund. Patrick Zippert wohnte nur hundert Meter Luftlinie von Rose Chevalier entfernt. In einer Nebenstraße.

Mark zögerte, doch er musste Mila Rikens die Frage stellen, obwohl er ahnte, dass er vermutlich auf Granit stoßen würde.

„Sie müssten noch etwas für uns nachschauen."

Die Leiterin bedachte ihn mit einem Blick, in dem eine Mischung aus Unbehagen und Abwehrhaltung lag. Sie verschränkte die Arme und schüttelte den Kopf.

„Ich kann Ihnen leider nicht weiterhelfen."

„Frau Rikens, das ist kein Spiel. Je mehr Zeit verstreicht, desto höher ist die Wahrscheinlichkeit, dass eine weitere Frau stirbt. Könnten Sie damit leben?"

„Aber …"

Irritiert sah sie Mark an, als er plötzlich aufstand und sich ihrem Schreibtisch näherte.

„Ich hoffe, Ihnen ist klar, dass Sie eine Mitschuld trifft, falls es zu einem weiteren Mord kommt. Dann krieg ich Sie dran, und wenn es das Letzte ist, was ich tue."

Mit offenem Mund schaute sie ihn an. Sie sagte kein einziges Wort, stattdessen schien sie kurz vor der Schnappatmung zu stehen.

„Aber wieso …?", brachte sie stammelnd hervor.

Weiter kam sie nicht, denn in der Zwischenzeit war Stefan neben sie getreten, und tippte Jessica Haupts Namen an der Stelle ein, an der zuvor noch Carina Thurmanns Name gestanden hatte.

„Aber was tun Sie denn da? Das dürfen Sie nicht! Ich werde mich über Sie beschweren."

„Das können Sie am Tag Ihrer Verhaftung machen."

„Am Tag meiner … Wie meinen Sie das?"

„Behinderung polizeilicher Ermittlungsarbeit. Damit wandern Sie geradewegs ins Gefängnis", erklärte Mark übertrieben freundlich.

„Ich habe doch nur …"

„Wir können also mit Ihrer Unterstützung rechnen?“

Mila Rikens presste die Lippen aufeinander und nickte eingeschüchtert. Mit einer Kopfbewegung gab Mark seinem Kollegen zu verstehen, dass er vom Schreibtisch wegtreten sollte. Entschlossen deutete er zum Monitor.

„Wir müssen wissen, ob eine Jessica Haupt ebenfalls bei Ihnen war. Und wenn ja, an welchem Tag und wer sie beraten hat.“

Mila Rikens war nur noch ein Schatten ihrer selbst. Hastig griff sie zum Wasserglas und trank einige Schlucke.

„Und?“

Sie tippte erneut etwas ein und schüttelte kurz darauf den Kopf.

Knapp zehn Minuten darauf verabschiedeten sich die Ermittler von Mila Rikens. Die Leiterin wirkte mitgenommen und überaus nachdenklich. Ihre anfängliche Professionalität hatte Risse davongetragen und im Laufe ihres Besuchs zusehends gelitten. Ohne Zeit zu verlieren, beschlossen die Kriminalkommissare, noch am selben Tag den Sozialarbeiter Patrick Zippert aufzusuchen.

Kapitel 45
Dienstag, 11. Juli

Nicola Grewing wusste nicht, wo ihr der Kopf stand. Das Gespräch mit Jochen hatte sie aus der Bahn geworfen. Bis heute Morgen war sie noch davon überzeugt gewesen, das Kind nicht zu bekommen. Wie auch? Sie stand ganz am Anfang ihrer beruflichen Karriere. Von ihren Eltern konnte sie kaum Unterstützung erwarten. Niemals könnte sie ein Kind allein großziehen. Dafür müsste sie zwangsläufig eine Auszeit einplanen und Elternzeit beantragen. Eindeutige Rückschritte, für die sie nicht bereit war und die für sie untragbar waren. Die Mühen der letzten Jahre, all die schlaflosen Nächte sowie die arbeitsintensiven Projekte, mit denen sie sich in den zurückliegenden Jahren im Unternehmen einen Ruf erarbeitet hatte, wären umsonst gewesen. Und trotzdem hatten Jochens Worte eine gewisse Hoffnung in ihr geweckt. War es ihm doch ernst? Würde er tatsächlich seine Familie verlassen, um mit ihr ein neues Leben zu wagen?

Sie sah auf die Uhr und überlegte, ob sie noch zum See fahren sollte. Ein wenig Ablenkung täte ihr gut, allerdings war es dafür eigentlich schon zu spät. Selbst wenn sie jetzt losfahren würde, wäre sie frühestens gegen zwanzig Uhr dort.

Sie ging ins Schlafzimmer, stellte sich vor den Spiegel und betrachtete ihren Bauch. Nachdenklich zog sie das T-Shirt hoch und musterte die kleine Vorwölbung. Täuschte sie sich, oder konnte man schon etwas sehen? Sie hatte gelesen, dass ein Babybauch für Außenstehende ungefähr ab der zwölften Woche erkennbar wäre. Für eine werdende Mutter waren die schwangerschaftsbedingten Veränderungen hingegen wesentlich früher erkennbar. Angespannt hielt sie den Blick zum Spiegel gerichtet, drehte sich zur Seite, doch wenn sie ehrlich zu sich war, sah sie nichts, obwohl sie schon in der neunten Woche war. Oder war es schon die Zehnte? Sie wusste es nicht genau, zumal es sie bisher nicht sonderlich interessiert hatte. Das Gespräch mit Jochen hatte eine Kettenreaktion ausgelöst. Plötzlich beschäftigte sie sich mit Fragen, die sie sich nie zuvor gestellt hatte. Sie stopfte das T-Shirt in die Shorts und zog sich ihre Joggingschuhe an. Um zum See zu fahren, war es in der Tat schon zu spät, daher beschloss sie, eine Runde um den Block zu laufen. Das würde sie bestimmt auf andere Gedanken bringen. Sie verstaute den Haustürschlüssel in der Hosentasche und verließ die Wohnung. Nachdem sie den Eingangsbereich hinter sich gelassen hatte, joggte sie los und schlug den Weg zum nahegelegenen Park ein. Sie war so in Gedanken vertieft, dass sie den Mann nicht bemerkte, der auf einer Bank saß und sie beobachtete.

Nachdem Nicola aus seinem Sichtfeld verschwunden war, stand er auf, faltete die Zeitung zusammen und warf sie in den Mülleimer. Anschließend näherte er sich dem Wohnhaus.

Kapitel 46
Dienstag, 11. Juli

Das schrille Läuten der Türklingel ließ Daniela Zippert hochschrecken. Die Ehefrau des Sozialarbeiters Patrick Zippert fühlte sich hundeelend. Den ganzen Tag über quälten sie bereits unerträgliche Kopfschmerzen. Sie waren kaum besser geworden, noch dazu hatte sie sich im Laufe des Tages mehrmals übergeben müssen.

Es klingelte erneut. Kurz darauf vernahm sie die Stimme ihres Sohnes. Sie warf einen Blick auf die Uhr und schnellte erschrocken in die Höhe. Augenblicklich erfasste sie Schwindel. Das Pochen hinter den Schläfen verstärkte sich, während sie den Kopf drehte und zur Wohnungstür schaute. Sie erkannte zwei Männer, die ungefähr gleich groß und lässig gekleidet waren. Wenn sie ein paar Jahre jünger und noch nicht verheiratet gewesen wäre, hätte sie vermutlich ein Auge auf den Dunkelblonden mit dem Dreitagebart geworfen, obwohl seine Frisur zu wünschen übrigließ. Seine Haare standen in alle Himmelsrichtungen ab. Noch während sie sich schwerfällig von der Couch erhob, rief ihr Sohn bereits nach ihr.

„Mama! Die Polizei will dich sprechen."

Erneut machte sich Übelkeit in ihr breit. Sie fühlte sich so wie früher, als sie schwanger war. Unsicher schwankte sie zur Tür und hielt sich an einem Wandregal fest. Das Sonnenlicht blendete stark. Reflexartig kniff sie die Augen zusammen.

Der dunkelblonde Polizist entsprach genau dem Typ Mann, dem die Frauenherzen nur so zuflogen. Die Herzen von attraktiven Frauen. Spindeldürr, perfekt gestylt und mit einem makellosen Gesicht. Frauen, die das genaue Gegenteil von ihr waren. Für Frauen wie sie blieb nur der abscheuliche Rest. Choleriker. Schlägertypen. Alkoholiker. Sie hatte so einen Mann abbekommen. Abschaum, den niemand sonst haben wollte. Sie lächelte, obwohl es sie Überwindung kostete. Wie lange war es her, dass sie zuletzt einen gutaussehenden Mann angelächelt hatte? Regungslos verharrte sie an der Wohnungstür und hielt sich verkrampft am Türrahmen fest.

*****

Schon als die Ehefrau des Sozialarbeiters auf sie zukam, bemerkte Mark, dass irgendetwas nicht stimmte. Die Frau war kreidebleich, außerdem wirkte sie recht wackelig auf den Beinen und kniff die Augen zusammen, obwohl die Wohnung bereits verdunkelt war. Zuerst vermutete er, dass sie angetrunken war, doch diese Vermutung sollte sich schnell als falsch herausstellen. Die Frau wirkte vollkommen klar und orientiert, auch nahm er keine Alkoholfahne wahr. Vielleicht hatte sie bis gerade geschlafen und war von dem Klingeln geweckt worden.

„Frau Zippert?", fragte er und hielt ihr den Dienstausweis unter die Nase.

Die Frau nickte nur und sah ihn fragend an.

„Ich hoffe, wir kommen nicht ungelegen."

Sie schüttelte wortlos den Kopf.

„Mark Birkholz von der Kripo Köln. Und das ist mein Kollege Kriminalhauptkommissar Stefan Rauhaus. Wir würden gerne mit Ihrem Mann sprechen."

„Der ist nicht da", brachte sie kurzangebunden hervor.

Verwundert runzelte Mark die Stirn und schaute die Ehefrau besorgt an, als sie erneut ins Schwanken geriet und Halt am Türrahmen suchte.

„Geht es Ihnen gut?", wollte er wissen.

Sie nickte noch, doch unmittelbar danach wurde sie ohnmächtig. Ohne Vorankündigung sackte sie in sich zusammen und fiel Mark förmlich in die Arme. Er reagierte sofort, packte sie unter die Arme und verfrachtete die Frau mit Stefans Hilfe auf die Couch.

Mit weit aufgerissenen Augen verfolgte der Sohn alles mit. Der Junge wirkte verängstigt und sprach zuerst kein Wort. Erst nachdem sie die Beine der Mutter hochgelagert und sich vergewissert hatten, dass sie normal atmete, wandte sich Mark an den Jungen. Mittlerweile saß er auf einem Sessel und streichelte einen Schäferhund.

„Hat deine Mutter das öfters?"

Der Junge nickte. „Sie hat oft Kopfschmerzen."

Die Ermittler schauten sich an und überlegten, ob sie vorsorglich einen Notarzt rufen sollten, doch schon kurz darauf kam Daniela Zippert wieder zu sich.

„Holst du deiner Mutter bitte ein Glas Wasser."

Der Junge sprang auf, eilte in die Küche und kam innerhalb kürzester Zeit zurück. Besorgt blieb er vor der Couch stehen und lächelte seine Mutter an.

„Was ist passiert?", stammelte Daniela Zippert benommen.

„Du bist ohnmächtig geworden, Mama. Hier! Ich hab dir was zu trinken geholt", sagte er und stellte das Wasserglas auf den Tisch. Erst jetzt bemerkte die Mutter, dass die Ermittler noch anwesend waren. Ihr Blick wanderte zu Mark und blieb an ihm hängen.

„Sie sollten das untersuchen lassen. Damit ist nicht zu spaßen. Sollen wir doch besser einen Arzt rufen?"

Sie schüttelte den Kopf.

„Das habe ich schon seit Jahren. Migräne. Dagegen kann man nichts machen."

„Das habe ich ihnen auch schon gesagt, Mama!"

Der Junge setzte sich zu seiner Mutter auf die Couch und sah sie mitleidig an. Lächelnd strich sie ihm über die Wange. Schon während Daniela Zippert den Arm hob, fielen Mark mehrere Flecken auf ihrem Unterarm auf. Verstohlen betrachtete er die Hämatome, auch glaubte er, unter der dicken Make-up Schicht in ihrem Gesicht eine Verfärbung erkennen zu können.

„Sie wissen nicht zufällig, wann Ihr Mann nach Hause kommt?"

„Das kann dauern. Er wollte zum Sport."

„Dann richten Sie ihm bitte aus, dass er sich dringend bei uns melden soll, sobald er vom Sport zurück ist", sagte Mark, wobei ihm auffiel, wie übertrieben betont er das Wort Sport aussprach. Als wenn es ihm schwer über die Lippen ginge. Er überreichte der Frau seine Visitenkarte. Sekundenlang starrte sie auf seinen Namen, bis sie mit einem Mal kicherte.

„Ist wirklich alles in Ordnung?"

Sie nickte.

„Wir können uns also darauf verlassen, dass Sie Ihrem Mann Bescheid geben?“

„Ja“, antwortete sie so leise, dass Mark es kaum hören konnte.

*****

Daniela Zippert begleitete die Ermittler noch bis zur Tür, obwohl es ihr nach wie vor schwerfiel, das Gleichgewicht zu halten. Keine Minute länger hätten die Polizisten in der Wohnung bleiben dürfen. Kein Atemzug länger hätte sie ausgehalten. Erschöpft sackte sie zu Boden. In ihrer Hand hielt sie immer noch die Visitenkarte des Kommissars. Ihr Blick weilte auf seinem Vornamen. Mark. Sie mochte den Namen. Vor vielen Jahren war sie einmal verliebt in einen Jungen aus ihrer Klasse gewesen. Er hieß ebenfalls Mark. Der Polizist sah ihm ein wenig ähnlich, bis auf die Bartstoppeln. Die hatte ihr vierzehnjähriger Klassenkamerad damals noch nicht gehabt. Bei dem Gedanken kicherte sie erneut wie ein kleines Mädchen. Liebevoll strich sie über die Adresskarte und verstaute sie eilig in ihrer Hosentasche.

Schon wenige Sekunden darauf wurde ihr das ganze Elend ihrer Albtraumehe wieder bewusst. Verzweifelt schlang sie die Arme um ihre Beine und ließ den Tränen freien Lauf. Sie hatte keine Kraft mehr. Sie war leergesaugt. Von der angeblich heilen Welt, die sie tagtäglich ihren Kindern vorspielte. Von ihrer Hilflosigkeit. Von ihrem Ausharren in einem unerträglichen Leben. Sie hatte keine Ahnung, wo sich ihr Mann gerade rumtrieb. Beim Sport auf jeden Fall nicht. Schon seit Jahren setzte er keinen Fuß mehr auf einen Sportplatz, geschweige denn in ein Fitnessstudio.

Kapitel 47
Dienstag, 11. Juli

Schweigend gingen die Ermittler die Treppenstufen hinunter und verließen das Wohnhaus. Es war ein selbst auferlegtes Schweigen, um das Schauspiel, das sich ihnen während des kurzen Aufenthaltes in der Wohnung der Zipperts dargeboten hatte, einordnen zu können. Sowohl Mark als auch Stefan mussten erst mal in Ruhe alles sacken lassen. Mehrmals hatte Daniela Zippert ihnen zugesichert, dass sie öfter ohnmächtig wurde und das meist mit den Migräneattacken zusammenhing, unter denen sie schon seit Jahren litt. Im Großen und Ganzen eine plausible Erklärung, wenn da nicht die Hämatome auf ihrem Arm gewesen wären.

„Ihr Mann vermöbelt sie unter Garantie, und sie lässt alles über sich ergehen. Die war doch vollkommen am Ende", sagte Stefan, als sie am Wagen ankamen.

Nachdenklich schaute Mark zum Haus und kratzte sich am Hals.

„Solange sie mitspielt und ihren Mann deckt, haben wir keine Chance. Auf der anderen Seite wissen wir nicht, ob er sie schlägt. Die Blutergüsse können sonst woher kommen."

Verächtlich verzog Stefan das Gesicht.

„Migräne! Dass ich nicht lache! Wir müssen dringend gegen Patrick Zippert etwas unternehmen. Es ist doch kein Zufall, dass eines der Opfer ein Beratungsgespräch bei ihm hatte. Noch dazu schlägt er höchstwahrscheinlich seine Frau."

„Ist dir eigentlich aufgefallen, wie wortkarg Mila Rikens am Ende war, und wie verhalten sie auf unsere Nachfrage reagiert hat? Mir kam es so vor, als wenn sie vor irgendetwas Angst hätte. Vielleicht wollte sie deshalb nicht mit uns kooperieren", gab Mark zu bedenken.

„Meinst du, sie hat Angst vor diesem Zippert?"

„Ich kann es dir nicht sagen. Wir müssen unbedingt einen Durchsuchungsbefehl beantragen und die Wohnung genauer unter die Lupe nehmen. Wer weiß, was der Kerl für Geheimnisse hat."

„Glaubst du, den Durchsuchungsbefehl bekommen wir so ohne weiteres?"

„Maja hat bisher noch jeden Richter um den Finger gewickelt."

„Maja vielleicht. Aber wie willst du Maja um den Finger wickeln?"

„Du kennst meine Qualitäten nicht", erwiderte Mark grinsend, während er bereits sein Handy aus der Hosentasche zog.

„Ich ruf jetzt erst mal Jochen an. Vielleicht hat er eine Idee, wie wir schnell an einen Durchsuchungsbefehl rankommen."

Er wählte die Nummer seines Vorgesetzten, doch nach wie vor war Jochen nicht erreichbar. Mark hinterließ eine Nachricht auf der Mailbox, mit der Bitte, sofort zurückzurufen, sobald Jochen den Anrufbeantworter abgehört hatte. Seit mehr als vierundzwanzig Stunden hatte er nichts mehr von ihm gehört. Von jetzt auf gleich war Jochen Weidler in der Versenkung verschwunden. Mark gab es ungern zu, doch mittlerweile machte er sich ernsthaft Sorgen.

Kapitel 48
Dienstag, 11. Juli

Seit mehr als einer halben Stunde saß Jochen Weidler in seinem Dienstwagen und wartete darauf, dass Nicola von der Joggingrunde zurückkam. Ungeduldig sah er auf die Uhr und überlegte, wo sie so lange blieb.

Wenige Minuten darauf bog sie um die Ecke. Schon von weitem war ihr die Erschöpfung anzusehen. Ihre Laufschritte wirkten ungeschmeidig, fast schon schleppend, als wenn sie jeden Augenblick zusammenbrechen würde. Am Nachbarhaus blieb sie stehen und kramte den Haustürschlüssel hervor. Jochen zögerte nicht lange, schwang sich aus dem Wagen und überquerte zügig die Straße. Verwunderung legte sich über Nicolas Gesichtszüge, als sie ihn erblickte. Er wusste ihren Blick nicht zu deuten. Da war kein Lächeln, aber auch keine Abneigung. Nur Gleichgültigkeit.

„Es ist alles gesagt", war das Einzige, was sie über die Lippen brachte. Entschlossen drängelte sie sich an ihm vorbei, eilte zum Hauseingang und sperrte die Haustür auf.

„Nicola! Bitte! Lass uns noch mal reden."

„Es gibt nichts zu reden. Mein Entschluss steht fest."

Verzweifelt fuhr er sich durch die Haare und schüttelte den Kopf.

„Ich versteh dich nicht. Wir haben uns doch gut verstanden."

Ungläubig schaute sie ihn an.

„Gut verstanden? Ist das alles, was dir dazu einfällt?"

„Nein, ich meine … lass uns doch irgendwohin fahren. Zum Rhein oder so. Dann reden wir noch mal in aller Ruhe."

Nachdenklich schaute sie ihn an.

„So wie ich aussehe? Ich bin klitschnass geschwitzt."

Er lächelte.

„Du siehst toll aus."

Im ersten Moment befürchtete er, dass sie standhaft bleiben würde, doch dann erkannte er ein Lächeln auf ihrem Gesicht.

„Du gibst nie auf, oder?"

Er strich ihr über die Wange und küsste sie auf den Mund.

„Jochen, du bist …"

„Komm, lass uns fahren!"

Er ergriff ihre Hand, zog sie vom Eingang weg und führte sie zu seinem Wagen. Für einen Augenblick überlegte sie noch, doch dann stieg sie ein und nahm auf der Beifahrerseite Platz. Der Ermittlungsleiter eilte zur Fahrerseite, schwang sich hinters Lenkrad und startete den Motor. Gerade als er losfahren wollte, vibrierte sein Handy. Er warf einen Blick aufs Display, gab einen undefinierbaren Laut von sich und drückte den eingehenden Anruf weg. Danach fuhr er los.

Kapitel 49
Dienstag, 11. Juli

„Hallo Schatz“, meldete sich Maja gut gelaunt, als Mark sie nach mehreren Anrufversuchen endlich erreichte.

„Mit wem hast du denn so lange telefoniert?“

„Das willst du gar nicht wissen“, erwiderte sie lachend, doch schlussendlich erzählte sie es doch. „Sybille hat eben angerufen. Du ahnst nicht, was ihr eben passiert ist.“

„Du wirst es mir bestimmt verraten“, sagte er, wohlwissend, dass er sich nun eine zehnminütige Story von Majas Freundin Sybille anhören musste, die ihn offen gestanden genauso wenig interessierte wie die Klatschgeschichten der neugierigen Nachbarin zwei Häuserblocks weiter.

Maja legte los und berichtete ohne Punkt und Komma, was Sybille am Abend zuvor widerfahren war.

„Stell dir vor, auf einmal stand der Typ von der Werkstatt vor ihrer Tür. Mit einer Flasche Schampus und Pralinen. Du kannst dir bestimmt denken, wie Sybille reagiert hat.“

„Hat sie ihn kastriert?“, fragte Mark gelangweilt.

„Quatsch. Nein, im Gegenteil. Sie hat …“

„Schatz, nimm es mir nicht übel, aber ich habe nicht so viel Zeit. Ich brauche dringend deine Hilfe. Das mit Sybille kannst du mir dann später noch erzählen.“

„Alles klar, wo brennt’s?“

Mark erzählte ihr in groben Zügen, was Stefan und er herausgefunden hatten. Er ließ sie wissen, dass sie mit Patrick Zippert mittlerweile einen Hauptverdächtigen hatten und annahmen, dass der Sozialpädagoge vermutlich auch gewalttätig gegenüber seiner Ehefrau war. Noch dazu wohnte Patrick Zippert mit seiner Familie in derselben Wohnsiedlung wie Rose Chevalier. Nur einige Häuserblocks voneinander entfernt. Allerdings war die Behausung der Zipperts längst nicht so luxuriös wie die der Schauspielerin.

„Wir müssen dringend Zipperts Wohnung durchsuchen.“

„Wie stellst du dir das vor? Ich kann nicht zaubern.“

„Maja, es ist wirklich dringend. Du hättest seine Frau sehen müssen. Sie war komplett neben der Spur."

„Ich versuch's, aber versprechen kann ich nichts. Du weißt, wie lang es dauern kann, bis ein Richter in die Pötte kommt."

„Du bist ein Schatz."

Er vernahm erneut Majas Lachen.

„Sag mal, weißt du zufällig, wo Jochen steckt? Ihr seid doch so dicke."

„Wenn du darauf anspielst, dass ich mich neuerdings mit ihm duze, dann muss ich dich enttäuschen. Was ich aber weiß, ist, dass bei ihm der Haussegen schief hängt."

„Jetzt bin ich aber neugierig."

„An dem Samstag, nachdem Mallow das erste Opfer obduziert hat, sind Jochen und ich noch etwas Trinken gegangen. Und da hat er mir erzählt, dass er sich in ein Mädel verknallt hätte und schon seit Monaten zweigleisig fahren würde."

„Und seine Frau hat es herausbekommen?"

„Allerdings. Durch einen dummen Zufall. Ein gemeinsamer Bekannter hat Jochen und seine Freundin in einem Restaurant gesehen und es Jochens Frau brühwarm erzählt. Daraufhin ist sie unangekündigt im Präsidium aufgetaucht und hat ihn zur Rede gestellt."

„Dumm gelaufen, würde ich sagen."

„So etwas würde dir natürlich niemals passieren."

Für einen Augenblick dachte er tatsächlich über ihre Bemerkung nach. Komischerweise kam ihm in diesem Moment Larissa in den Sinn. Er verdrängte den Gedanken an seine Exfreundin und richtete die Aufmerksamkeit wieder auf das Telefonat.

„Wann denkst du, erreichst du Richter Meckelbach?", lenkte er geschickt vom Thema ab.

„Meckelbach ist seit letzter Woche im Urlaub. Ich muss nachschauen, wer ihn vertritt. Wo bist du gerade?"

„Stefan und ich stehen noch vor dem Haus, in dem dieser Sozialpädagoge wohnt, und warten darauf, dass er endlich kommt. Seine Frau meinte, er wäre zum Sport gegangen, aber aufgetaucht ist er bisher nicht."

„Der wird schon noch aufschlagen. Ich versuche, so schnell wie möglich einen Durchsuchungsbefehl zu bekommen."

„Gib alles und lass deinen ganzen Charme spielen!"

Mark beendete das Gespräch und schaute Stefan nachdenklich an.

„Und? Was hat Maja gesagt?"

„Sie kümmert sich, kann aber nichts versprechen."

Erschöpft lehnte sich Stefan in den Beifahrersitz und schloss die Augen.

„Weck mich, wenn der Kerl vom Sport zurück ist."

Kapitel 50
Dienstag, 11. Juli

Die Sonne war längst hinterm Horizont verschwunden, als Jochen Weidler und Nicola Grewing den Parkplatz am Kalscheurer Weiher erreichten. Jochen parkte etwas abseits, direkt vor drei Pollern, die die Durchfahrt zu einem angrenzenden Weg versperrten. Obwohl es bereits spät war, hatte sich die Luft kaum abgekühlt. Es war an diesem Tag wieder außerordentlich schwül gewesen. Unzählige Mücken schwirrten umher und hatten Freude daran, vorzugsweise den Ermittlungsleiter an sämtlichen unbedeckten Körperstellen zu zerstechen. Schweigend gingen sie hintereinander den schmalen Waldweg entlang. Der Pfad führte hinauf zu einer Anhöhe, von wo aus man einen wunderbaren Blick auf den Weiher hatte. Dort befand sich eine Sitzbank. Glücklicherweise war sie unbesetzt.

Sie setzten sich und genossen den herrlichen Ausblick. Doch schon nach wenigen Minuten, drehte sich Nicola um, nachdem sie mehrmals hinter sich ein Rascheln vernommen hatte. Aber weit und breit schien keine Menschenseele zu sein.

„Komisch, hier war ich noch nie. Ist schön hier", ließ sie Jochen wissen, aber er schien gar nicht mitbekommen zu haben, was sie gesagt hatte. Er wirkte abwesend und war mit den Gedanken ganz woanders. Regungslos starrte er zum Weiher.

„Wir müssen nicht reden, wenn du nicht willst. Aber dann verstehe ich nicht, warum wir hierhergefahren sind. Du wolltest reden, nicht ich.“

Jochen nickte kaum wahrnehmbar und schaute sie an. Im selben Augenblick vernahmen sie hinter sich erneut ein Geräusch. Diesmal hörte es sich wie das Brechen eines Asts an. Blätter raschelten. Ruckartig drehte sich Nicola um.

„Hast du das gehört?“

„Allerdings“, erwiderte Jochen, erhob sich hastig von der Bank und richtete seine Aufmerksamkeit auf das dahinterliegende Gestrüpp.

„Hallo?“

Er näherte sich den Sträuchern und verharrte in der Bewegung. Er war sich sicher, für einen kurzen Moment die Umrisse einer menschlichen Gestalt erkannt zu haben.

„Hallo?“

Niemand antwortete.

„Hey, Sie da! Was machen Sie da?“

Wie angewurzelt verweilte Jochen am Gebüsch und wartete darauf, dass er eine Antwort erhielt. Als das nicht geschah, ließ er von den Sträuchern ab und kehrte zurück zur Bank.

„Komm, wir gehen!“

Er ergriff ihre Hand und zog sie zu sich.

„Was ist denn?“

„Ich bin mir nicht sicher, aber ich glaube, da hinten steht jemand und beobachtet uns.“

„Was?“

Ängstlich schaute sie sich um, während sie sich widerstandslos von Jochen wegziehen ließ. Mit schnellen Schritten eilten sie den Trampelpfad hinunter und erreichten nur wenige Minuten darauf Jochens Wagen.

Noch während sie einstiegen, verstaute Jochen den Autoschlüssel in der Konsole und schnallte sich an. Danach betätigte er den Anlasser, doch der Roadster sprang nicht an. Er versuchte es erneut, mehrmals hintereinander, aber der Motor gab keinen Laut von sich. Fluchend stieg Jochen wieder aus und warf die Fahrertür ins Schloss. Nicola hörte ihn fluchen. Zwei- oder dreimal vielleicht, bis sie plötzlich einen dumpfen Knall vernahm. Danach war alles ruhig. Die Abenddämmerung hatte sich weiter ausgebreitet. Zwar erkannte sie noch die Konturen der Umgebung, doch in spätestens einer Viertelstunde wäre es stockduster. Angespannt starrte sie ins Dämmerlicht. Ihr Blick schweifte hinüber zum leeren Parkplatz. In der Ferne erkannte sie die Lichter vorbeifahrender Autos, doch nirgends konnte sie Jochen entdecken. Mit einem Mal umgab sie eine beängstigende Stille. Sie hörte nur ihren regelmäßigen Atem, sonst nichts. Schon längst hätte Jochen den Kofferraum öffnen müssen, oder wenigstens die Motorhaube. Sie hätte ihn erneut fluchen hören müssen, doch nichts Derartiges geschah. Geistesgegenwärtig betätigte sie die Zentralverriegelung und verriegelte die Fahrzeugtüren von innen. Das Klicken der herunterfahrenden Knöpfe war das Letzte, was sie von der Außenwelt mitbekam. Sie konnte sich nicht daran erinnern, dass sie jemals in ihrem Leben so laut geatmet hatte. Sie tastete den Fußraum ab, in der Hoffnung, etwas zu finden, womit sie sich im Notfall verteidigen konnte. Dabei stieß sie auf einen Gegenstand, doch im ersten Moment konnte sie nicht zuordnen, um was es sich handelte. Erst als sie über eine scharfe Kante strich, wusste sie, dass sie einen Eiskratzer in den Händen hielt. Er war aus robustem Kunststoff gefertigt. Einer mit einer Metallklinge wäre ihr lieber gewesen, doch immerhin besser als nichts.

In was für eine Situation waren sie nur hineingeraten. Dabei wollten Jochen und sie nur reden. Und plötzlich musste sie um ihr Leben fürchten? Das konnte nicht sein. Das durfte nicht sein. Vielleicht war Jochen nur …

Ihr Gedanke wurde schlagartig unterbrochen, als irgendetwas mit voller Wucht gegen die Fahrertür geschleudert wurde. Blitzschnell fuhr sie herum und starrte zur anderen Seite. Mit zitternder Hand zog sie ihr Handy aus der Tasche und wählte die Nummer ihrer Mutter. Hektisch sah sie sich um, wartete förmlich darauf, dass sich jemand dem Wagen näherte, und versuchte, sie anzugreifen. Ihr Blick fiel auf den Schlüssel in der Konsole. Zum Glück hatte Jochen ihn im Wagen gelassen, so konnte niemand von außen hereingelangen. Doch die Erleichterung währte nur kurz. Tiefe Verzweiflung machte sich in ihr breit, als sie darüber nachdachte, dass der Wagen eben schon nicht angesprungen war. Sie saß fest. In einem fahrbaren Gefängnis, irgendwo in der Nähe des Kalscheurer Weihers. In ihrer Not betätigte sie den Anlasser, obwohl sie bereits ahnte, dass es zwecklos war und der Motor nicht anspringen würde. Und so war es auch. Der Wagen röhrte auf, erstarb aber unmittelbar danach.

Sekunden darauf brachte ein kräftiger Schlag die Seitenscheibe zum Bersten. Der Angriff traf sie vollkommen unvorbereitet. Erschrocken wich sie zurück und schrie entsetzt auf. Nicola kreischte, strampelte mit den Beinen und wehrte sich aus Leibeskräften, als sie gepackt und brutal aus dem Wagen gezerrt wurde.

******

Fast zeitgleich nahm Nicolas Mutter das Gespräch entgegen. Sie lauschte und begriff zuerst nicht, was am anderen Ende der Leitung vor sich ging. Die Schreie ihrer Tochter drangen zu ihr durch. Kurz darauf meinte sie, eine Männerstimme und unmittelbar darauf Schläge zu hören. Als wenn jemand einen Baseballschläger gegen einen Baum schlüge. Sekunden darauf erstarben die Schreie und Stille breitete sich aus. Die Mutter presste das Handy fest ans Ohr und glaubte, ein schleifendes Geräusch zu vernehmen. Kaum hörbar, und doch wusste sie, dass sie es sich nicht eingebildet hatte.

„Nicola?“, fragte sie zaghaft in den Hörer, obwohl sie zu dem Zeitpunkt bereits ahnte, dass ihre Tochter ihr nie wieder antworten würde.

Kapitel 51
Dienstag, 11. Juli

Mittlerweile war die Nacht hereingebrochen. Mark dachte gerade über einen Schichtwechsel nach, als sich von hinten ein Wagen näherte und in die Einfahrt einbog. Eilig weckte er Stefan, indem er ihm einen Hieb in die Seite verpasste. Erschrocken fuhr sein Kollege hoch und starrte ihn aus schlaftrunkenen Augen an. Er schien neben der Spur zu sein und zuerst nicht mehr zu wissen, wo er war.

Seit mehreren Stunden beschatteten sie bereits das Mehrfamilienhaus, in dem der Sozialarbeiter Patrick Zippert mit seiner Familie wohnte. Sie planten, zeitnah die Wohnung des Verdächtigen zu durchsuchen, dafür brauchten sie allerdings einen Durchsuchungsbefehl. Doch der ließ weiterhin auf sich warten. Entnervt schaute Mark auf sein Smartphone, aber Majas Rückruf war bisher nicht erfolgt. Jetzt galt es zu improvisieren, wie schon öfter in der Vergangenheit.

„Dann mal auf ins Gefecht, Kollege."

„Hat Maja den Durchsuchungsbefehl organisiert?"

„Nein", erklärte Mark prägnant.

„Soll das heißen, du willst Zipperts Wohnung ohne Durchsuchungsbefehl auf den Kopf stellen?"

„Nicht direkt."

Ungläubig schaute Stefan ihn an. Ihm war anzusehen, dass er keinen blassen Schimmer von Marks Plänen hatte. Ohne ein Wort der Erklärung schwang sich Mark aus dem Dienstwagen und steuerte zielstrebig den Eingang des Mehrfamilienhauses an. Stefan folgte ihm nur wenige Meter dahinter. Mit schnellen Schritten schloss er schließlich auf. Nebeneinander näherten sich die Ermittler dem Haus.

„Irgendwann kriegen wir mal mächtig einen am Arsch."

„Wir reden doch nur mit ihm und sehen uns dabei ein wenig um."

Stefan schüttelte verständnislos den Kopf.

„Ich bin gespannt, was Zippert dazu sagt."

Sie erreichten den Hauseingang und klingelten. Es dauerte einen Augenblick, bis das Summen des Türöffners zu hören war. Hintereinander schritten sie die Stufen hinauf in die zweite Etage.

Patrick Zippert erwartete sie bereits an der Wohnungstür. Mit einem unfreundlichen Blick scannte er die beiden Kriminalhauptkommissare von oben bis unten. Breitbeinig stand er am Treppenabsatz und verschränkte die Arme. Erst als Mark den Dienstausweis aus der Tasche zog, und ihn Zippert unter die Nase hielt, löste sich seine anfängliche Verärgerung über den späten Besuch in Luft auf. Stattdessen legte sich Sorge über Patrick Zipperts Gesichtszüge.

„Was haben die Blagen wieder ausgefressen?"

Mark sah den Mann durchdringend an und deutete in die Wohnung.

„Dürfen wir reinkommen? Wir haben einige Fragen an Sie."

Es war unübersehbar, wie sehr Zippert die Bitte missfiel. Widerwillig gab er den Weg frei und führte die Ermittler ins Wohnzimmer. Der Geruch von angebranntem Essen lag in der Luft. Auch war es längst nicht mehr so aufgeräumt wie noch Stunden zuvor. Eine Bratpfanne und benutztes Geschirr standen auf dem Esszimmertisch. Vor der Couch lagen Hausschuhe, die achtlos auf den Boden geworfen worden waren. Auf dem Tisch stand eine geöffnete Bierflasche.

„Wo ist Ihre Frau?"

„Die schläft schon. Wieso?"

„Hat sie Ihnen unsere Grüße ausgerichtet?"

„Welche Grüße?"

„Wir waren heute schon mal hier. Allerdings waren Sie beim Sport, wie uns Ihre Frau wissen ließ. Sie waren doch beim Sport, oder?"

„Das geht Sie einen Scheiß an!", erwiderte Zippert angriffslustig und machte keinerlei Anstalten, auf die Frage näher eingehen zu wollen.

„Herr Zippert, wir ermitteln in zwei Mordfällen an jungen Frauen. Unsere bisherigen Ermittlungen belegen eindeutig, dass Sie mindestens zu einer dieser Frauen Kontakt hatten."

Erstaunt blickte Zippert auf. Seine Augen waren stechend. Von dem Mann ging eine Aggressivität aus, die Mark Unbehagen bereitete.

„Wollen Sie mir etwa zwei Morde anhängen, oder was?"

„Nicht so schnell. Wir wollen uns lediglich einen Überblick verschaffen, in welchem Verhältnis Sie zu den Opfern standen."

„Verhältnis?", wiederholte Zippert ungläubig. Allein schon wie Zippert das Wort aussprach, verdeutlichte, dass er kurz vor der Explosion stand. Mit hochrotem Kopf baute er sich vor den Ermittlern auf und ballte die Faust.

„Um wen geht es überhaupt?"

„Eines der Opfer hieß Carina Thurmann."

„Nie gehört!"

„Und ob Sie das haben. Und das wissen Sie!"

Zippert fixierte die Polizeibeamten mit kalten Augen. Wenn er nicht aufpasste, hätte er gleich Zipperts Faust im Gesicht, dachte Mark.

„Und woher soll ich die kennen?"

„Sie haben bei Carina Thurmann ein Beratungsgespräch durchgeführt, nachdem sie den Wunsch auf eine Abtreibung geäußert hat. Erinnern Sie sich?"

„Warum sagen Sie das nicht gleich? Das kann schon sein. Ich kann mir unmöglich alle Namen von den Weibern merken. Wissen Sie eigentlich, wie viele Gespräche ich am Tag führe?"

„Sie werden es uns bestimmt sagen."

„Fünf, manchmal auch mehr."

„Ist Ihnen während des Gesprächs irgendwas Verdächtiges aufgefallen?"

„Sie wollte abtreiben", erwiderte er und lachte über seinen eigenen Witz. „Im Ernst, was wollen Sie hören? Ich kann mich doch niemals an den Namen der Frau erinnern. Da müssen Sie schon konkreter werden."

Mark langte in seine Hosentasche, zog ein Foto heraus und drückte es dem Verdächtigen in die Hand. Er betrachtete es und schnalzte mit der Zunge.

„Hübsch. Ehrlich. Aber die hab ich noch nie gesehen."

„Da hat Ihre Chefin aber etwas anderes erzählt."

Zippert blickte Mark erstaunt an und runzelte die Stirn.

„Mila? Wie jetzt? Das kann nicht sein. Ich kann mich zwar an Namen kaum erinnern, an Gesichter aber schon."

Mark kratzte über sein stoppeliges Kinn. Sein erster Gedanke war, dass Zippert sich gerade um Kopf und Kragen redete und versuchte, sie in die Irre zu führen. Andererseits wirkte Zippert zwar aggressiv, aber trotzdem selbstbewusst, als habe er nichts zu befürchten. Sie mussten ihn unter Druck setzen. Ihn in die Mangel nehmen, und das ging am besten auf dem Revier.

„Sie werden uns jetzt mit aufs Präsidium begleiten!"

„Was?"

„Wir müssen sichergehen, dass wir Sie als Mörder ausschließen können."

Patrick Zippert fiel die Kinnlade herunter. Ungläubig starrte er die Ermittler an, so perplex war er über die Tatsache, dass sie ihm einen Mord zutrauten. Schweigend setzte er sich auf die Couch, schnappte sich die Bierflasche und trank sie in einem Zug leer. Kaum hatte er Platz genommen, da kam schon ein Schäferhund um die Ecke geschossen und legte sich vor seine Füße. Gedankenversunken tätschelte Zippert den Kopf des Hundes und schaute die Ermittler fragend an.

„Sie meinen es ernst, richtig? Sie trauen mir tatsächlich einen Mord zu?"

Mark verschränkte die Arme, hielt Zipperts Blick stand, blieb ihm allerdings eine Antwort schuldig.

„Ich könnte keiner Fliege etwas zuleide tun."

Mark lächelte müde.

„Wirklich. Das müssen Sie mir glauben!"

„Ziehen Sie sich bitte an! Sie kommen jetzt mit aufs Revier."

Zippert schob den Schäferhund behutsam zur Seite, streifte sich widerwillig eine Strickjacke drüber und fuhr mit den Ermittlern aufs Präsidium.

Kapitel 52
Dienstag, 11. Juli

Jochen Weidler irrte ziellos umher. Er war vollkommen desorientiert, hatte jegliches Zeitgefühl verloren und keinerlei Ahnung, wo genau er sich befand. Alles war so schnell gegangen. Er konnte sich nur noch daran erinnern, dass er ausgestiegen war und nachschauen wollte, weshalb der Roadster nicht mehr ansprang. Der Wagen war keine drei Monate alt, gerade deshalb war er so irritiert gewesen.

Schon als er auf dem Fahrersitz Platz genommen hatte, hatte er den Eindruck, als läge der hintere Teil des Wagens etwas tiefer. Doch erst nachdem er die Taschenlampe seines Handys aktiviert und nachgeschaut hatte, hatte er den Grund herausgefunden. Irgendjemand hatte ihm die Hinterreifen zerstochen. Und dieser jemand hatte ihn vermutlich hinterrücks niedergeschlagen, anschließend vom Fahrzeug weggeschleift und sich danach an Nicola vergangen. Doch wo war Nicola jetzt? Und wo stand sein Roadster?

Es war stockdunkel. Er sah so gut wie nichts. Noch dazu pochte ein unerträglicher Kopfschmerz hinter seiner Schläfe. Hinzu kam die Angst um Nicola. Er taumelte durchs Gestrüpp, stolperte mehrmals über herumliegende Zweige und kämpfte sich durch den Wald. Nach einer gefühlten Ewigkeit gelangte er endlich zum Weiher. Zumindest wusste er jetzt, wo er war. Irgendwo da hinten, oberhalb der Hundewiese, musste die Bank sein, auf der sie eben noch gesessen hatten. Er schaute sich um, obwohl er kaum etwas erkennen konnte, und begriff erst danach, dass er die ganze Zeit in die falsche Richtung gelaufen war. Der Unbekannte hatte ihn gar nicht verschleppt, sondern lediglich ein paar Meter vom Ort des Verbrechens weggezogen. Jochen machte kehrt, wählte aber diesmal den regulären Fußgängerweg und nicht den Weg durch den Wald. Es dauerte nur wenige Minuten, bis er zum Parkplatz gelangte und kurz darauf den Roadster entdeckte. Der Wagen stand noch an derselben Stelle, an der er ihn abgestellt hatte. Benommen torkelte er zur Beifahrerseite und verharrte erschrocken in der Bewegung, als er die knirschenden Glasscherben unter seinen Schritten vernahm. Entsetzt schaute er ins Fahrzeug, doch von Nicola fehlte jede Spur. Niedergeschlagen sackte er zusammen.

Es verging eine gewisse Zeit, als Jochen plötzlich das Vibrieren eines Handys vernahm. Benebelt blickte er auf und stellte fest, dass von irgendwoher Licht aufflammte. Es dauerte einen Moment, bis er zuordnen konnte, aus welcher Richtung es kam. Hastig sprang er auf, doch augenblicklich schoss ein vernichtender Schmerz durch seinen Schädel. Er hatte Mühe, das Gleichgewicht zu halten, und schwankte stark. Kurzzeitig musste er sich sogar abstützen. Vor seinen Augen flimmerte alles und für einen Moment befürchtete er, erneut ohnmächtig zu werden. Doch schon kurz darauf hatte sich sein Kreislauf weitestgehend regeneriert. Torkelnd näherte er sich dem Gebüsch. Er war sich sicher, dass von dort das Licht gekommen war.

Kapitel 53
Mittwoch, 12. Juli

Mark nahm die Brille ab, rieb sich die Augen und tippte den letzten Satz des Vernehmungsprotokolls zu Ende. Sie hatten Patrick Zippert auseinandergenommen, doch bisher ohne Erfolg. Mittlerweile kamen ihm Zweifel, ob sie wirklich den Richtigen gefasst hatten. Zippert zählte bestimmt nicht zu den guten Menschen. Manieren, geschweige denn Respekt gegenüber seinen Mitmenschen, schienen ihm gänzlich fremd zu sein. Noch dazu deutete einiges darauf hin, dass ihm öfter mal die Hand ausrutschte. Aber ein Mörder? Noch dazu ein Serientäter, der nicht nur strukturiert und durchdacht vorging, sondern zusätzliche Botschaften mit den Morden übermittelte? War Zippert zu solchen Taten überhaupt fähig?

Gegen halb eins hatten sie den Tatverdächtigen unter strengen Auflagen freigelassen und von einem Polizeibeamten nach Hause bringen lassen.

Mit einem fragenden Blick wandte sich Mark an seinen Kollegen. Stefan wirkte müde und trank mittlerweile den vierten Kaffee. Er stand mit dem Rücken zum Fenster und wirkte äußerst nachdenklich.

„Was zum Henker haben wir übersehen?“, fragte Stefan und blickte erstaunt auf, als genau in diesem Augenblick Marks Handy klingelte. Auch Mark wirkte sichtlich verwundert über den nächtlichen Anruf. Irritiert runzelte er die Stirn und nahm das Gespräch entgegen.

„Jochen?“

Im ersten Moment war er sich nicht sicher, ob am anderen Ende der Leitung tatsächlich sein Chef war. Jochen Weidler sprach gehetzt, abgehackt und wirkte aufgebracht. Noch dazu bemerkte Mark ein Zittern in seiner Stimme.

„Mark, ihr müsst sofort kommen! Ich bin auf einem Parkplatz. Am Kalscheurer Weiher. Es ist etwas Schreckliches passiert.“

In wenigen Sätzen schilderte Jochen, was vorgefallen war und an was er sich erinnern konnte. Er bekam kaum einen klaren Satz zustande.

„Bist du in Sicherheit?“, fragte Mark abgeklärt, obwohl ihm viele Gedanken durch den Kopf gingen, und er sich kaum auf das Gespräch konzentrieren konnte.

„Ich glaube schon.“

„Rühr dich nicht vom Fleck! Wir machen uns sofort auf den Weg.“

Mit einer Handbewegung gab er Stefan zu verstehen, dass er Verstärkung anfordern sollte. Gleichzeitig schnappte sich Mark die Autoschlüssel und stürzte aus dem Büro. Stefan folgte ihm nur wenige Meter dahinter. Zusammen liefen sie den menschenleeren Flur entlang, eilten die Treppenstufen hinunter und erreichten kurz darauf das Foyer. Mark verfolgte mit, wie Stefan am Telefon den Kollegen Anweisungen gab und ihnen den ungefähren Aufenthaltsort von Jochen Weidler mitteilte. Nachdem alles in die Wege geleitet und die Einsatzkräfte ausgerückt waren, kam Mark endlich dazu, Jochen zu informieren. Die ganze Zeit, während sie zum Ausgang gelaufen waren, hatte Mark das Handy in den Händen gehalten. Schwer atmend nahm er es wieder ans Ohr.

„In fünfzehn Minuten sind wir bei dir. Jochen? Bist du noch dran?"

Doch er erhielt keine Antwort. Die Verbindung war tot.

Mark wählte Jochens Nummer. Mailbox. Ohne Zeit zu verlieren, liefen die Ermittler zum Wagen und fuhren mit quietschenden Reifen vom Hof.

Kapitel 54
Mittwoch, 12. Juli

Mit fast zweihundert Stundenkilometern raste Mark die Autobahn entlang und fuhr an der Ausfahrt Eifeltor ab. Den letzten halben Kilometer fuhr er über die Landstraße, bis sie ihr Ziel erreicht hatten. Kaum waren sie in den Zollstocker Weg eingebogen, da erkannten sie bereits auf dem Parkplatz die Blaulichter der Einsatzfahrzeuge. Mark parkte den Dienstwagen in unmittelbarer Nähe der Zufahrt und stieg aus. Die Atmosphäre war gespenstisch. Das schwache Licht einer Taschenlampe wanderte über ein angrenzendes Gebüsch. Die Fahrzeugtüren der Streifenwagen standen sperrangelweit offen. Die Scheinwerfer waren auf einen schmalen Trampelpfad gerichtet, der durch den Wald, hinauf zu einer Anhöhe, führte. Aus dem Inneren eines Fahrzeugs drang eine Männerstimme. Mehrmals forderte die Stimme die Kollegen auf, ihren aktuellen Standort und einen Zwischenbericht durchzugeben.

Mark betrachtete das unheimliche Schauspiel, das sich ihm in dieser lauwarmen Sommernacht darbot, als plötzlich ein schwacher Lichtstrahl einen Baumstamm streifte. Im ersten Augenblick begriff er nicht, was er da sah. Zwei Polizeibeamte rannten aufgeregt zu den Fahrzeugen und riefen sich etwas zu. Einer blieb an der Fahrertür stehen und sprach ins Funkgerät, während der andere wild gestikulierend auf Mark zugeeilt kam.

„Kommen Sie schnell! Das müssen Sie sich ansehen, Herr Birkholz!"

Der Mann sprach hektisch und wirkte aufgebracht. Zwar kannte Mark den Kollegen, doch sein Name fiel ihm auf die Schnelle nicht ein.

„Herr Weidler ist nicht ansprechbar. Er steht unter Schock."

Zuerst war er erleichtert, dass Jochen dem ersten Anschein nach nichts passiert war, doch das relativierte sich, als er seinen Vorgesetzten zu Gesicht bekam. Zusammengekauert hockte er zitternd vor seinem Wagen und wirkte vollkommen weggetreten. Mark bewegte sich gerade auf Jochen zu, als er aus den Augenwinkeln etwas bemerkte. Es war zu dunkel, um erkennen zu können, was genau es war. Doch durch das Licht der offenstehenden Beifahrertür sah er immerhin so viel, um zu wissen, dass das, was er gerade entdeckt hatte, nicht hierhergehörte. Hastig zog er sein Smartphone aus der Tasche und leuchtete zum Gestrüpp. Erschrocken wich er zurück, als der Lichtstrahl den nackten Körper einer jungen Frau traf.

Ihr Bauch war übersät mit Messerstichen und blutenden Wunden. Mark trat näher und ließ den Lichtstrahl über die entblößte Leiche gleiten. Erst danach inspizierte er ihr Gesicht. Es war blutüberströmt. Ihre Brust und ihre Arme waren übersät mit Hämatomen. Ihr Hals wirkte deformiert, als wenn ihr Genick gebrochen wäre. Mark würgte und wandte eilig den Blick ab. Entsetzt starrte er Jochen an. Seine Kleidung war blutverschmiert. Sein T-Shirt, die Hose, einfach alles.

„Was hast du getan?"

Benommen blickte Jochen auf und faselte etwas, was Mark allerdings nicht verstand.

„Du hast sie umgebracht."

Jochen schüttelte den Kopf und sagte immer wieder dasselbe: „Ich war das nicht. Ich habe das nicht getan."

Mark traf die Situation unvorbereitet. Im ersten Augenblick wusste er nicht, wie er reagieren sollte. Letztendlich war es Stefan, der Jochen eine Ohrfeige verpasste und ihn zurück in die grausame Realität holte. Das war gleichzeitig der Moment, an dem der Ermittlungsleiter wieder klar bei Verstand war. Fragend blickte er von einem zum anderen, bevor er zur ermordeten Frau schaute.

„Ich habe sie nicht ermordet. Das müsst ihr mir glauben.“

Ein Streifenpolizist kam angelaufen, legte Jochen eine Wolldecke über die Schulter und half ihm beim Aufstehen.

„Kommen Sie, Herr Weidler! Ich bringe Sie erst mal zum Wagen. Sie zittern ja.“

Noch während sich die Männer auf ein Einsatzfahrzeug zubewegten, wandte sich Mark wieder der Toten zu. Sie war auf eine andere Art und Weise als Jessica Haupt und Carina Thurmann zu Tode gekommen. Wesentlich brutaler. Mark fragte sich, ob dieser Mord im Zusammenhang mit den anderen beiden Morden stand, doch ihn beschlichen Zweifel. Er beobachtete Jochen, der sich gerade auf die Rückbank setzte, und ließ die ersten Eindrücke vom Tatort sacken. War sein Chef tatsächlich ein Mörder? Und falls ja, was wäre sein Motiv gewesen? Und wo hatte er die Tatwaffe versteckt? Sollte Jochen wirklich alles initiiert haben? Mark bezweifelte das. So gut konnte niemand schauspielern, erst recht nicht Jochen.

„Wir müssen alles abriegeln. Sucht jeden Zentimeter ab. Wir brauchen unbedingt die Tatwaffe.“

Mit nachdenklicher Miene kam Stefan auf ihn zu.

„Glaubst du, er war es?“

„Keine Ahnung. Ich weiß nur, dass er mächtig in der Scheiße steckt“, sagte Mark und setzte hinterher: „Aber wenn er es tatsächlich war, dann hat er es höchstwahrscheinlich von langer Hand geplant.“

„Das ergibt keinen Sinn.“

„Was meinst du?“

„Weshalb hätte Jochen anrufen sollen? Er hätte verschwinden können, nach Hause fahren und in aller Ruhe abwarten können, bis jemand die Tote entdeckt.“

„Da gebe ich dir recht.“

Stefan wandte sich ab und bewegte sich auf den Roadster zu. Sein Blick glitt durch den Innenraum und fiel auf den Funkschlüssel, der in der Konsole lag. Er setzte sich hinters Lenkrad und versuchte mehrmals, den Wagen zu starten. Erfolglos. Mit einem vielsagenden Blick stieg er aus und sah Mark an.

„Jetzt weißt du, wieso er nicht abgehauen ist.“

„Und vor Wut hat er sich die Reifen zerstochen und sich selbst eine Kopfwunde verpasst?“, kommentierte Mark die voreiligen Schlüsse seines Kollegen, wobei die Ironie, die in seinen Worten mitschwang, kaum zu überhören war.

Kapitel 55
Mittwoch, 12. Juli

Als sich Mark dem Einsatzfahrzeug näherte, saß Jochen Weidler bereits auf der Rückbank. Er war in eine Decke gehüllt und starrte vor sich hin.

„Jochen, wir müssen reden. Ich brauch dir nicht zu sagen, in welcher beschissenen Situation du dich befindest.“

Mit rotunterlaufenen Augen sah sein Chef ihn an.

„Ihr müsst mir glauben. Ich war das nicht.“

„Hast du dich schon mal angeschaut? Deine Klamotten sind voller Blut. Ich weiß jetzt schon, wie das Laborergebnis ausfallen wird.“

Marks Blick fiel auf Jochens Hände. Erst jetzt fiel ihm auf, dass sie kaum mit Blut getränkt waren. Im Gegensatz zu seinem T-Shirt. Wie war das möglich? Im Prinzip gab es nur zwei Möglichkeiten. Entweder er hatte sich die Hände irgendwo am Weiher gesäubert, oder aber sie waren von Anfang an nicht mit Blut verschmiert gewesen. Mark irritierte die Beobachtung. Mit einer Handbewegung gab er Jochen zu verstehen, dass er zur Seite rutschen sollte.

„Du erzählst mir jetzt haarklein, was passiert ist.“

Jochen vergrub das Gesicht in den Händen und schüttelte den Kopf.

„Ich weiß es nicht. Nicola und ich …“

„Stopp. Du kanntest sie?“

„Wir hatten eine Affäre. Schon länger“, ließ Jochen ihn wissen.

„Deshalb wart ihr hier? Um ein Schäferstündchen abzuhalten?“

Jochen holte tief Luft. Es dauerte einen Augenblick, bis er antwortete.

„Wir wollten in Ruhe reden."

„Worüber?"

Verzweifelt schüttelte Jochen den Kopf und blickte ihn mit Tränen in den Augen an.

„Können wir bitte aufs Revier fahren? Ich halte es hier keine Sekunde länger aus."

Mark dachte über die Bitte seines Vorgesetzten nach. Schlussendlich willigte er ein und gab einem Streifenpolizist den Auftrag, Jochen Weidler aufs Polizeipräsidium zu bringen. Mark wollte nachkommen, sobald er sich den Tatort genauer angeschaut hatte.

Kapitel 56
Mittwoch, 12. Juli

Die Morgendämmerung hatte längst eingesetzt, als Mark den Vernehmungsraum betrat, in dem Jochen Weidler seit über einer Stunde auf ihn wartete. Er war mit Handschellen gefesselt und trug mittlerweile frische Kleidung, nachdem die rechtsmedizinische Abteilung die mit Blut getränkten Anziehsachen zur Kriminaltechnischen Untersuchung weitergeleitet und Fotos von den Verletzungen angefertigt hatte.

Niemals zuvor hatte Mark seinen Vorgesetzten in solch einem desolaten Zustand gesehen. Seine Augen waren gerötet, seine Wangen wirkten eingefallen, die dunklen Augenringe waren unübersehbar. In seinem Gesichtsausdruck lag so viel Leid und Trauer.

Widerwillig sah sein Chef ihn an und verzog den Mund.

„Ich hätte nie gedacht, dass ich mal auf der anderen Seite sitze."

„Jochen, ich …"

„Du brauchst nichts zu sagen. Und komm bloß nicht auf die Idee, mich über meine Rechte aufzuklären."

„Gut, dann komm ich direkt zur Sache."

Jochen nickte und sah ihn erwartungsvoll an.

„Was willst du wissen?“

„Warst du es?“

„Nein, verdammt. Natürlich nicht. Da will mir jemand einen Mord anhängen.“

„Wer?“

„Woher soll ich das wissen?“

Mark kniff die Augen zusammen. Regungslos fixierte er seinen Chef, doch sein Gesicht blieb unergründlich.

„Erzähl mir von dir und Nicola Grewing. Wo habt ihr euch kennengelernt?“

„Auf einer Benefizveranstaltung, die zu Gunsten der Erdbebenopfer in der Türkei und Syrien veranstaltet wurde.“

„Deine Frau war an dem Abend nicht dabei?“

Jochen verzog den Mund zu einem sarkastischen Lächeln.

„Doch, allerdings ist sie, nachdem der offizielle Teil zu Ende war, nach Hause gefahren. Sie wollte die Kinder nicht so lange allein lassen.“

„Und kurz nachdem deine Frau die Veranstaltung verlassen hat, hast du Nicola Grewing kennengelernt.“

Jochen nickte gequält.

„Nicola saß allein an der Bar. Schon vor dem Konzert ist sie mir aufgefallen. Ich habe mich zu ihr gesetzt und wie das so ist, sind wir eben ins Gespräch gekommen.“

„Und seit wann lief das mit euch?“

„Seit ein paar Monaten.“

„Wusste deine Frau von euch?“

„Worauf willst du hinaus?“

„Jeder weiß, dass Frauen einen siebten Sinn haben. Die ahnen sofort, wenn ihr Mann abtrünnig ist.“

Jochen faltete die Hände und presste sie gegen den Mund.

„Nicola war schwanger.“

„Und das Kind war von dir?“

Seinem Chef war anzusehen, wie schwer es ihm fiel, über sein Seelenleben zu sprechen.

„Ja“, sagte er kurzangebunden.

„Wie hast du auf die Nachricht reagiert?“

„Wie soll ich reagiert haben? Sie hat mir keine Chance gelassen. Ihr Entschluss stand schon längst fest."

„Das heißt konkret was?"

„Ganz einfach: Nicola wollte kein Kind. Für sie kam nur eine Abtreibung infrage. Sie hatte alles fein säuberlich geplant."

Mark konnte kaum glauben, was er da hörte. In seinem Kopf jagte ein Gedanke den nächsten.

„War sie schon bei einer Beratungsstelle?"

Jochen nickte mitgenommen.

„Sie hatte sogar schon einen Termin für die Abtreibung ausgemacht."

Kapitel 57
Mittwoch, 12. Juli

Mark hatte genug gehört. Die Unterhaltung mit seinem Vorgesetzten hatte seine Denkblockade gelöst. Plötzlich sah er vollkommen klar. Mit einem Mal war alles so offensichtlich. Es ärgerte ihn, dass er nicht schon früher darauf gekommen war. Er vertagte die Vernehmung, forderte stattdessen eine Wachablösung an und ließ Jochen Weidler zurück in seine Zelle bringen. Danach rief er Stefan an und vereinbarte mit ihm, sich in spätestens zehn Minuten vor dem Polizeipräsidium zu treffen. Mit laufendem Motor stand Mark auf dem Parkplatz vor der Polizeiwache und konnte es kaum abwarten, als kurz darauf sein Kollege um die Ecke bog und auf dem Beifahrersitz Platz nahm.

Kaum dass Stefan saß, da legte Mark schon den Gang ein und rauschte vom Parkplatz. Zeitgleich funkte Mark die Zentrale an, doch die Verbindung schlug fehl. Er versuchte es erneut, und nutzte die Zeit, um seinen Kollegen auf den aktuellen Stand zu bringen.

„Ich weiß jetzt, was wir übersehen haben."

„Wovon redest du?"

„Jochen kannte das dritte Opfer. Sie war seine Affäre. Und dreimal darfst du raten, wer schwanger war."

„Etwa Nicola Grewing?"

Mark nickte.
„Ernsthaft?“
„Sie hatte sogar schon einen Termin für die Abtreibung vereinbart“, ergänzte Mark, während er erneut versuchte, eine Verbindung zur Zentrale herzustellen. Sekunden darauf stand die Leitung.
„Ich brauche dringend die Adresse von einer gewissen Mila Rikens.“
Verblüfft sah Stefan ihn an.
„In Ordnung. Ich warte.“
„Mila Rikens? Die Leiterin der Beratungsstelle?“
„Ja.“
„Du glaubst, dass sie es war?“
„Auf jeden Fall weiß sie mehr, als sie zugibt. Wenn sie nicht sogar gelogen hat.“
„Inwiefern?“
„Mal angenommen, Patrick Zippert hat die Wahrheit gesagt, und er kannte Carina Thurmann tatsächlich nicht. Dann ist entweder bei der Dokumentation der Beratungsgespräche ein Fehler unterlaufen, oder aber Mila Rikens hat uns bewusst in die Irre geführt.“
Stefan ließ Marks Worte sacken.
„Und aus welchem Grund sollte sie das getan haben?“
„Da kommen nur zwei Möglichkeiten in Betracht. Entweder sie will sich aus der Schusslinie nehmen, oder sie will von jemanden ablenken.“

*****

Gefühlt dauerte es eine Ewigkeit, bis sich die Kollegen von der Zentrale meldeten. Erfreulich war, dass sie fündig geworden waren. Mila Rikens wohnte in einem Mehrfamilienhaus am Rande der Stadt, doch obwohl es noch früh am Morgen war, trafen sie die Leiterin der Beratungsstelle nicht an. Jedenfalls machte niemand die Tür auf.

Mark warf einen Blick auf die Uhr. Mittlerweile war es kurz nach acht. Vermutlich war Mila Rikens längst auf dem Weg zur Arbeit. Sie kehrten zum Wagen zurück und stiegen ein.

Anstatt den Motor zu starten und loszufahren, wandte sich Mark mit einem fragenden Blick Stefan zu.

„Patrick Zippert hat für die ersten beiden Morde kein Alibi, richtig?"

„Exakt", bestätigte Stefan.

„Dafür hat er aber für den Mord an Nicola Grewing ein perfektes Alibi. Das Beste, das sich ein Verdächtiger wünschen kann. Nämlich uns."

„Du hast recht. Je nachdem welche Todeszeit Mallow festsetzt, kann Zippert es nicht gewesen sein. Vorausgesetzt, die Morde stehen überhaupt im Zusammenhang."

„Nicola Grewing ist geradezu abgeschlachtet worden. Das sah nicht nach einem durchdachten Mord aus, eher nach Rache und einer grausamen Beziehungstat. Falls wir bei ihr wieder eine beschissene Münze finden, passt dieser Mord aber definitiv nicht ins Raster", gab Mark zu bedenken.

„Vielleicht hat unser Mörder das Ritual geändert."

„Ein Ritual ändert man nicht einfach so. Da steckt mehr dahinter."

„Du glaubst, unser Mörder war emotional involviert", schlussfolgerte Stefan.

„Das würde die Messerstiche erklären. Er muss wie im Wahn auf sie eingestochen haben. Das würde wiederum …" Mark hielt mitten im Satz inne. Es dauerte einen Augenblick, bis er seine Gedanken aussprach. „… eindeutig dafür sprechen, dass Jochen der Mörder ist. Und vergiss nicht: Jochen hat ein Motiv. Wir dürfen nicht außer Acht lassen, dass er über Täterwissen verfügt. Vielleicht hat er sich das zunutze gemacht und versucht, den Mord dem Münzenmörder in die Schuhe zu schieben."

Mark startete den Wagen und fuhr los. Die Kriminalhauptkommissare spekulierten noch während der Fahrt über das mutmaßliche Motiv des Mörders und darüber, ob die Morde tatsächlich im Zusammenhang standen oder nicht. Noch immer waren viele Fragen ungeklärt, doch er hoffte, dass sich die Unklarheiten schon bald auflösen und der Vergangenheit angehören würden, als gegen Viertel vor neun sein Handy klingelte.

Mark war zu dem Zeitpunkt bereits mehr als vierundzwanzig Stunden auf den Beinen. Er konnte es selbst kaum glauben, dass ihm das erst jetzt auffiel, als er Majas Handynummer auf dem Display erkannte.

„Ich wollte mal hören, ob du noch lebst. Kann es sein, dass du gar nicht zu Hause warst?", vernahm er Majas Stimme am anderen Ende der Leitung.

„Weißt du es etwa noch nicht?"

„Was meinst du?"

„Wir haben eine weitere Tote. Eigentlich wollte dir Mallow Bescheid geben und dich fragen, wann du zur Obduktion kommst."

„Dann wird er sich bestimmt gleich melden. Wisst ihr denn schon, wer die Tote ist."

„Allerdings. Und halt dich fest. Wir haben sogar schon einen Verdächtigen."

„Wen?"

„Jochen!"

„Welcher Jochen?"

„Weidler, meinen Chef."

„Das ist doch ein Scherz."

„Leider nicht."

Mark erklärte Maja ausführlich, was sich in der vergangenen Nacht am Kalscheurer Weiher zugetragen hatte, und dass sie Jochen Weidler blutüberströmt am Tatort vorgefunden hatten. Allerdings fehlte immer noch die Tatwaffe. Kollegen von der Spurensicherung sowie eine Gruppe von Polizeitauchern suchten den Grund des Weihers sowie das weitläufige Gebiet um den Weiher ab. Verdächtige Spuren gab es dort zu genüge, insbesondere von Jochen. Solange nicht das Gegenteil bewiesen war, gingen die Ermittler davon aus, dass Jochen versucht hatte, Spuren zu beseitigen. Vermutlich hatte er sogar die Tatwaffe im Weiher entsorgt.

Maja hatte äußerst nachdenklich gewirkt und versprochen, sich zu melden, sobald sie die Obduktion hinter sich gebracht hatte. Danach wüssten sie mehr. Vor allem, ob die Morde von ein und derselben Person begangen worden waren. Wenige Minuten nachdem Mark das Telefonat mit Maja beendet hatte, erreichten sie die Sozialeinrichtung, in der sich Bürger sämtlicher Sozialschichten psychologische Unterstützung suchen und sich beraten lassen konnten.

Kapitel 58
Mittwoch, 12. Juli

„Frau Rikens ist heute leider nicht im Haus. Kann ich Ihnen vielleicht weiterhelfen?"

Die Mitarbeiterin der Beratungsstelle war zwar einige Jahre jünger als Mila Rikens, doch ebenso wie die Leiterin strahlte sie eine ordentliche Portion Professionalität aus. Sie rückte die Brille zurecht und lächelte die Ermittler an.

„Das dürfen Sie. Frau Rikens hat uns bei unserem letzten Besuch zugesichert, dass wir mit ihrer Unterstützung rechnen können", log Mark dreist und ohne dabei rot zu werden.

Die Frau nickte verständnisvoll.

„Am besten wir gehen ins Büro", sagte sie, um Diskretion bemüht, und führte die Polizeibeamten in einen Nebenraum, der sich unmittelbar hinter dem Empfangstresen befand. Es war nicht Mila Rikens Büro. So viel stand schon mal fest.

„Bitte, nehmen Sie doch Platz!"

„Wir ermitteln in Mordfällen an jungen Frauen. Wir wissen von Frau Rikens, dass eines der Opfer in Ihrer Beratungsstelle ein Gespräch hatte. Doch leider hatte Frau Rikens gestern einen dringenden Termin und meinte, wir sollten wiederkommen, wenn wir noch Fragen hätten", schwindelte Mark, ohne den Hauch eines schlechten Gewissens.

„Eigentlich darf ich solche Informationen nicht rausgeben", ließ die Angestellte sie wissen.

„Das ist alles geklärt und mit Frau Rikens besprochen. Per richterlichem Beschluss sind Sie ausdrücklich von der Schweigepflicht entbunden worden. Das Schreiben müsste bei Ihrer Chefin im Büro liegen."

Er lächelte, doch eine eindeutige Reaktion konnte er im Gesicht der Angestellten nicht erkennen. Gefühlt verstrich eine Ewigkeit, bis die Mitarbeiterin schließlich auf seine Zusicherung reagierte.

„Gut, dann glaube ich Ihnen mal. Um wen geht es denn?"

„Die Frauen hießen Jessica Haupt und Carina Thurmann. Eventuell gibt es noch eine dritte Person."

Die Augenbrauen der Frau schnellten in die Höhe.

„Drei Frauen sind ermordet worden?"

Mark nickte betroffen.

„Wir können uns doch auf Ihre Verschwiegenheit verlassen?"

Die Angestellte nickte hastig.

„Bei dem dritten Mordopfer handelt es sich um Nicola Grewing."

Die Finger der jungen Frau huschten in Rekordzeit über die Tastatur. Es verging keine Minute, bis ihr die erforderlichen Informationen vorlagen.

Sie wirkte gefasst, als sie von einem zum anderen sah.

„Keine der Frauen war bei uns."

Im ersten Augenblick glaubte Mark, sich verhört zu haben.

„Das kann nicht sein."

Er nannte ihr erneut die Namen, buchstabierte die jeweiligen Nachnamen, doch es blieb dabei. Die Angestellte konnte keinen Eintrag verzeichnen.

„Das ist unmöglich. Erst gestern hat uns Frau Rikens bestätigt, dass Carina Thurmann ein Beratungsgespräch hatte."

Die junge Frau tippte erneut etwas ein und runzelte die Stirn.

„Haben Sie jetzt etwas gefunden?"

Sie wandte den Blick vom Monitor ab und schaute die Ermittler irritiert an.

„Komisch. Hier steht, dass Frau Rikens mehrere Gespräche geführt hat. Aber die Namen fehlen."

„Die Namen fehlen?"

„Ja. Und noch was ist sonderbar."

„Was?"

„Frau Rikens führt schon seit Jahren keine Beratungsgespräche mehr."

Mark verschlug es die Sprache. Ein schneller Blick zu Stefan verriet ihm, dass er dasselbe dachte. In Windeseile trat Mark zum Computer.

„Darf ich mal sehen?"

Die Sozialarbeiterin fuhr mit dem Stuhl zur Seite und gewährte Mark einen Blick auf den Monitor.

„Kann man feststellen, wann die Eingaben gemacht wurden?"

„Keine Ahnung. Im Zweifelsfall führen wir aber Papierakten. Wir hinken mit der Digitalisierung stark hinterher."

„Haben Sie etwas dagegen, wenn wir einen Blick in die Akten werfen?"

Ihr Widerwille war kaum zu übersehen.

„Es ist wichtig", setzte Mark mit Nachdruck hinterher.

Noch während sie nachdachte, ließ sie den Blick durchs Büro schweifen und sah Mark durchdringend an.

„Ich habe Ihr Wort, oder? Das, was wir hier machen, ist alles rechtens, richtig?"

Mark nickte, wenn auch nicht gerade überzeugend.

Die Angestellte erhob sich vom Stuhl und trat zum Schrank. Schwungvoll öffnete sie die unterste Schublade und durchsuchte die Unterlagen, doch Carina Thurmanns Akte blieb unauffindbar.

„Merkwürdig," sagte sie mehr zu sich selbst, doch immerhin so laut, dass Mark es hören konnte.

„Vielleicht ist die Akte in Frau Rikens Büro", merkte Stefan an.

„Möglich. Ich schau mal nach und bin gleich wieder da." Die Sozialarbeiterin hatte bereits den Raum verlassen und die Tür hinter sich zugezogen.

Irritiert sah Stefan ihn an.

„Also, damit habe ich beim besten Willen nicht gerechnet."

„Frag mich mal."

„Mila Rikens eine Mörderin? Das kann ich nicht glauben."

„Um ehrlich zu sein, ich auch nicht. Warten wir mal ab. Vielleicht findet sie die Akte noch", erwiderte Mark.

„Und dann klärt sich alles in Wohlwollen auf? Überleg doch mal! Die Rikens hat Carina Thurmanns Akte unter Verschluss. Außerdem hat sie die Daten auf dem Rechner manipuliert."

Mark kratzte über seinen Dreitagebart und dachte über Stefans Worte nach.

„Trotzdem kann ich mir nicht vorstellen, dass die Rikens die Morde begangen hat. Zumindest nicht allein. Wenn, gab es einen Mittäter oder sie hat einen Auftragsmörder engagiert. So ein Vorgehen ist absolut untypisch für eine Frau, noch dazu verfügt Mila Rikens nicht über die nötige Kraft und Statur für derartige Gewaltverbrechen."

Auf dem Flur waren Schritte zu hören, die schnell näherkamen. Schon kurz darauf wurde die Tür geöffnet und die Angestellte erschien im Türrahmen.

„Ich habe keine Akte gefunden."

„Kann es sein, dass Frau Rikens sie mit nach Hause genommen hat?"

„Möglich. Das macht sie manchmal. Vor allem, wenn sie mit dem Papierkram hinterherhinkt."

„Ist Frau Rikens eigentlich verheiratet?"

Die Angestellte verneinte mit einer Kopfbewegung.

„Geschieden."

„Seit wann?"

„Schon länger. Seit einiger Zeit lebt sie wieder in einer Beziehung. Allerdings macht sie ein Geheimnis daraus. Zum Schutz ihres Partners."

„Also ein Promi", schlussfolgerte Mark müde lächelnd.

„Er nicht, aber seine Mutter."

Schlagartig erstarb das Lächeln auf Marks Gesicht, und eine schreckliche Vorahnung beschlich ihn.

„Den Namen von Frau Rikens Lebensgefährten wissen Sie nicht zufällig?"

Die Angestellte schüttelte den Kopf.

Mark hatte genug gehört. Unmissverständlich gab er Stefan zu verstehen, dass sie keine Zeit verlieren durften und sich schleunigst verabschieden sollten.

Mit schnellen Schritten verließen sie die Räumlichkeiten der Beratungsstelle und eilten zum Dienstwagen. Ursprünglich hatte Mark für elf Uhr eine Krisensitzung anberaumt, nachdem Jochen Weidler wegen des dringenden Mordverdachts festgenommen worden war. Doch die neusten Entwicklungen zwangen ihn dazu, das Meeting zu verschieben und stattdessen eine Großfahndung nach Mila Rikens rauszugeben. Mark war bewusst, dass er hoch pokerte. Falls er sich irrte und Mila Rikens unrecht tat, würde er für seinen Fehler geradestehen müssen. Doch wenn er richtig lag und sich nicht irrte, galt ab sofort die oberste Priorität, Menschenleben zu retten, doch vor allem einen weiteren Mord zu verhindern.

Kapitel 59
Mittwoch, 12. Juli

Mila Rikens beendete das Telefonat und war kaum in der Lage, einen klaren Gedanken zu fassen. Noch immer stand sie in dem privaten Arbeitszimmer und hielt krampfhaft das Handy in der Hand, wie ein Geländer, das sie vor dem sicheren Absturz bewahren sollte. Kurz zuvor hatte eine Mitarbeiterin angerufen und sie darüber informiert, dass zwei Polizeibeamte in der Beratungsstelle aufgetaucht waren. Mila Rikens war aus allen Wolken gefallen, nachdem sie erfahren hatte, welche Informationen die Kollegin an die Ermittler weitergegeben hatte. Das würde noch ein Nachspiel haben.

Beunruhigend war allerdings, dass eine Akte verschwunden war. Ausgerechnet die Akte des Mordopfers Carina Thurmann. Doch was ihr noch größere Sorgen bereitete, war, dass die Polizisten der Kollegin gegenüber von drei Mordopfern gesprochen hatten. Gestern war nur die Rede von zwei Frauen gewesen. Beide hatte Mila gekannt.

Ihr schwante Böses, als sie den Computer hochfuhr und sich hinsetzte. Mit zitternder Hand tippte sie in die Suchfunktion *Köln, Leiche* und das aktuelle Tagesdatum ein. Es dauerte nicht lange, bis sie fündig wurde und im Internet auf einen Artikel stieß, der ihre schlimmsten Befürchtungen wahr werden ließ. Entsetzt starrte sie auf die Überschrift. Sie war unübersehbar. In Großbuchstaben prangte sie auf der Internetseite. *Hat der Münzenmörder erneut zugeschlagen?*

Für einen Moment wurde ihr schwarz vor Augen. Sie vergrub das Gesicht in den Händen und bekam kaum Luft. Es dauerte ein paar Minuten, bis sie sich vom ersten Schock erholt hatte. In Windeseile riss sie die Schubladen auf, durchwühlte sie und blickte danach irritiert auf. Die Akte war unauffindbar. Erst vor Kurzem hatte Mila sie angelegt. Doch anstatt sie in den Räumen der Beratungsstelle zu deponieren, hatte sie sie mitgenommen und in Caspars Schreibtisch verstaut. Sie hatte Carina Thurmann einen Beratungsschein ausgestellt, obwohl nie ein Beratungsgespräch stattgefunden hatte. Schon vor Jahren hatte sich Mila geschworen, nie wieder eins zu führen. Das brachte sie nicht mehr übers Herz. Jahrelang hatten ihr Exmann und sie versucht, eigene Kinder zu bekommen. Anfangs hatte sie kaum gemerkt, wie kräftezehrend die Gespräche für sie waren. Dass sie der Grund für ihre innere Zerrissenheit waren. Auf der einen Seite die Frauen, die teilweise selbst noch Kinder waren. Und auf der anderen Seite ihr unerfüllter Kinderwunsch und der ihres damaligen Mannes. Zeit ihres Lebens hatte sie sich nichts mehr gewünscht als ein eigenes Kind.

Noch heute war sie davon überzeugt, dass es Schicksal gewesen war, als sie vor wenigen Monaten Rose Chevalier kennenlernte. Caspar und sie waren damals gerade einmal drei Monate ein Paar, als er sie zum Geburtstag seiner Mutter mitnahm. Zum ersten Mal in ihrem Leben hatte sie mit einem Weltstar feiern dürfen. Davor war sie Rose vielleicht drei- oder viermal begegnet. Meist nur für ein paar Minuten und eher im Vorbeigehen. Diese Aufeinandertreffen waren ihr nicht sonderlich positiv in Erinnerung geblieben. In erster Linie deshalb, weil sich Caspar und Rose jedes Mal gestritten hatten.

Trotzdem hatte sie vom ersten Augenblick an die Schauspielerin ins Herz geschlossen. So wie alle Gäste, die Rose zu ihrem Geburtstag eingeladen hatte. Insbesondere die sechs jungen Frauen. Seit frühester Kindheit waren sie befreundet und hatten schon als Kinder auf Rose Chevaliers ehemaligem Grundstück gespielt. Mila hatte sofort die besondere Verbindung zwischen Rose und den Frauen gespürt. Seelenverbindungen, die sie bei Caspar und seiner Mutter definitiv nicht wahrgenommen hatte.

Mila sah sich um und überlegte, wann sie die Akte zuletzt gesehen hatte. Nur wenige Tage vor ihrem Tod hatte Carina den Beratungsschein abgeholt.

Seit wenigen Minuten war es fast schon Gewissheit, dass Caspar mit den Morden etwas zu tun hatte. Doch wie sollte sie vorgehen? Ihr fehlten weiterhin Beweise. Ihr Blick wanderte zu der Münzsammlung, die Caspar in einer Vitrine aufbewahrte. Sie erhob sich vom Stuhl und näherte sich. Argwöhnisch betrachtete sie jede einzelne Münze, als sich plötzlich ihre Augen weiteten und sie entsetzt zurückwich. Bereits nach dem ersten Mord hatte sie vermutet, dass es sich bei der Münze, die die Polizei bei dem Opfer gefunden hatte, um eine Münze handeln könnte, wie Caspar sie besaß. Doch zu dem Zeitpunkt hatte sie noch gehofft, dass sie sich irrte. Nach dem zweiten Mord und dem gestrigen Besuch der Kriminalbeamten hatte sich ihr Verdacht erhärtet und sie bereits geahnt, dass Caspar in die Mordserie verstrickt sein könnte.

Vertieft in Gedanken bemerkte Mila nicht, dass Caspar in der Zwischenzeit das Arbeitszimmer betreten hatte.

„Morgen", brummte er schlecht gelaunt. In seiner Stimme schwang ein beunruhigender Unterton mit, doch sie konnte nicht zuordnen, ob es daran lag, dass er noch müde war, oder ob er nach ihrem Streit misstrauisch geworden war und bereits ahnte, dass sie ihn durchschaut hatte.

Mila Rikens überlegte, wie sie reagieren sollte. Wenn sie recht hatte, und Caspar tatsächlich ein Mörder war, würde er vor nichts zurückschrecken. Vermutlich auch nicht davor, sie umzubringen. Sie drehte sich um und rang sich ein Lächeln ab.

„Hast du gut geschlafen?", brachte sie mit belegter Stimme zustande.

„Geht so", antwortete er und trat zum Schreibtisch.

Mila sah, wie sein Blick zum Monitor wanderte. Sie konnte seinen Gesichtsausdruck nicht deuten. War es Neugierde, lediglich eine belanglose Geste oder doch Sensationslust? Tief empfundener Stolz auf seine verabscheuungswürdigen Taten?

Erst jetzt fiel ihr auf, dass sie ihn viel zu lange ansah. Sein Misstrauen war geweckt. Angriffslustig fixierte er sie mit seinen Blicken.

„Ist was?“

Eilig schüttelte sie den Kopf.

„Was soll sein?“

„Du verhältst dich so komisch.“

„Wieso? Ich bin nur müde“, erwiderte sie und gab sich Mühe, dabei so gleichgültig wie möglich zu klingen.

Er klickte die Internetseite weg und fragte eher beiläufig: „Wer war das eben am Telefon?“

„Nichts Wichtiges.“

„Das war nicht meine Frage.“

Sein Blick veränderte sich, und mit einem Mal lag etwas Bedrohliches in seinen Augen. In diesem Moment wusste Mila, dass er sie durchschaut hatte. Wie lange war er schon wach? Hatte er sie bereits dabei beobachtet, wie sie die Schubladen durchsucht hatte? Wie sie die Münzsammlung in Augenschein genommen hatte?

Noch während sie darüber nachdachte, was sie erwidern sollte, begriff sie, dass es egal war, was sie antworten würde. Caspar würde ihr eh nicht glauben. Mila hatte ihre Chance verspielt. Weil sie nicht schnell genug reagiert und zu lange überlegt hatte.

Kapitel 60
Mittwoch, 12. Juli

An diesem späten Vormittag plagten Rose Chevalier schwere Rückenschmerzen. Sie hatte kaum ein Auge zugemacht, noch dazu schmerzte ihre Hüfte so stark, dass sie kaum gehen, geschweige denn sitzen konnte. Die einstige Hollywood-Schauspielerin war gerade auf dem Weg in die Küche, als sie ein Geräusch hörte. Im ersten Augenblick glaubte sie an einen umgeworfenen Stuhl, doch als kurz darauf erneut ein Knall an ihr

Ohr drang, wusste sie, dass der Krach aus der Wohnung ihres Sohnes gekommen war. Vermutlich hängte Caspar wieder ein Bild auf, das er auf einer Auktion ersteigert hatte. Es zählte zu seinen Hobbys, Bilder von berühmten Malern zu ersteigern und anschließend teurer zu verkaufen. Caspar liebte alles, was mit Kunst, Literatur und Kultur zusammenhing. Hauptsache in irgendeiner Weise verewigt. Sei es auf Leinwänden, in weltberühmten Kompositionen oder in Form von Münzprägungen. In gewisser Weise teilte Rose die Leidenschaft ihres Sohnes, wenn auch längst nicht so exzessiv und kapitalistisch wie er.

Sie lehnte den Gehstock an den Schrank, schüttete sich Mineralwasser ins Glas und schluckte eine von den Tabletten, die ihr der Hausarzt erst letzte Woche verordnet hatte. Ihr Blick fiel auf das Päckchen, das der Paketdienst bei ihr abgegeben hatte. Merkwürdigerweise war es an Mila Rikens adressiert, obwohl als Absender ein bekannter Münzhändler aus Köln angegeben wurde. So gut kannte sie Caspars Lebensgefährtin zwar nicht, doch sie konnte sich nicht daran erinnern, dass Mila in ihrer Gegenwart eine Vorliebe für Münzen erwähnt hätte.

Schon mehrmals hatte Rose vorgehabt, Caspar das Paket hochzubringen, doch momentan verweigerten die Knochen ihren Dienst. Hinzu kam, dass Caspar sich nach einem Streit schon seit Tagen nicht mehr hatte blicken lassen. Rose überlegte, ob er immer noch sauer über die Vorwürfe war, die sie ihm an den Kopf geworfen hatte. An dem Tag waren die Nerven mit ihr durchgegangen. Sie hatte ihm Vorhaltungen gemacht, dass er sich zu wenig um seine Kinder kümmerte und alles auf Mila abwälzen würde. Außerdem war das Unkraut im Vorgarten schon seit Wochen nicht mehr entfernt worden. Es dümpelte vor sich hin und wucherte bereits über den Gehweg. Ebenso hätten die vertrockneten Blüten an den Rosensträuchern längst geschnitten werden müssen, doch es passierte nichts. Caspar ließ alles verkommen, obwohl er ihr damals, bevor sie hierhergezogen waren, felsenfest versprochen hatte, sich um das Haus und den Garten zu kümmern. Das war kurz nach der Scheidung von seiner Ex-Frau gewesen. Die Ehe zwischen den beiden war eine Katastrophe gewesen, so wie alle Beziehungen, die ihr Sohn bisher geführt hatte. Ihre ehemalige Schwiegertochter war in einer Nacht- und Nebelaktion geflüchtet und hatte sogar auf ihr Sorgerecht verzichtet. Nur um endlich Ruhe vor Caspar zu haben. Seitdem kümmerte sich Rose um ihre Enkelkinder, so gut sie konnte. Doch sie war eine alte Frau. Nur Gott wusste, wie lange sie das noch konnte. Mila war zur richtigen Zeit in Caspars Leben getreten. Sie half, wo sie konnte, doch Rose bezweifelte, dass Caspar ihre Gutmütigkeit zu schätzen wusste. All das hatte sie ihrem Sohn an diesem Tag an den Kopf geworfen und ihn regelrecht mit Vorwürfen bombardiert. An dem Tag hatte es sich richtig angefühlt, doch mittlerweile bereute Rose ihre Worte. Caspar war ein verwöhntes Einzelkind. Das ein oder andere hatte er in seinem Leben schon zustande gebracht. Er wusste haargenau, wie man zu Geld kam, wie man es vermehren und wie man es noch schneller wieder unter die Leute bringen konnte. Seine charmante Art hatte zeit seines Lebens noch jedes Hindernis beseitigt, das sich ihm in den Weg gestellt hatte. In Summe war Caspars Leben ein einziges Schlaraffenland. Ein Ort, bei dem vierundzwanzig Stunden am Tag Selbstbedienung herrschte. Und das vollkommen gratis.

Rose liebte ihren Sohn, doch manchmal bereute sie es, ihn in materieller Hinsicht so verwöhnt zu haben. Emotional hingegen hatte sie mit Abwesenheit geglänzt. Mit emotionaler Kälte, die ihr nun im Alter leidtat. Zu was für einem Menschen hätte Caspar sich wohl entwickelt, wenn er mehr Herzenswärme zu spüren bekommen hätte. Wäre er womöglich dann in der Lage gewesen, Liebe zu geben?

Rose nahm den Stock wieder an sich und klemmte sich das Paket unter ihren Arm. Gerade in dem Augenblick, als sie das Treppenhaus betreten und hinauf in Caspars Wohnung gehen wollte, hörte sie erneut einen Knall. Auch meinte sie, jemanden um Hilfe schreien zu hören.

Kapitel 61
Mittwoch, 12. Juli

Mila Rikens starrte auf den Schlagstock, den Caspar in Windeseile aus der Ecke geholt hatte. In seinen Augen loderte pure Mordlust. Schritt für Schritt bewegte sich Mila auf den Schreibtisch zu, ohne nur eine Sekunde den Blick von Caspar abzuwenden. Jeden Moment könnte er zuschlagen. Er fixierte sie, doch anstatt etwas zu sagen, durchbohrte er sie mit seinen Blicken. Unentwegt ließ er den Schlagstock in seine Hand niederfahren. Die Schläge zerrissen ihre Nerven. Sie befürchtete, jeden Augenblick ohnmächtig zu werden. Wie gelähmt verharrte sie vor dem Schreibtisch und konnte nicht mehr klar denken. Schon längst hatte sie in den Überlebensmodus geschaltet. Jede noch so kleine unüberlegte Handlung würde ihren sicheren Tod bedeuten.

„Was hast du vor?“, brachte sie stammelnd hervor.

„Das hängt einzig und allein von dir ab, Mila.“

„Wie meinst du das?“

Er lachte. Es war ein sarkastisches Lachen. Boshaftigkeit und Niedertracht waren kaum zu überhören.

„Wie kann ich das wohl meinen?“

Sie antwortete nicht, wollte sich auf keinen Fall auf sein Psychospiel einlassen. Damit würde sie nur den Kürzeren ziehen.

„Hast du etwas mit den Morden zu tun?“

„Mit welchen Morden?“

„Du weißt genau, welche ich meine.“

Mit einem Mal verharrte Caspar regungslos.

„Wieso fragst du das?“

„Gib dir keine Mühe! Ich weiß, dass du es warst. Du hast sie gehasst. Sie waren dir schon lange ein Dorn im Auge.“

Er lachte erneut, doch dieses Mal schwang Bitterkeit mit.

„Was weißt du schon!“

„Mehr als dir lieb ist. Jeder, der nur ansatzweise einen klaren Verstand besitzt, merkt, was mit dir los ist.“

Caspars Augenbrauen schnellten in die Höhe.

„Interessant. Und wie lautet dein Urteil?“

„Dass du wahnsinnig bist. Wahnsinnig und getrieben von Hass, weil du von deiner Mutter nie die Liebe bekommen hast, die du dir gewünscht hast."

„Mila, bitte! Die Leier von mangelnder Mutterliebe ist fast so ein alter Hut wie die Existenz der Menschheit. Nicht alles kann auf mangelnde Liebe zurückgeführt werden."

„Du gibst also zu, dass du es warst."

Er schwieg und machte einen weiteren Schritt auf sie zu.

„Langsam gehst du mir auf die Nerven. Wird Zeit, dass ich dich endlich zum Schweigen bringe."

Mila hatte mittlerweile den Schreibtisch erreicht und verschanzte sich hinter der Arbeitsfläche. Der letzte Funken Hoffnung starb, als sie sah, wie Caspar zur Tür trat und von innen abschloss.

Kapitel 62
Mittwoch, 12. Juli

Schwerfällig kämpfte sich Rose Chevalier die Treppenstufen hinauf. Sie war fast oben angelangt, als sie eine Frauenstimme schreien hörte. Jetzt war sie sich sicher. Es war Mila, die um Hilfe rief.

Rose ließ die letzten Stufen hinter sich und trat zur Tür. Der Schlüssel steckte von außen. Eilig betrat sie die Wohnung und sah sich um.

„Hallo?", fragte sie verdutzt in die Stille, als niemand antwortete. „Caspar? Bist du da?"

„Rose! Um Himmels willen! Ruf schnell die Polizei! Dein Sohn ist vollkommen übergeschnappt. Er will mich umbringen!"

Für einen Moment glaubte sie, sich alles eingebildet zu haben, doch als sie Milas Stimme vernahm, stockte ihr der Atem. Sie hörte die Schreie aus dem Arbeitszimmer klar und deutlich. Entsetzliche Schreie, die sie bis zu ihrem Tod niemals mehr vergessen würde.

Vor Schreck fiel ihr das Päckchen aus der Hand und fiel zu Boden. Das Schließgeräusch eines Schlüssels drang an ihr Ohr.

Augenblicklich war sie wieder Herr ihrer Sinne. Ohne zu überlegen, eilte sie ins Treppenhaus, schlug die Tür hinter sich zu und schloss geistesgegenwärtig ab. Die Schmerzen in ihrer Hüfte waren unerträglich. Sie bekam kaum einen Fuß vor den nächsten. Schritte waren zu hören. Die Klinke wurde mehrmals hinuntergedrückt. Und dann folgten Schläge gegen die Tür.

„Mutter! Verdammt! Mach sofort die Tür auf!“

Ihr Herzschlag setzte fast aus. Mit schmerzverzerrtem Gesicht trat sie zum Geländer und kämpfte sich die Stufen hinunter.

Hinter ihr hämmerte Caspar wie ein Wahnsinniger gegen die Tür. Seine Stimme, die Art und Weise, was er sagte, versetzte sie nur noch mehr in Panik. Hatte er den Verstand verloren oder was war mit ihm los?

Mit all ihrer Energie bewältigte sie eine Stufe nach der anderen. Fast die halbe Treppe lag noch vor ihr. Wie sollte sie das schaffen?

Mittlerweile trat Caspar wie von Sinnen gegen die Tür. Er schrie, war außer sich vor Wut und schon längst nicht mehr klar im Kopf.

Rose warf einen verängstigten Blick über die Schulter und sah, dass sich mittlerweile ein tiefer Riss durch das Holz grub. Wie lang würde die Tür noch standhalten? Panisch drehte sie sich um und ließ eine weitere Stufe hinter sich. Den Griff ihres Stocks hielt sie fest umklammert.

Aus der oberen Etage drangen Caspars Schreie an ihr Ohr. Was zum Teufel war mit Mila? War sie tot? Hatte Caspar sie etwa umgebracht?

In ihrem Kopf herrschte ein einziges Gedankenchaos. Sie musste unbedingt lebend hier rauskommen. Doch was würde dann aus ihrem Sohn werden? Wenn er Mila tatsächlich umgebracht hatte, würde er unter Garantie wegen Mordes angeklagt werden und für viele Jahre ins Gefängnis wandern.

Nur noch zwei Stufen musste sie überwinden. Dann hatte sie es geschafft. Von dort aus war es nicht mehr weit bis zur Haustür und zur rettenden Freiheit. Sie spürte, wie sich ihr Kampfgeist aufrichtete. Sie wollte nicht sterben. Nicht heute. Und vor allem wollte sie nicht von dem Menschen umgebracht werden, dem sie einst das Leben geschenkt hatte. Bilder aus der Vergangenheit tauchten vor ihrem geistigen Auge auf. Sie waren einst so glücklich gewesen. Robert, Caspar und sie. Eine Familie, die die ersten Jahre, nachdem sie Weltruhm erlangt hatte, mit Bravour gemeistert hatte. Was war damals geschehen? Was hatte dazu geführt, dass ihr Glück nur so kurz gewährt hatte? War sie etwa schuld gewesen? Hatte sie dazu beigetragen, dass sich das Schicksal so gegen sie gewendet hatte?

Noch während sie über die zurückliegenden Jahre nachdachte, vernahm sie plötzlich das Zersplittern von Glas.

Entsetzt drehte sie sich um und sah, wie der Schlagstock weitere Teile der Türscheibe zertrümmerte.

Rose ließ die letzte Stufe hinter sich und erreichte die Haustür. Unmittelbar danach stellte sie fest, dass sie noch abgeschlossen war.

Irgendwo am Schlüsselbrett hing der Haustürschlüssel, doch dafür reichte die Zeit nicht. Bis sie ihn besorgt hätte, wäre Caspar längst unten. Sie blickte die Treppe hinauf und erkannte Caspars Hand, mit der er durch die zerbrochene Scheibe langte. Nur zwei Anläufe brauchte er, bis er den Schlüssel aus dem Schloss gezogen hatte und in Windeseile von innen aufsperrte. Ohne zu überlegen, eilte Rose in ihre Wohnung und versteckte sich.

Kapitel 63
Mittwoch, 12. Juli

Caspar Chevalier sah rot. Er war außer sich vor Zorn, als er die demolierte Wohnungstür aufschloss und die Stufen hinunterstürzte. Schon längst war er nicht mehr Herr seiner Sinne. Mila hatte ihn mit ihrer Fragerei in Rage gebracht. Schon als er sie beobachtet hatte, wie sie die Schubladen durchsucht hatte, war ihm klar gewesen, dass sie ihn enttarnt hatte. Dabei hatte er alles nur für sie getan. Er hatte ihr Leid stillen wollen. Ihre Trauer darüber, dass ihr nie eigene Kinder geschenkt worden waren. Die ganze Zeit über war er davon überzeugt gewesen, dass sie seinen Rachefeldzug befürwortete. Im tiefsten Inneren sogar feierte. Und dann das!

Wie sie ihn angeschaut hatte. Vorwurfsvoll, missbilligend und mit einer Arroganz, die ihn rasend vor Wut gemacht hatte. Niemals zuvor hatte es eine Frau gewagt, ihn so anzusehen. Sogar seine Mutter nicht. Allein bei dem Gedanken an sie kam ihm die Galle hoch. Seine Mutter. Der gefeierte Weltstar. Allseits herzensgut und liebevoll. Seit er denken konnte hatte sie sich der Öffentlichkeit so präsentiert. Einen Scheißdreck hat sie sich um ihn geschert. Jahrelang hatte sie nur ihre Karriere im Sinn. Die ihr entgegengebrachte Aufmerksamkeit und Anerkennung hielten sie aufrecht und waren die Quelle ihrer Existenz. Lebenslang waren ihr alle anderen Menschen wichtiger gewesen, um die Familie hatte sie sich einen feuchten Dreck gekümmert. Vermutlich hatte sie sich insgeheim eine Tochter gewünscht. Aber dieser Wunsch war ihr verwehrt geblieben. Stattdessen hatte sie einen Sohn bekommen. In ihren Augen vermutlich einen Taugenichts, der seit Jahren nur in den Tag lebte und ihr ständig auf der Tasche lag.

Sein Blick wanderte zum Türgriff. Ein boshaftes Lächeln glitt über sein Gesicht, als er den Schlüssel entdeckte, der nach wie vor im Schloss steckte.

Er riss die Tür auf und betrat die Wohnung seiner Mutter.

Kapitel 64
Mittwoch, 12. Juli

Mark wischte sich den Schweiß von der Stirn. Das Navigationsgerät zeigte an, dass es nur noch wenige Kilometer bis zum Anwesen der Schauspielerin waren. Vor wenigen Minuten hatte ein Einsatzfahrzeug Mila Rikens Fahrzeug in unmittelbarer Nähe der Chevalier Villa ausfindig gemacht, nachdem die Leiterin der Beratungsstelle nicht in ihrer Wohnung anzutreffen war.

Damit bestätigte sich seine Vermutung, dass Mila Rikens Lebensgefährte niemand Geringeres als Caspar Chevalier war. Ihm schwante nichts Gutes, als er die dreispurige Autoschlange vor der Kreuzung erblickte. Fluchend schlug er aufs Lenkrad und schaute Stefan an. Sein Kollege telefonierte gerade und wirkte mindestens genauso angespannt wie er. Seitdem sie herausgefunden hatten, dass Mila Rikens und höchstwahrscheinlich auch ihr Lebensgefährte Caspar Chevalier in die Mordserie verstrickt waren, zählte jede Sekunde. Was sie allerdings noch nicht wussten, war, wie genau die beiden involviert waren. Hatte Mila Rikens die Frauen tatsächlich ermordet? Oder war es ein Komplize oder sogar ein Auftragsmörder? Vielleicht sogar Caspar Chevalier? Die Auswertung der DNA würde Klarheit bringen, doch bis sämtliche Ergebnisse vorlagen und Mila Rikens DNA mit den Spuren verglichen worden waren, die sie an den Tatorten und bei den Opfern sichergestellt hatten, würde zu viel Zeit vergehen. Kostbare Zeit, die im schlimmsten Fall einem weiteren Menschen das Leben kosten könnte.

Mark drückte auf die Hupe. Seine Anspannung und das ausgeschüttete Adrenalin, das seinen Körper überflutete, waren mittlerweile kaum auszuhalten. Die Fahrzeuge bewegten sich weder vor noch zurück. Obwohl sie mit Blaulicht und Martinshorn unterwegs waren, dauerte es unzumutbar lange, bis sich endlich eine Rettungsgasse gebildet hatte. Doch die reichte noch nicht mal bis zur Kreuzung. Schon kurz darauf tat sich neben ihnen eine Lücke auf. Marks Blick wanderte zum dahinterliegenden Fußgängerweg. Stefan ahnte sofort, was er vorhatte, und bedachte ihn mit einem drohenden Blick.

„Einen Moment", sagte er, während er das Handy vom Ohr nahm und sich Mark zuwandte.

„Du hast doch nicht vor …? Das ist …"

Zu mehr kam Stefan nicht. In diesem Augenblick schlug Mark bereits das Lenkrad ein, lenkte den Wagen durch die freigewordene Lücke und steuerte geradewegs auf den Spazierweg zu.

„Bist du von allen guten Geistern verlassen?", schrie Stefan.

„Das passt schon!"

Konzentriert fuhr Mark über den Rasenstreifen und bog auf den Radweg. Ein Fahrradfahrer kam ihnen entgegen und wich augenblicklich aus. Mark warf einen Blick in den Rückspiegel und vergewisserte sich, dass der Mann unverletzt geblieben war.

Passanten sprangen zur Seite und zeigten ihre Empörung mit eindeutigen Gesten.

Sie ließen die wartenden Autos hinter sich, passierten die Ampel und gelangten wieder auf die Hauptstraße. Augenblicklich trat Mark das Gaspedal durch und raste mit Vollgas davon.

„Ich weiß gar nicht, was du hast. Ist doch gut gegangen", sagte er grinsend, während sich Stefan in den Beifahrersitz drückte und nur den Kopf schüttelte.

Kapitel 65
Mittwoch, 12. Juli

Caspar Chevalier verharrte im Flur und lauschte. Stille schlug ihm entgegen. Damit hatte er nicht gerechnet.

„Mutter!"

In seiner Stimme lag der ganze Wahnsinn, der sich in den zurückliegenden Wochen in ihm ausgebreitet hatte.

„Muttilein! Wo steckst du?"

Weiterhin hielt er den Schlagstock in der Hand und ließ ihn über eine Kommode wandern. Bilderrahmen flogen auf den Boden. Eine Vase zerschellte auf den Fliesen, Glasscherben flogen umher.

Mitten im Wohnzimmer blieb er stehen und drehte sich um. Wo zum Teufel hatte sich die Alte versteckt? Er schaute hinter der Couch nach, doch da war niemand.

„Muttilein, mach mal Piep!"

Unmittelbar danach glaubte er, ein Geräusch vernommen zu haben. Ruckartig schnellte er herum und eilte in den Flur.

„Du sollst Piep machen, hab ich gesagt!", schrie er nun wutentbrannt. Er war so voller Hass, dass er noch nicht mal mehr die Hitze spürte, die ihm ins Gesicht schoss. Schweiß rann ihm den Nacken herunter und für einen Augenblick verlor er die Orientierung. Sein Atem ging schwer, sein Herz klopfte ihm bis zum Hals. Viele Möglichkeiten, sich zu verstecken, hatte seine Mutter nicht mehr. Blieben eigentlich nur noch das Badezimmer, die Küche und das Schlafzimmer. Und die Abstellkammer, die sich unmittelbar vor ihm befand. Mit einem Schwung riss er die Tür auf. Vorratskonserven, Getränkekästen und zahlreiche Töpfe befanden sich in dem Raum, ansonsten nur belangloses Zeug, das sich über die Jahre angesammelt hatte. Wütend schlug er die Tür hinter sich zu und eilte in die Küche.

Zuerst stach ihm die Wanduhr ins Auge. Ihr Ticken nagte an seinen Nerven. Es war wie das unaufhörliche Kreischen einer Säge. Mit voller Wucht schlug er die Uhr von der Wand. Sie prallte gegen ein Holzregal und krachte zu Boden. Zahlreiche Risse durchfurchten das Gehäuse. Wo steckte sie nur?

Er schaute unterm Tisch nach, aber auch dort war sie nicht. Mit schnellen Schritten verließ er die Küche und stürzte ins Schlafzimmer. In Windeseile zog er die Schiebetüren auf und vergewisserte sich, dass seine Mutter sich nicht im Schrank versteckt hatte. Danach schaute er unterm Bett nach. Er fluchte. Wie war das möglich? Sie war doch zu kaum noch etwas in der Lage. Sein nächster Gang führte ihn geradewegs ins Badezimmer. Rasend vor Zorn riss er den Duschvorhang zur Seite. Doch auch dort war niemand. Ungläubig ließ er den Vorhang zurückgleiten und ging in den Flur.

Er überlegte, wo seine Mutter noch sein konnte. Irgendwas hatte er nicht bedacht, das unter normalen Umständen offensichtlich gewesen wäre. Nachdenklich betrat er das Wohnzimmer und schaute sich um. Sein Blick wanderte zur Terrassentür und blieb am Türgriff hängen. Er stand quer. Das Gefühl von tiefempfundener Mordlust durchströmte ihn, als er aus dem Haus stürzte und auf die Terrasse trat. Am Ende des Grundstücks stand ein alter Schuppen. Seit Jahren bewahrten sie dort unter anderem Gartengeräte auf. Augenblicklich eilte er los und steuerte geradewegs auf die Hütte zu. Seine Mutter war so gut wie tot.

Kapitel 66
Mittwoch, 12. Juli

Das Anwesen der Schauspielerin war umsäumt von meterhohen Tannen. Ein Durchkommen war kaum möglich. Für Kinder vielleicht, doch für betuchte Herrschaften wie Rose Chevalier, war es schier unmöglich, sich durch das Geäst zu kämpfen. Ganz zu schweigen von dem Zaun, den Rose, unmittelbar nachdem sie mit ihrem Sohn in die Villa eingezogen war, montieren hatte lassen. Rose war außer sich vor Angst und war felsenfest davon überzeugt, in jedem Moment einem Infarkt zu erliegen, so stark schlug ihr Herz gegen das Brustbein.

Sie stand im Schuppen, neben einem dreckigen Fenster und beobachtete, wie Caspar auf die Hütte zusteuerte. In seiner Hand hielt er einen Schlagstock. Rose wusste sofort, was er vorhatte. Aber er war ihr Sohn. Ihr einziges Kind. Sein eigen Fleisch und Blut brachte doch nicht so ohne Weiteres seine Mutter um.

Tränen der Verzweiflung stiegen in ihr auf. Was war nur in den zurückliegenden Jahren mit ihnen geschehen? Aus welchem Grund hatte sich Caspar so von ihr abgewandt?

Schon von frühester Kindheit an war ihr Sohn schwierig gewesen. Impulsiv und aggressiv, doch meist hatte er gespurt, wenn sie Strafen angedroht hatte. Die ersten Jahre, die Robert noch lebte, hatten sie eine glückliche Zeit verbracht. Alles hatte mit Roberts tragischem Unfall begonnen. Ob sein Tod die Ursache für Caspars gestörte Persönlichkeit war? Sie wusste es nicht und hatte in all den Jahren die Gedanken daran verdrängt. Jetzt wurde ihr diese Ignoranz zum Verhängnis.

Rose drängte sich in die Ecke. Zu mehr war sie nicht imstande. Sie wusste, dass ihr nicht mehr viel Zeit blieb, bis Caspar sie finden würde.

Die Tür wurde aufgerissen, und ihr Sohn tauchte im Türrahmen auf. Doch der Mann, der dort stand, war nicht mehr ihr Sohn, wie sie ihn kannte und geliebt hatte. Vor ihr stand eine Bestie. Seine Augen funkelten, das T-Shirt und die Hose waren mit Blutspritzern übersät. Seine Haare standen in sämtliche

Himmelsrichtungen, als habe er einen Stromschlag abbekommen.

„Da bist du ja, Muttilein!", säuselte er, während er sich langsam auf sie zubewegte.

Ängstlich verkroch sie sich noch weiter in die Ecke, obwohl sie wusste, was Caspar vorhatte. Es gab kein Entkommen. Sie saß in der Falle.

Kapitel 67
Mittwoch, 12. Juli

Caspar kam immer näher und ließ dabei den Schlagknüppel unentwegt in seine Handfläche klatschen.

„Was hast du getan?", stammelte Rose. Mittlerweile zitterte sie am ganzen Körper, sie war kaum noch in der Lage klar zu denken.

„Frag lieber, was ich gleich mit dir machen werde, Mutter."

„Um Himmels willen, sei doch vernünftig. Was ist denn nur in dich gefahren?"

„Das fragst du mich? Du bist doch an allem schuld. Wenn du nicht so vernarrt in die Mädchen gewesen wärst …"

Entgeistert starrte sie ihren Sohn an und konnte kaum glauben, was sie gehört hatte.

„Meinst du etwa Jessica und …"

„Ja, genau die. Jessica, Carina und wie sie alle heißen. Diese verdammten Weiber."

„Aber …"

„Was aber? Jetzt sag nicht, du hättest nicht geahnt, wie sehr du mich damit verletzt."

„Aber ich wusste nicht …"

„Halt deinen Mund. Ich glaub dir kein Wort. Du wusstest das haargenau. Für sie warst du da, hast ihnen Kakao gemacht und Kekse gebacken. Und um mich hast du dich einen Dreck geschert."

„Ich hatte keine Ahnung. Du warst immer so unterkühlt, als wenn dir alles egal wäre …"

Rose betrachtete ihren Sohn angstvoll. Sie wagte kaum den Gedanken auszusprechen, zu groß war die Angst vor seiner Reaktion. Trotzdem konnte sie nicht anders. Sie musste unbedingt wissen, ob er die Frauen umgebracht hatte.

„Hast du es getan?"

„Was?"

„Hast du Jessica und Carina umgebracht?"

Er grinste hämisch.

„Du hast eine vergessen. Wie hieß sie noch gleich? Ach ja, Nicola."

Vor Entsetzen riss Rose die Hand vor den Mund. Erneut stiegen Tränen in ihr hoch.

„Du Monster", brachte sie nur hervor.

Hasserfüllt sah er sie an.

„Du erlaubst dir das Recht, mir zu sagen, ich wäre ein Monster. Was war Carina denn?"

„Wie meinst du das?"

„Nicht ich bin das Monster, sondern sie. Sie hat ein unschuldiges Kind auf dem Gewissen. Hat ihm die Chance auf ein Leben genommen. Hat ihr Baby wegmachen lassen, als wäre es eine bösartige Geschwulst. Und du sagst mir, ich wäre ein Monster."

Rose fehlten die Worte. Sie wusste nicht, was sie darauf erwidern sollte. Schon längst hatte sie ihrem Sohn nichts mehr entgegenzusetzen. Wie auch? Von Carina wusste sie, dass sie ihr ungeborenes Kind abgetrieben hatte. Besonders schlimm war, dass sie Carina geholfen hatte. Rose hatte heimlich mit Mila gesprochen, und sie darum gebeten, Carina zu helfen, da sie die zulässige Höchstdauer, in der eine legale Abtreibung durchgeführt werden durfte, längst überschritten hatte. Ihr fielen die Münzen ein, die den Opfern in den Schlund gesteckt worden waren.

„Das waren deine Münzen, richtig?", fragte sie mit tränenerstickter Stimme.

Er nickte stolz.

„Du hast es erfasst, Muttilein. Die waren von mir."

„Aber wieso?"

„Damit diese karrieregeilen Weiber ihre gerechte Strafe bekommen. Sie sind ihrer von Gott zugedachten Aufgabe nicht nachgekommen. Es ist ihre Pflicht, Kinder zu gebären und nicht Männern den Rang abzulaufen. Schon längst ist es an der Zeit, dass wir Männer die Macht zurückerlangen."

„Was redest du da?"

„Schon längst war es an der Zeit, dass die Macht des Genius die weibliche Energie in die Schranken weist und sie vernichtet."

„Mein Gott, Caspar! Du bist krank. Du brauchst dringend Hilfe."

„Ich wusste, dass du mich nie verstehen würdest. Dabei ist alles so einfach."

Caspars Hand glitt in die Hosentasche. Eine Münze kam zum Vorschein. Zwar konnte Rose die Münzprägung nicht erkennen, doch das musste sie auch nicht. Auch so wusste sie, um welche Münze es sich handelte.

Caspar bewegte sich auf sie zu. Nur noch wenige Meter war er von ihr entfernt. Hektisch ließ sie den Blick durch den Schuppen schweifen. In unmittelbarer Nähe erkannte sie eine Heckenschere. Schaufel, Rechen und Fugenkratzer hingen daneben. Was hatte sie nur geritten, dass sie sich als Versteck ausgerechnet diese Ecke ausgesucht hatte?

Sie war viel zu weit weg von den Werkzeugen. Außerdem war sie viel zu schwach, um das Eichenfass auch nur einen Zentimeter zur Seite zu schieben.

Sie überlegte, was sich in dem Fass wohl befand, doch sie wusste es nicht, zumal ein Holzdeckel die Sicht versperrte. Ebenfalls konnte sie sich nicht daran erinnern, das Fass hierhergestellt zu haben. Vermutlich hatte es Caspar schon vor Jahren hier deponiert.

Rose hielt ihren Krückstock festumklammert. Die einzige Waffe weit und breit. Jämmerlich im Vergleich zu Caspars Schlagstock. Die einzige Möglichkeit, um aus dem Schuppen lebend rauszukommen, war, schneller zu sein als ihr Sohn. Sie musste ihn zuerst angreifen. In einem Moment, in dem er nicht damit rechnete. Nur so hatte sie eine reelle Chance zu überleben. Aber er war ihr Sohn. Sie konnte doch nicht ihr eigen

Fleisch und Blut umbringen. Und wenn er gar nicht vorhatte, sie umzubringen? Sie dachte an die Worte, die er zu ihr gesagt hatte. Hatte er tatsächlich vor, sie zu ermorden? Vielleicht wollte er ihr nur Angst machen, sie einschüchtern, um sie so zum Schweigen zu bringen. Doch dafür wusste sie mittlerweile zu viel. Außerdem hatte er zugegeben, drei von ihren Mädchen getötet zu haben. Kaltblütig ermordet. Warum um alles in der Welt hatte sie nie gemerkt, wie sehr Caspar die Mädchen gehasst hatte?

Die Erkenntnis traf sie mit voller Wucht. Weil sie es nicht interessiert hatte. Weil Caspar sie nie interessiert hatte.

Tränen standen ihr in den Augen, als sie aufblickte und ihren Sohn ansah.

„Es tut mir leid", stammelte sie.

Irritation legte sich über seine Gesichtszüge.

„Was?"

„Es tut mir leid, dass ich mich nicht um dich gekümmert habe. Dass alles andere immer wichtiger war."

Er schluckte. Es war zu sehen, wie sehr ihn ihre Worte berührten, doch sie konnte nicht einschätzen, ob sie ihn beschwichtigten oder ob sie ihn nur noch mehr in Rage brachten. Regungslos starrte er sie an. Irgendwie sah er plötzlich anders aus. Es dauerte einen Augenblick, bis sie begriff, woran es lag. Sein Blick hatte sich verändert. Abgrundtiefer Hass und unkontrollierbare Wut loderten nach wie vor in seinem Inneren und standen kurz vor der Detonation. Doch jetzt hatte sich noch pure Mordlust dazugesellt. Wenn sie weiterhin leben wollte, musste sie handeln. Und zwar sofort.

Kapitel 68
Mittwoch, 12. Juli

Im letzten Moment sah Rose noch, wie Caspar den Arm hob und ausholte. Sie zögerte keine Sekunde, reagierte sofort und wich aus. Angsterfüllt schrie sie auf, setzte zum Gegenschlag an, und bohrte die Spitze ihres Gehstocks in sein Auge. Die Laute, die ihr Sohn von sich gab, glichen einem Jaulen. Reflexartig ließ

Rose den Stock zurückschnellen und kämpfte sich an ihm vorbei. Schreiend riss ihr Sohn die Hand vors Gesicht und versuchte, sie mit der anderen zu packen. Er verfehlte sie um Haaresbreite.

„Ich bring dich um, du verdammte Schabracke!"

Rose stürzte zur Tür, bekam sie aber in der Hektik nicht so schnell auf. Sie hörte Caspar fluchen, während sie versuchte, aus dem Schuppen zu entkommen. Fast hätte sie es geschafft, als sie plötzlich spürte, wie sich Caspars Hand um ihren Hals legte. Er riss ihren Kopf in den Nacken und zerrte sie zu der Stelle, an der sie sich kurz zuvor noch versteckt hatte. Sie wagte kaum, ihn anzusehen, doch sie konnte nicht anders. Es war wie ein innerer Zwang. Sie schaute in sein Gesicht. Ihr Sohn sah entsetzlich aus. Sein Auge war angeschwollen. Der Glaskörper wirkte getrübt, auch lief eine geleeartige Flüssigkeit heraus. Noch dazu war Caspars T-Shirt blutüberströmt. Sie hatte keine Ahnung, ob sie ihm das Auge ausgestochen oder ihn lediglich verletzt hatte.

Rose wehrte sich aus Leibeskräften. Sie ächzte, hielt vehement den Stock in der Hand und versuchte, Caspar kampfunfähig zu machen. Doch sie hatte keine Chance. Ihr Sohn war zu stark. Selbst mit einer Hand war er ihr maßlos überlegen.

Er riss den Deckel vom Fass und drückte sie an den Rand. Ein ekelerregender Gestank schlug ihr entgegen. Was um Himmels willen hatte Caspar in dem Holzfass gelagert? Ihr war klar, was Caspar vorhatte. Mit all ihrer Kraft stützte sie sich gegen das Fass und sträubte sich dagegen, dass er ihren Kopf in die Flüssigkeit tunkte.

Sie merkte, wie ihr der Stock aus der Hand entglitt. Alles fühlte sich glitschig an. Caspar zerrte sie noch näher zum Fass, stieß sie gegen das Holz und drückte gegen ihren Hinterkopf. Rose kämpfte wie eine Löwin, leistete starken Widerstand, doch am Ende verlor sie den Kampf.

Mit einem Lächeln auf den Lippen tauchte Caspar den Kopf seiner Mutter ins Wasser ein. Ein paar Sekunden konnte sie noch die Luft anhalten, während sie mit weit aufgerissenen Augen auf den verschwommenen Fassboden starrte. Sie versuchte, nach einem Gegenstand zu greifen, langte aber ins Leere. In ihrem Kopf breitete sich ein unerträglicher Druck aus. Ihre Ohren drohten zu platzen. Sie wusste, dass sie nur noch wenige Sekunden zu leben hatte. Zuerst würde sie in eine Ohnmacht gleiten, und unmittelbar danach den Übergang ins Totenreich antreten. Rose wand sich, versuchte, ihren Sohn zu treten, doch es war zwecklos. Ihre Lebensenergie schwand immer mehr, bis sie schließlich das Bewusstsein verlor.

Kapitel 69
Mittwoch, 12. Juli

Der Menschenauflauf vor der Chevalier Villa bedeutete nichts Gutes. Es waren gut ein Dutzend Menschen, die sich vor dem Anwesen versammelt hatten. Mark war sofort klar, dass etwas nicht mit rechten Dingen zuging. Die Ermittler parkten unmittelbar vor der Villa und eilten zu den Schaulustigen. Eine junge Frau mit einem Säugling auf dem Arm blickte mit sorgenvoller Miene zum Haus. Ohne Zeit zu verlieren, trat Mark den Anwohnern entgegen.

„Kripo Köln. Was ist hier los?"

Die Mutter wirkte aufgeregt und konnte kaum den Blick vom Anwesen abwenden. Das Baby schrie. Die Mutter hatte Mühe, den Säugling zu beruhigen.

„Ich war in der Küche, als ich plötzlich Schreie hörte."

Sie deutete zum Nachbarhaus. Mehrere Fenster standen offen.

„Ich bin sofort auf die Straße gelaufen, weil ich zuerst dachte, jemand wäre gestürzt. Erst da habe ich begriffen, dass die Schreie von dort kamen."

Sie zeigte zum Grundstück der Schauspielerin und sah Mark besorgt an.

„Rose ist bestimmt was passiert. Sie braucht Hilfe, aber sie macht nicht auf."

Mark zögerte keinen Augenblick zu lange, rannte zum Hauseingang und klingelte Sturm. Als niemand öffnete, kehrte er dem Eingang den Rücken und versuchte, über die Rückseite des Hauses auf das Grundstück zu gelangen. Stefan folgte ihm nur wenige Meter dahinter. Unmittelbar hinter der Villa versperrte ihnen ein hoher Zaun den Durchgang. Sie brauchten mehrere Anläufe, bis sie ihn überwanden und hinübergeklettert waren. Anschließend kämpften sie sich durch die Tannen, doch teilweise waren sie so dicht gewachsen, dass ein Durchkommen unmöglich war. Kurz darauf entdeckte Mark eine lichte Stelle. Sie kämpften sich hindurch und betraten eine weitläufige Wiese.

Mark ließ den Blick umherschweifen, bis ihm die offenstehende Terrassentür ins Auge stach. Er wollte gerade dorthin laufen, als eine Männerstimme an sein Ohr drang. Abrupt verharrte er in der Bewegung und lauschte. Die Stimme war aus dem Gartenschuppen gekommen. Im selben Augenblick rannte Stefan schon los. Mark blieb ihm dicht auf den Fersen. Zeitgleich erreichten sie die Holzhütte.

Die Tür war versperrt und ließ sich nicht öffnen. Stefan stemmte sich mit aller Kraft dagegen. Er benötigte mehrere Versuche, bis die morsche Tür nachgab und den dahinterliegenden Raum freigab. Was die Ermittler dort zu Gesicht bekamen, verschlug ihnen die Sprache.

Caspar Chevalier stand gebeugt vor einem Holzfass. Bereits aus dieser Entfernung erkannte Mark das Blut auf Chevaliers T-Shirt. Danach fiel sein Blick auf die Rückansicht einer korpulenten Frau. Ihr Kopf war in ein Holzfass getaucht. Der Sohn der Schauspielerin war kaum wiederzuerkennen. Sein Gesichtsausdruck offenbarte, wie geisteskrank er wirklich war. Mit voller Wucht drückte er den Kopf seiner Mutter ins Fass und schien den Moment, an dem sie ihren letzten Atemzug machte, kaum erwarten zu können.

„Polizei! Lassen Sie die Frau los! Sofort!“, schrie Stefan, noch während er die Waffe zückte und auf Chevalier richtete.

Mark war sofort klar, dass Chevalier niemals kampflos aufgeben würde. Er würde erbarmungslos Widerstand leisten, notfalls bis zu seinem Tod, und erst von seiner Mutter ablassen, nachdem er sie kaltblütig umgebracht hatte. In Windeseile schob sich Mark an seinem Kollegen vorbei, stürzte sich auf Chevalier und riss ihn zu Boden. Aus den Augenwinkeln sah Mark, wie die Schauspielerin zusammensackte und auf die Holzbohlen schlug.

Regungslos blieb sie vor dem Fass liegen. Eilig wandte sich Mark dem Sohn zu. Zum ersten Mal sah er Chevalier frontal ins Gesicht. Entsetzt starrte er ihn an. Sein Auge war angeschwollen und blutete. Im ersten Augenblick wusste er nicht, ob es überhaupt noch vorhanden war, auch sah es so aus, als liefe Gewebeflüssigkeit heraus. Mark würgte und verdrängte Chevaliers entstelltes Gesicht. Sein grauenhafter Anblick hatte Mark unvorbereitet getroffen.

Chevalier nutzte den Augenblick und verpasste Mark einen Kinnhaken. Ihm wurde kurz schwarz vor Augen, doch genauso schnell, wie ihn Chevaliers Anblick entsetzt hatte, fing er sich auch wieder. Mark schnappte sich den erstbesten Gegenstand, den er zu fassen bekam, und zog Chevalier mit einer Holzlatte eins über. Der Sohn schrie auf und fasste sich an die Stirn. In Windeseile rollte sich Mark zur Seite und vergewisserte sich, dass Stefan freie Schussbahn hatte. Mehrmals forderte sein Kollege Chevalier auf, die Arme hinterm Rücken zu verschränken und aufzugeben.

Die Zeit für Rose Chevalier lief erbarmungslos ab. Noch immer lag die alte Dame regungslos vor dem Holzfass. Am schlimmsten aber war, dass sie nicht mehr atmete. Der gesamte Boden in unmittelbarer Nähe des Eichenfasses war durchtränkt.

Mit einem kurzen Blick überzeugte sich Mark, dass Stefan alles unter Kontrolle hatte. Sein Kollege legte Chevalier gerade Handschellen an. Augenblicklich begann Mark mit den Reanimationsmaßnahmen.

*****

Mit einem Knall fielen die Türen des Rettungswagens ins Schloss. Erschöpft setzte sich Mark auf den Bürgersteig und schaute den Rückleuchten hinterher. Jetzt blieb nur zu hoffen, dass die Schauspielerin überlebte. Seine letzte Energie hatte er gegeben, um Rose Chevalier das Leben zu retten. Um die Zeit zu überbrücken, bis endlich der Krankenwagen eintraf. Er hatte keine Ahnung, wie lange er die Wiederbelebungsmaßnahmen durchgeführt hatte. Jegliches Zeitgefühl war ihm abhandengekommen. Was er aber wusste, war, dass er unendlich müde war und ihm fast die Augen zufielen. Schräg gegenüber auf der anderen Straßenseite parkte immer noch das Einsatzfahrzeug. Zwei Polizeibeamte sollten Caspar Chevalier zum Polizeipräsidium überführen. Er verfolgte mit, wie Stefan sich von den Kollegen verabschiedete, die Hintertür zuschlug und auf ihn zusteuerte. Seufzend hockte sich Stefan neben ihn.

„Scheiße, was war das für ein Tag. Die werden immer bekloppter die Typen!“

Mark lächelte müde und legte seinem Kollegen die Hand auf die Schulter.

„Wir sind einfach zu alt für den Job.“

Stefan bedachte ihn mit einem strafenden Blick.

„Du vielleicht. Ich hätte bei der Reanimation bestimmt länger durchgehalten.“

Ungläubig runzelte Mark die Stirn und schaute zur Villa.

„Komm, wir müssen uns wenigstens im Krankenhaus blicken lassen!“

Schwerfällig erhoben sich die Ermittler vom Bürgersteig und näherten sich dem Dienstwagen.

„Übrigens, du schuldest der Staatskasse noch dreißig Euro.“

„Wieso?“

„Unerlaubtes Überfahren von Sperrfläche.“

„Die Arschlöcher werden auch immer teurer", raunte Mark müde lächelnd, während sie einstiegen und sich auf den Weg ins Krankenhaus machten.

Epilog

Die tief stehende Abendsonne warf weite Schatten über den Sandstrand der Blackfoot Beach. Ein leichter Wind war aufgezogen, was die hochsommerlichen Temperaturen und das Sonnenbaden am Strand ein wenig erträglicher machte. Die letzten Nächte waren weiterhin schwül gewesen, eine nahende Abkühlung war nicht absehbar und lag in weiter Ferne.

Mark nahm die Sonnenbrille ab und blinzelte in die letzten Sonnenstrahlen des Tages. Er sah auf die Uhr und betrachtete Maja, die auf einem Handtuch lag und verträumt lächelte. Eine arbeitsintensive Zeit lag hinter ihm. Nervenaufreibende Wochen, die ihm einige Nächte den Schlaf geraubt hatten.

Im letzten Moment hatten sie Rose Chevalier aus den Fängen ihres Sohnes befreit und die Schauspielerin vor dem sicheren Tod bewahrt. Sie waren gerade noch rechtzeitig aufgetaucht. Etwas später und die weltberühmte Schauspielerin von einst wäre Geschichte gewesen. Fast eine Woche war seitdem vergangen. Im Nachhinein konnte sich Mark nicht daran erinnern, wie lange er gebraucht hatte, um Rose Chevalier zurück ins Leben zu holen. Fast kam es ihm so vor, als seien die fehlenden Erinnerungen an diesen schicksalsträchtigen Augenblick eine Art Schutzmechanismus des Körpers. Erst im Krankenhaus, als feststand, dass Rose Chevalier überlebt hatte, hatte er von Stefan erfahren, dass er fast zwanzig Minuten die Wiederbelebungsmaßnahmen durchgeführt hatte, bevor Stefan ihn schließlich abgelöst hatte.

Insgeheim verfluchte Mark die Großstadt. In einer Kleinstadt wären so lange Wartezeiten auf den Rettungswagen undenkbar. Doch in einer Millionenmetropole wie Köln war es mittlerweile üblich, dass man so lange auf die Rettungskräfte warten musste. Wertvolle Zeit ging dadurch verloren, die über Leben und Tod entschied. Und seit dem Ausbruch der Coronapandemie war alles noch schlimmer geworden. Menschen tauchten in der Notfallambulanz auf, die dort nichts zu suchen hatten, weil ihre Beschwerden schlicht und ergreifend banal waren und auch von einem niedergelassenen Hausarzt gut zu behandeln wären. Doch diejenigen, bei denen jede Minute zählte, kamen zu Fuß zum Krankenhaus, um den Rettungskräften nicht unnötig zur Last zu fallen.

Die tragische Geschichte von Rose Chevalier hatte ihm gezeigt, wie nahe Leben und Tod beieinanderlagen.

Schon in der Nacht darauf waren seine inneren Dämonen zurückgekehrt und mit ihnen die Albträume, die ihn nach Patricias Tod jahrelang gequält hatten. Doch sie wurden erträglicher. Er wusste, dass er lernen musste, sie anzunehmen, um mit ihnen leben zu können. Er musste sie als einen Teil seiner Persönlichkeit akzeptieren, damit er endlich seinen Seelenfrieden fand. Die grausame Ermordung seiner Schwester hatte seine Schattenseiten zum Leben erweckt, die er lange Zeit versucht hatte, zu bekämpfen. Nach wie vor gab es Zeiten, in denen in seinem Inneren vorwiegend Dunkelheit herrschte. Sie ließ ihn nachts nicht schlafen und verwandelte ihn in einen Menschen, der nach irgendetwas suchte, doch nicht wusste wonach.

„Wir müssen los", sagte er und streichelte Maja sanft über den Kopf.

„Du hast wirklich ein Talent, die schönsten Augenblicke zu zerstören. Lass uns doch noch hierbleiben."

Nachdenklich blickte er zum See und beobachtete ein junges Paar, das ausgelassen im Wasser tobte.

Sein Vorgesetzter Jochen Weidler war mit einem blauen Auge davongekommen. Unmittelbar nachdem sie Caspar Chevalier des Mordes an den drei Frauen überführt hatten, war der dringende Mordverdacht gegen Jochen fallen gelassen worden. Die Obduktion von Nicola Grewings Leiche und die Abschlussuntersuchung der Kriminaltechnischen Untersuchung hatten die letzten noch offenen Fragen geklärt und den Sohn der Schauspielerin eindeutig als Mörder der drei Frauen identifiziert. Aus welchem Grund Caspar Chevalier seinen Opfern allerdings die Münzen in den Rachen eingeführt hatte und welche Botschaft er mit den Münzen vermitteln wollte, war ihnen tagelang ein Rätsel geblieben. Einige Vernehmungen waren erforderlich gewesen, um sich ein weitreichendes Bild über Caspar Chevaliers Beweggründe zu machen. Auch die Aussage von Rose Chevalier, die sie schon wenige Tage nach den schrecklichen Ereignissen den Ermittlern gegenüber machte, hatte Licht ins Dunkel gebracht. Obwohl sich die Schauspielerin nur langsam von den schweren Verletzungen erholte, war ihr Zustand nach wenigen Tagen so weit stabil, dass die Ermittler sie vernehmen konnten. Dank ihrer Aussage erfuhren sie, wie die Verstrickungen waren. Die jungen Frauen hatten schon als Kinder auf dem Grundstück der Schauspielerin gespielt. Seit seiner Jugendzeit hatte Caspar Chevalier die Frauen gekannt. Getrieben von abgrundtiefem Hass und purem Neid hatte er vor wenigen Wochen den Entschluss gefasst, die Frauen zu töten. Letztendlich rechtfertigte er seine verabscheuungswürdigen Taten damit, dass die Frauen jahrelang in Sünde gelebt hatten und nicht ihrer von Gott zugedachten Aufgabe nachgekommen waren.

Es war Chevaliers Wunschvorstellung, das männliche Geschlecht in der Gesellschaft zu präferieren sowie die soziale Stellung und Macht der Männer auszubauen, auch wenn es im Zweifelsfall nur hinter vorgehaltener Hand praktikabel wäre. Er nahm kein Blatt vor den Mund, wie sehr er das Patriarchat mit seinen Strukturen, Verhaltensmustern und gelebten Werten propagierte, notfalls auch mit Gewalt.

Ebenso befürwortete er den Pronatalismus, der Frauen eine eindeutige Lebensaufgabe in der Gesellschaft zudachte. Das weibliche Geschlecht sollte möglichst viele Kinder in die Welt setzen und aktiv dazu beitragen, die Geburtenrate wieder ansteigen zu lassen. Jegliche Lebensmodelle, die von Chevaliers Vorstellungen abwichen, waren ihm zuwider, er lehnte sie aus tiefster Überzeugung ab. Das Einsetzen der Genius-Münze in den Rachen seiner Opfer sollte die Macht der Männer symbolisieren. Die männliche Energie, die sinnbildlich nicht nur über die weibliche Energie triumphierte, sondern sie sogar am Ende eliminierte.

Majas Hand wanderte über Marks Rücken und verweilte an der Narbe, die unterhalb des Schlüsselbeins zu erkennen war.

„Hast du in den letzten Tagen mit Jochen gesprochen?“

„Nein. Wieso?“, fragte Maja verwundert.

„Seine Frau macht ihm bestimmt die Hölle heiß.“

Sie richtete sich auf und verzog das Gesicht.

„Unter Garantie. Das braucht eine gewisse Zeit, bis die beiden das verarbeitet haben."

„Glaubst du, er hatte wirklich vor, sich von seiner Frau zu trennen?"

Maja zuckte mit den Schultern.

„Warten wir mal ab, was passiert."

Sie schmiegte sich an ihn und kam wieder auf Caspar Chevalier zu sprechen.

„Wieso sind wir erst so spät auf ihn gekommen?"

„Darüber habe ich mir auch den Kopf zerbrochen. Aber glaub mir, Chevalier wusste genau, was er tat. Neben der Verwendung unterschiedlicher Accounts hat er sich ebenfalls zahlreiche E-Mail-Adressen zugelegt, die nicht eindeutig zuzuordnen waren. Als Lieferadresse hat er meist Packstationen angegeben. Auf den Übersichten, die wir bei den Verkäufern angefordert haben, tauchte sein Name nie auf. Was uns aber fast das Genick gebrochen hat, ist, dass wir irrtümlicherweise davon ausgegangen sind, dass wir nach jemandem suchen, der mindestens zwei Münzen käuflich erworben hat."

Auch die Suche nach dem mysteriösen Motorradfahrer wäre um ein Haar erfolglos geblieben. Auch die Ermittlungen wären fast in einer Sackgasse geendet, wenn der Yogalehrer Armand alias Hermann Gierden ihnen nicht den entscheidenden Hinweis gegeben hätte. Ohne den Wink auf die Ungereimtheiten in der Beratungsstelle, wären Mark und Stefan niemals auf die Idee gekommen, dass Mila Rikens in die Morde verstrickt sein könnte. Und dann wären sie niemals Caspar Chevalier auf die Schliche gekommen.

Mittlerweile konnten sie sogar beweisen, dass Chevalier den Hund seiner Mutter tatsächlich auf dem Gewissen hatte. Nachweislich hatte er Watson vorsätzlich überfahren. Anhand der gespeicherten Daten, die ihnen das zuständige Straßenverkehrsamt übermittelt hatte, hatten sie herausgefunden, dass Chevalier nur wenige Tage, nachdem er den Vierbeiner aus dem Weg geräumt hatte, sein altes Motorrad veräußerte und somit ein wichtiges Beweisstück verschwinden ließ. Zu einem Schleuderpreis, auf den sich unter normalen Umständen kein Verkäufer mit reinem Gewissen eingelassen hätte. Er hatte die nur wenige Monate alte Maschine an den erstbesten Interessenten verkauft. Hauptsache der Käufer lebte weit weg und konnte nicht mit den Morden in Verbindung gebracht werden.

Nur wenige Stunden, nachdem die Ermittler die Schauspielerin reanimiert hatten und in ein Krankenhaus bringen ließen, hatten sie den Käufer der Maschine ausfindig gemacht. Die Blutspuren, die sie anschließend am Vorderreifen des Motorrads sicherstellten, waren nur noch rein pro forma gewesen.

„Was für ein Freak. Ich hoffe, dass der nie wieder rauskommt."

Mark schaute sie an, küsste sie und breitete sich auf dem Badetuch aus.

„Das müsste doch machbar sein. Was meinst du, wie oft ich ihn befragen musste, bis ich wenigstens ansatzweise seine Gedankengänge nachvollziehen konnte. Vermutlich bin ich zu einfach gestrickt, um die Denkweise eines Kunst- und Literaturliebhabers zu verstehen."

Maja lachte und legte ihren Kopf auf seine Brust.

„Irgendwann nach dem dritten Verhör fiel dann auch bei mir endlich der Groschen. Auf Teufel komm raus wollte er, dass Männer ihre damalige Machtstellung zurückerlangen und sie gegenüber dem schwachen Geschlecht ausüben. Wenn es nach Chevalier ginge, hätten Frauen weder in der Politik noch in der Wirtschaft etwas zu suchen. Karrierefrauen und ihre damit erworbenen Entscheidungsbefugnisse waren ihm ein Dorn im Auge. Sie lebten in Sünde und gehörten bestraft."

„Und Nicola Grewing hat dem Ganzen noch eine Krone aufgesetzt. Mit der Affäre zu einem verheirateten Mann. Das ist vermutlich auch der Grund, weshalb er gerade sie so schrecklich zugerichtet hat", pflichtete Maja bei.

„Daran habe ich noch gar nicht gedacht. Nicht nur, dass sie ein Kind abtreiben wollte, sie hat sogar versucht, einen Keil zwischen eine Familie zu treiben."

„Also Frauen an den Herd und bloß die Schnauze halten", fasste Maja lachend zusammen.

„Was für eine wunderbare Vorstellung", erwiderte Mark grinsend, wurde dann aber wieder ernst.

„Erschreckend, wenn man darüber nachdenkt, dass sowas in der heutigen Zeit überhaupt noch vorkommt. Eigentlich sollte man annehmen, dass derartige Vorstellungen längst überholt sind. Aber du siehst, dass solche Überzeugungen nach wie vor in den Köpfen einiger Menschen verankert sind."

„Doch wieso hat er sich ausgerechnet für diese Münzen entschieden? Wieso der Hinweis auf die Olympischen Spiele in Paris?"

„In der Hinsicht muss ich der Profilerin vom LKA ein Lob aussprechen. Mit ihrer Einschätzung hat sie verdammt richtig gelegen. Chevalier ging es tatsächlich um die Olympischen Spiele. Aber nicht um die Spiele, die nächstes Jahr in Paris ausgetragen werden, sondern um die, die 1900 in Paris stattgefunden haben."

Erstaunt richtete sich Maja auf und sah ihn an.

„Das musst du mir genauer erklären."

„Die Spiele in Paris waren damals die ersten, bei denen es Wettbewerbe für Frauen gab. Bis dahin war Frauen die Teilnahme an den Spielen untersagt. Und aus was für fadenscheinigen Gründen. Angeblich weil sich die Frauen überanstrengen könnten und dem Wettbewerbsdruck nicht gewachsen waren."

„Ich bin nur froh, dass ich früher nicht gelebt habe", sagte Maja kopfschüttelnd, während sie sich aufrichtete und hinüber zur Lounge schaute. Seit einer halben Stunde füllte sich die Strandlocation zusehends.

Mark war so in Gedanken versunken, dass er ihren ungläubigen Gesichtsausdruck zuerst nicht bemerkte. Erst als sie ihn anstupste und zu einem Pavillon deutete.

„Kneif mich mal! Spinn ich oder ist das tatsächlich unser Doc?"

Mark drehte sich um und ließ den Blick über die Strandbar des Blackfoot Beach schweifen. Einige Zelte waren zusätzlich aufgebaut worden, die sonst nicht dort standen.

Mittlerweile war die Eventlocation gut besucht. Es roch nach Grillfleisch. Lounge-Musik drang an sein Ohr. Er wollte sich gerade wieder umdrehen, als ihm ein schlaksiger Mann mit Baseballkappe und kurzärmligem Hemd ins Auge stach. Im ersten Augenblick war er sich nicht sicher, ob es sich wirklich um Dr. Karsten Mallow handelte. Doch als der Mann die Baseballkappe abnahm und sich über die Stirn wischte, stand fest, dass Maja sich nicht getäuscht hatte.

Ein Grinsen breitete sich über Marks Gesicht aus, als er beobachtete, wie eine Frau neben dem Rechtsmediziner Platz nahm und ihn küsste.

Mark kniff die Augen zusammen, weil er sich nicht sicher war, ob er richtig lag, doch wenn ihn nicht alles täuschte, handelte es sich bei Mallows Begleiterin um seine Ex-Frau.

Verwundert sah er Maja an. Ihrem Gesichtsausdruck nach zu urteilen, dachte sie dasselbe.

„Das ist doch seine Ex."

„Sieht ganz danach aus."

„Aber, die haben sich doch vor ein paar Tagen scheiden lassen."

Maja lachte.

„Du lebst wirklich noch in der Steinzeit."

„Wieso?"

„Anscheinend haben sie sich versöhnt. Sowas kommt vor, Herr Kriminalhauptkommissar."

Mark schaute neugierig zum Pavillon. Er wollte gerade den Blick abwenden, als ihm eine weitere Person auffiel. Eine Frau, die ihn im ersten Moment stark an Larissa erinnerte.

„Was ist los? Du siehst aus, als hättest du einen Geist gesehen?"

„Schon gut!"

Mark stand auf, faltete das Handtuch zusammen und verstaute es in der Tasche. Aus den Augenwinkeln sah er, wie jemand geradewegs auf ihn zukam. Als er genauer hinsah, erkannte er Mallow. Der Gerichtsmediziner hielt ein Weinglas in der Hand und wirkte schon leicht angeschlagen.

„Hab ich doch richtig gesehen", begrüßte er Maja und Mark freudestrahlend. „Was macht ihr hier?"

„Wonach sieht's denn aus?"

Mallow ging nicht näher auf seine Bemerkung ein und wandte sich Maja zu.

„Habt ihr nicht Lust, euch zu uns zu setzen? Meine Frau feiert ihren Geburtstag und lässt fragen, ob ihr uns nicht Gesellschaft leisten wollt."

„Ich weiß nicht, was meinst du?", erwiderte Maja und schaute Mark fragend an.

„Warum eigentlich nicht? Nur allzu lange können wir nicht bleiben."

„Das ist nicht schlimm. Dann wird es auch nicht so teuer!"

Mallow lachte über seinen eigenen Witz und schlug Mark auf die Schulter. Er konnte sich nicht daran erinnern, wann er Mallow zum letzten Mal so ausgelassen und gut gelaunt gesehen hatte. Er freute sich für ihn und seine Frau, auch wenn er die plötzliche Einheit der beiden, nach jahrelangem Zerfleischen und Scheidungskrieg nicht so ganz nachvollziehen konnte.

Mallow wollte sie gerade zur Eventlocation mitschleifen, als Mark ihn zur Seite zog und fragend ansah.

„Sag mal, wieso … ich meine, warum …?"

„Warum ich mit meiner Frau ihren Geburtstag feiere?", beendete Mallow den Satz.

„Ich dachte, ihr wärt geschieden."

„Das sind wir auch offiziell."

„Aber?"

„Nun ja, sie weiß eben, was sie an mir hat", erwiderte Mallow augenzwinkernd.

„Ach ja?"

„Kommt, ich erzähl euch alles bei einem Wein."

Der Rechtsmediziner führte sie zu einem nahegelegenen Pavillon und orderte zwei Flaschen exklusiven Weißwein.

An dem Abend erfuhren Mark und Maja brisante Details aus dem Privatleben des Rechtsmediziners. Mallow erzählte in allen Einzelheiten, weshalb seine Ehe in die Brüche gegangen war, und wie er es geschafft hatte, seine Frau zurückzugewinnen. Obwohl ihre Beziehung wieder recht harmonisch wirkte, flammten im Laufe des Abends alte Verletzungen auf, die sie sich während ihrer Ehe zugefügt hatten. Zwischenzeitlich hatte Mark sogar die Befürchtung, Mallow und seine Frau könnten nach der Geburtstagsfeier wieder getrennte Wege gehen, doch glücklicherweise war seine Sorge unbegründet.

Letztendlich verbrachten sie einen schönen Abend mit interessanten Gesprächsthemen, der erst weit nach Mitternacht endete und ihnen noch lange im Gedächtnis bleiben würde. Allein schon wegen des hochpreisigen Weißweins, der so spritzig leicht die Kehle hinunterfloss und Mark am nächsten Morgen einen Kater bescherte, von dem er sich erst nach zwei Tagen wieder erholte.